ENSEIGNANT CORROMPU

ROMANCE INTERDITE AU COEUR DE L'ACADÉMIE DE LA MAFIA

LA SYNDICATE ACADEMY

BIA

Conception de la couverture du livre par Deliciously Dark Designs.

Photograhie par : Wander Aguiar Photography

Traduit par La Relectrice

TABLE DES MATIÈRES

TEXTE DE PRÉSENTATION

Il cache un sombre secret, un secret qui va changer ma vie à jamais.

Je ne devrais pas être ici. J'ai été forcée de changer d'école au beau milieu de ma terminale. L'Académie du Syndicat est l'incarnation de tout ce que je déteste. Une académie pour les héritiers de tyrans comme mes parents.

Je déteste absolument tout ici, tout sauf le principal Oakley Byrne. L'homme le plus beau que j'aie jamais rencontré, avec des yeux bleu marine perçants. Il est sombre, troublant, et pas un directeur comme les autres. Une force magnétique m'attire vers lui, mais je la repousse.

Malgré sa froideur, je ne peux m'empêcher de tenter la bête pour qu'elle sorte jouer. Un acte que je vais bientôt regretter. Cet homme cache de sombres secrets derrière sa façade. Des secrets qui pourraient nous détruire, ma famille et moi.

On dit qu'en amour comme en guerre, tout est permis. Je ne peux pas faire partie d'une guerre dont j'ignore l'existence. Il a l'intention de me dévorer toute crue et de me recracher, en ruinant ma vie. La question est de savoir si je survivrai à sa colère.

NOTE DE L'AUTEUR

Chers lecteurs, chères lectrices,

Ceci est un avertissement pour vous informer que même si ce n'est pas mon livre le plus noir, il s'agit d'une romance sombre au coeur de l'académie de la mafia comme beaucoup de mes autres livres. Cela signifie que certains sujets sensibles sont abordés, mais ce livre est assurément l'un des plus modérés. Si certains éléments vous semblent dérangeants, il serait bon de le lire avec prudence.

Outre un anti-héros possessif et dominant qui n'accepte aucun refus, ce livre aborde certains sujets sensibles. Une liste complète de ces sujets est disponible ici. Comme toujours, ce livre présente une fin heureuse et il n'y a pas de tromperie.

Cependant, si aucun de ces éléments ne vous pose problème, poursuivez la lecture et faites-vous plaisir !

1

OAK

Le bruit du métal pliant sous la chaleur extrême résonne dans l'air de la nuit, et me pousse à courir plus vite.

Du feu.

La fumée s'élève en nuages sinistres au-dessus du bâtiment, présageant des ténèbres de l'avenir, mon avenir.

Des cendres.

Lorsque je tourne au coin et que le bâtiment apparaît, tout l'air s'échappe de mes poumons. Les flammes ardentes lèchent les fenêtres du bâtiment avec une férocité qui semble indomptable alors que le feu engloutit le travail de toute ma vie.

Des ruines.

J'ai mal aux jambes d'avoir couru un kilomètre jusqu'à l'immeuble et je lutte pour aspirer de l'air pur dans mes poumons. La fumée les infecte comme une maladie, les pénétrant aussi rapidement qu'elle détruit tout ce que j'ai construit.

J'arrive trop tard.

L'incendie s'est propagé dans tous les bureaux, y compris au dernier étage où se trouve la salle des serveurs, qui est le centre et le cœur de mon entreprise. Les sirènes percent l'air, elles se rapprochent de moi et de mon siège, mais je réalise qu'il n'y a aucun espoir. Si le feu atteint la salle des serveurs, le travail de toute ma vie sera détruit.

Tout ce que je peux faire, c'est regarder mon empire être réduit en cendres. Le brasier plie l'acier de l'enseigne Archer, qui craque violemment, ne restant accrochée au bâtiment que par un fil.

Les connards corrompus qui sont derrière l'incendie m'ont tout pris à cause d'un pitoyable désaccord. Je ne voulais pas fournir mes services à des gangsters, car mon entreprise est légitime, et c'est ainsi que je voulais la garder, mais ils voulaient que je leur verse de l'argent pour ma protection. Donc, ils m'ont tout pris parce que je leur ai dit *non*.

Les serveurs sécurisés d'Archer Data Corporation et toute sa fortune sont dans ce bâtiment. Il ne nous restera plus rien si le feu arrive jusqu'à la salle des serveurs. Le clan Carmichael est responsable. Ils ont pris tout ce que j'avais construit d'un seul coup.

Mon corps tremble et je serre les poings le long de mon corps, j'ai envie de frapper quelque chose ou quelqu'un. Je serre les dents si fort que j'ai l'impression que je vais les briser en regardant la destruction qu'ils ont laissée dans leur sillage. Le froissement du papier entre mes doigts attire mon attention sur la lettre qu'ils ont postée dans ma boîte aux lettres sur le papier à en-tête de Carmichael Enterprises.

Votre empire brûlera à cause de ça.

Dès que j'ai entendu ma boîte aux lettres à cette heure, j'étais sûr que ce serait eux après la menace de Jamie Carmichael à notre réunion il y a deux jours.

Soumettez-vous ou souffrez, Brett. C'est votre décision. Nous dirigeons cette ville, et personne ne s'en sort sans payer sa part. Je vous détruirai si vous ne le faites pas.

Mon refus de travailler avec des criminels a conduit à ma destruction, mais quel homme ne se battrait pas contre des criminels ?

Des gens que je méprise. Quand j'ai eu l'âge, j'ai fui le même type de personnes, j'ai quitté mon pays natal et j'ai changé de nom, puis j'ai créé quelque chose par moi-même à partir de rien.

Mon nom sur le bâtiment, Archer, s'effrite finalement sous la chaleur alors que le dernier fil d'acier qui le retenait se casse. Je grommelle alors que l'enseigne s'écrase sur le côté du bâtiment, produisant un bruit strident en brisant les fenêtres dans sa chute.

Il y a une obscurité en moi, que j'ai longtemps essayé d'enterrer, mais elle me tiraille de l'intérieur, désireuse de se libérer et de faire des ravages dans le clan Carmichael. Je ne suis peut-être pas un criminel, mais les ténèbres règnent en moi.

Quand j'ai quitté le bureau, Jane m'a dit qu'elle travaillerait tard ce soir, mais j'espère pas aussi tard. Il est plus de deux heures. Jane travaille à Archer Data Corp depuis sept ans, et pendant tout ce temps, j'ai ignoré l'attraction cosmique entre nous, sachant pertinemment qu'il est inapproprié pour le PDG de sortir avec son personnel. Mes goûts en matière de sexe ne sont pas conventionnels, et elle ne comprendrait pas la noirceur qui réside en moi. Elle n'aurait pas pu vraiment aimer un homme comme moi.

Je secoue la tête, me convainquant qu'elle ne peut pas être à l'intérieur. Il est trop tard. Elle est partie depuis longtemps.

Les voitures de police et les pompiers arrivent en trombe sur le parking, me détournant de mes pensées. Ils vont sans doute me demander de quitter les lieux, mais je ne peux pas. Mon monde s'écroule devant mes yeux.

L'un des officiers de police sort du véhicule et s'approche de moi.

- Monsieur, c'est vous qui nous avez appelés ?

Je réponds par un signe de tête.

- Oui, c'est le siège de ma société.

Il hoche la tête.

- Puis-je prendre votre nom, s'il vous plaît ?
- Brett Oakley Archer.

L'officier de police griffonne mon nom sur son bloc-notes.

- Merci. Comment avez-vous appris pour l'incendie ?

Mon cœur se contracte dans ma poitrine tandis que je serre le papier dans ma main. Les Carmichael ont les forces de l'ordre dans leur poche, alors je ne lui parlerai pas de la note. La seule façon de les battre est de jouer leur jeu. Je secoue la tête.

— Je suis allé me promener. J'habite à un kilomètre et j'ai remarqué la fumée qui sortait de mon immeuble. C'est là que j'ai appelé.

Il note mon compte rendu avant de hocher la tête.

— Merci. Vous pouvez rester de ce côté de la barrière que nous érigeons. Je suppose que personne n'est à l'intérieur la nuit ?

— Les agents d'entretien travaillent la nuit. Je ne connais toutefois pas leurs horaires.

Il jette un coup d'œil à sa montre.

— Pouvez-vous vous renseigner pour moi ? Nous devons savoir si nous risquons de rencontrer des civils.

Je sors mon téléphone portable de ma poche et appelle le numéro de Jane. Elle devrait avoir ces informations sur elle. Mon estomac se retourne alors que le téléphone sonne plusieurs fois avant de basculer sur la messagerie vocale.

— Jane, rappelle-moi. Le bureau est en feu.

Je raccroche. Mes mains tremblent à cause d'un mélange de choc et de panique.

L'engourdissement se répand en moi comme une maladie, alors que j'envisage la possibilité qu'elle soit à l'intérieur. Toutes ces fois où j'ai refusé ses avances, tout ça parce que j'étais trop déterminé à construire mon empire.

Et si c'était trop tard ?

J'appelle Doris, ma secrétaire, pour savoir si elle est au courant. Elle répond à la deuxième tonalité, la voix endormie.

— Monsieur, qu'y a-t-il ?

— Le bâtiment est en feu. Est-ce que quelqu'un pourrait se trouver à l'intérieur ?

— C'est affreux.

Elle fouille un peu partout, et il y a un déclic quand elle allume une lumière.

— Les agents d'entretien doivent arriver vers trois heures.

— Jane a mentionné qu'elle travaillerait tard, mais je suppose qu'elle doit être rentrée maintenant, non ? demandé-je en déglutissant difficilement.

Doris prend une inspiration inquiète.

— Oh non, Jane reste régulièrement jusqu'au petit matin. J'espère que ce n'est pas le cas, mais ce n'est pas impossible, M. Archer.

Ma main se resserre autour de mon téléphone portable.

— Merci. Pouvez-vous me rendre un service ?

— Bien sûr, tout ce que vous voulez, monsieur.

Je serre la mâchoire.

— Pouvez-vous appeler l'agence de nettoyage et les annuler ce soir pour moi ?

— Oui, je fais ça tout de suite, monsieur.

— Merci, Doris. Personne n'aura besoin de venir demain.

— Laissez-moi faire. Je m'en occupe, monsieur.

Je raccroche, sentant la panique s'emparer à nouveau de moi à l'idée que Jane puisse être dans le bâtiment. Je ne pardonnerai jamais à ces putain de Carmichael s'ils me l'ont enlevée.

L'officier à qui j'ai parlé plus tôt s'attarde près de la barrière qu'ils ont érigée.

— J'ai parlé à ma secrétaire, et les agents d'entretien viennent à trois heures. Elle les rappelle maintenant.

Il hoche la tête.

— Donc, il ne devrait y avoir personne à l'intérieur du bâtiment.

— Le seul risque, c'est ma responsable des ressources humaines. Elle a dit qu'elle travaillait tard, mais je présume que pas aussi tard.

J'avale ma salive en regardant le feu qui fait rage dans le bâtiment.

— Je n'ai pas réussi à la joindre.

L'officier acquiesce.

— OK, je vais prévenir les pompiers qu'il y a une chance qu'il y ait un civil.

Je recule, observant la coquille du bâtiment alors que le feu fait rage. Il faut attendre au moins une demi-heure pour que les pompiers semblent avoir gagné le combat.

La radio crépite à la ceinture de l'officier.

— On a trouvé un corps, mais pas de pouls. Assurez-vous que les ambulanciers sont prêts.

Il la prend et répond.

— Bien reçu.

Tout se bouscule en moi alors que je me dirige vers lui.

— Qui est-ce ?

Il lève une main.

— Restez là.

Je le regarde fixement et je scrute l'entrée du bureau, sachant au fond de moi que c'est elle. Jane.

Trois pompiers sortent, et l'un d'eux porte un corps mince et léger affalé sur son épaule.

Je me précipite en avant.

— Jane ! m'écrié-je, traversant le ruban adhésif pour arriver jusqu'à elle. L'aperçu que j'ai eu des cheveux blonds et brillants brûlés est la preuve qu'il s'agit d'elle.

— Monsieur Archer, m'appelle l'officier de police pour essayer de m'arrêter.

Personne ne peut m'arrêter alors que je cours vers eux, faisant s'écarquiller les yeux du pompier.

— Restez en arrière, ordonne l'un d'eux.

— J'ai besoin de savoir qui c'est. Est-elle morte ? demandé-je.

Il fait un geste vers l'ambulance.

— Attendez là-bas, s'il vous plaît.

Je déglutis et fais ce qu'il dit, m'approchant de l'ambulance. Ils ont préparé un sac mortuaire, ce qui fait que la terreur s'enracine encore plus profondément dans mon âme.

— Vous ne devriez pas être ici, dit l'ambulancier.

Je secoue la tête.

— C'est mon entreprise. Qui est mort ?

L'ambulancier acquiesce.

— OK, attendez ici.

Le pompier s'approche avec le corps et le dépose dans le sac mortuaire ouvert. Mon estomac se retourne au moment où je vois son visage. J'ai l'impression que quelqu'un m'a donné un coup de poing dans les tripes en regardant ses beaux traits sereins, brûlés et noircis par le feu.

— Non ! crié-je en me précipitant en avant.

L'ambulancier me permet de la rejoindre.

— Jane, je suis tellement désolé, dis-je en passant ma main dans ses magnifiques cheveux dorés. Une boule se coince dans ma gorge si fort que je ne peux plus parler. Les larmes coulent sur mes joues alors que l'impact de sa perte me frappe plus fort que la perte de mon empire, ce qui prouve que j'ai été un imbécile de rester loin d'elle.

Je ne l'ai jamais emmenée dîner, je n'ai jamais embrassé ses belles lèvres, je n'ai jamais senti sa chaleur contre moi. Je serre les poings le long de mon corps alors que le chagrin se transforme en une rage féroce.

Je me penche et lui chuchote à l'oreille, même si elle ne peut pas m'entendre :

— Je vais leur faire payer pour ça, Jane. Je te le promets.

Un réseau complexe d'émotions me traverse alors que la colère, la culpabilité et le chagrin menacent de me faire craquer.

Le clan Carmichael est l'organisation criminelle la plus influente de l'État, ce qui signifie que je dois fuir la Géorgie ce soir si je veux avoir une chance de me venger. L'assurance couvrira les dégâts de l'incendie, mais Archer

Data Corp sera ruinée une fois que la nouvelle de la destruction des serveurs se sera répandue.

— Monsieur, je m'excuse, mais il faut que vous vous éloigniez.

Une main ferme se pose sur mon épaule alors que je m'accroche à la main gelée de Jane. Je la regarde fixement et réalise que je ne pourrai pas assister à ses funérailles. Je dois partir maintenant si je veux disparaître.

Je lâche sa main, arrachant mes yeux de son beau visage. Lentement, je m'éloigne, sachant que c'est la dernière fois que je la vois. La dernière fois que je touche le sol d'Atlanta. Je fais confiance à Eric, le président de la compagnie, pour gérer la compagnie d'assurance et les retombées.

À partir de ce soir, Brett Archer n'existe plus. Je vais disparaître de la surface de la Terre, je serai intraçable. Les Carmichael ne me trouveront que lorsqu'il sera trop tard. Je vais détruire leur monde et leur faire dix fois plus de mal qu'ils ne m'en ont fait.

Ce soir, Brett Oakley Archer est mort. Je dois devenir quelqu'un d'autre pour la deuxième fois en vingt-huit ans sur cette terre.

2

EVA

Cinq ans plus tard...

— Je jure que ce n'est pas moi, dis-je, debout devant mon père, qui tient une photo de quelqu'un qui me ressemble vraiment et qui embrasse le concierge du lycée. Quelqu'un a dû la photoshoper.

Premièrement, je ne pense pas avoir jamais parlé au concierge du lycée de ma vie. Je regarde la photo, et sa vue me retourne l'estomac. Ce n'est pas que je sois vaniteuse, mais ce n'est certainement pas le genre d'homme qui m'attire, avec ses 45 kilos de plus qu'il devrait et moins de cheveux sur la tête que j'en ai sur les jambes.

Deuxièmement, je n'ai jamais embrassé de garçon de ma vie, et encore moins un quelconque homme chauve d'âge moyen. Je n'arrive pas à croire qu'ils pensent ça de moi.

— Eva Carmichael. Tu as failli causer la ruine de notre famille, me réprimande ma mère en secouant la tête dans un coin. Ne crois pas que nous soyons assez stupides pour croire que ce n'est pas toi.

Elle s'avance et me fixe avec son expression dure, de marbre.

— Depuis combien de temps ça dure ?

Je fixe ma mère, abasourdie, je me demande si elle croit vraiment que je pourrais avoir une relation avec le concierge du lycée.

— Je ne connais même pas ce type.

Mes parents sont pathétiques, je n'ai pas de temps à consacrer aux hommes.

Je concentre toute mon énergie sur mon travail scolaire, car je dois entrer dans la meilleure école possible pour devenir vétérinaire, à leur grand désespoir. Même s'ils insistent sur le fait que cela n'arrivera jamais, puisque mon destin est d'hériter de l'entreprise familiale, je compte bien échapper à leur emprise et suivre mes rêves.

Mon père frappe le bureau de la main.

— Eva, ne nous mens pas, rugit-il.

Son regard est vicieux.

— Tu as dix-huit ans. Il est grand temps que tu assumes la responsabilité de tes actes.

Je déglutis, essayant de faire disparaître la boule dans ma gorge. Je déteste l'idée que mes parents pensent que je suis coupable de ça.

— As-tu couché avec lui ? demande ma mère, faisant se répandre la chaleur sur chaque centimètre de ma peau.

— Non, m'écrié-je en secouant la tête. Je ne l'ai même pas embrassé, putain.

— Ton langage, Eva, raille mon père. J'en ai marre de tout ça.

Il jette un coup d'œil à ma mère.

— Je crois que tu as raison. On n'a pas le choix.

Je jette un coup d'œil entre ma mère et mon père, je me demande ce qu'il veut dire.

— De quoi tu parles ?

Ma mère secoue la tête.

— Ce sera brutal, mais je pense qu'elle a besoin d'apprendre une leçon brutale.

J'avale difficilement ma salive.

— Est-ce que vous pouvez arrêter de parler de moi comme si je n'étais pas là ?

Mon père croise mon regard.

— Nous t'envoyons à l'Académie du Syndicat dans le Maine, me dit-il, impassible.

J'ai l'impression que mes parents arrachent le sol de sous mes pieds.

— C'est à des milliers de kilomètres d'ici. De mes amis, protesté-je, même si je n'ai pas beaucoup d'amis ici à Atlanta. C'est quoi ce bordel ?

Mon père se lève, me dominant de toute sa hauteur.

— Tu iras et sans rouspéter. Tu es une Carmichael, et il est grand temps que tu apprennes ce que cela signifie.

Il jette un coup d'œil à ma mère.

— La seule façon pour toi de l'apprendre est d'aller à l'école avec des gens comme toi.

Je serre les poings le long de mon corps.

— Tu veux dire avec la progéniture d'autres criminels ?

Je secoue la tête.

— Je ne veux rien avoir à faire avec vos affaires dégueulasses.

Ma mère s'avance vers moi et saisit mon poignet avec force.

— Fais attention à ce que tu dis, Eva. Je peux te couper les vivres plus vite que tu ne peux sortir de cette pièce.

Je plisse mes yeux en la regardant. C'est sur ça que je compte. Mon seul crime est d'avoir pris l'argent du sang que mes parents me donnent chaque mois et de l'avoir placé sur un compte bancaire auquel ils n'ont pas accès, ce qui me permettra de payer mes études. Cependant, je ne suis pas encore prête à utiliser cette carte.

Je connais leur plan pour moi. Mes parents veulent que j'épouse un chef de la mafia et qu'un autre criminel prenne le contrôle de l'entreprise familiale, afin que le cycle recommence. C'est sans fin. Il est hors de question que je continue et que je force mes futurs enfants à vivre une existence aussi terrible.

Quelqu'un doit briser le cycle, et j'ai l'intention d'être celle qui mettra fin à cette tyrannie.

MON CŒUR PALPITE DANS MA POITRINE TANDIS QUE JE REGARDE LE BÂTIMENT SOMBRE ET INTIMIDANT.Sa pierre froide et ses lignes dures ne font que préfigurer ce qui m'attend à l'intérieur. Les colonnes qui encadrent l'entrée tout au long de l'immense façade ne font qu'ajouter à son effet imposant.

Je déglutis alors que je réalise que je suis sur le point de m'inscrire dans une école remplie de la progéniture de criminels meurtriers qui sont probablement exactement comme mes parents.

— S'il te plaît, ne me laisse pas ici, maman, dis-je en la suppliant du regard.

Son expression se durcit et elle me regarde sans la moindre émotion.

— L'Académie du Syndicat est l'endroit parfait pour que tu apprennes la discipline, Eva.

Elle met une mèche de cheveux derrière son oreille.

— Tu dois apprendre quel genre de comportement nous attendons de toi en tant qu'*unique* héritière du clan Carmichael.

Je déteste quand ma mère m'appelle l'unique héritière, car tout ce qu'elle fait, c'est me rappeler ma perte – notre perte –, et pourtant, à la façon dont elle le dit, on pourrait penser que son enfant n'est pas mort et enterré.

Karl, mon frère aîné, est mort il y a deux ans. Contrairement à moi, il était comme un poisson dans l'eau dans cette vie de crimes. Malheureusement, c'est ce qui a causé sa perte. À dix-huit ans, il a orchestré un vol de drogue, pour essayer d'impressionner ce qui nous sert de père, et les motards rebelles d'Atlanta l'ont assassiné.

Malgré nos différences, je l'aimais plus que quiconque. Sa mort a creusé un trou à l'intérieur de moi et m'a laissée comme seule héritière du clan Carmichael, ce qui signifie que mes parents vont me forcer à faire un mariage arrangé avec un génie du crime qui pourra continuer l'entreprise familiale puisque les femmes *ne peuvent pas* régner seules.

Le monde criminel n'accepte toujours pas les femmes comme cheffes au XXIe siècle. Ils prévoient de me vendre à quelqu'un qui profitera de leurs affaires, mais je n'ai pas l'intention d'obtempérer.

Ma mère fait claquer sa langue.

— Viens. Le principal Byrne nous attend.

Ses talons hauts claquent contre la pierre des marches alors qu'elle se dirige vers l'entrée du bâtiment gothique.

— Dépêche-toi, Eva, dit-elle en jetant un coup d'œil par-dessus son épaule.

J'aspire une profonde bouffée d'oxygène avant de monter sur la première marche. L'imposante entrée voûtée est sinistre lorsque je la franchis. Au fond de moi, j'avais espéré que l'extérieur froid et dur n'était qu'une façade, mais les murs de pierre bordent aussi les couloirs unis et nus de l'intérieur. Les talons de ma mère résonnent alors que nous suivons les panneaux vers le bureau du principal.

— Avance, Eva, m'appelle-t-elle.

Je hâte le pas après ma mère, en serrant davantage mon cardigan autour de moi. Il fait froid dans mon nouveau lycée.

Putain, qui va dans un nouveau lycée à sept mois de la fin de sa terminale ?

C'est insensé. Mais pas aussi insensé que mes parents qui croient que je couche avec le concierge. Mon père m'a même accusée d'essayer de tomber enceinte pour détruire la famille. Ça m'offense qu'ils pensent que je serais assez stupide pour tomber enceinte, même si je couchais avec lui. Je n'ai pas l'intention de gâcher ma vie avant même de l'avoir commencée. Malgré tout, cela n'a pas empêché ma mère de me traîner directement chez le médecin pour me faire poser un implant contraceptif dans le bras. Mes projets n'impliquent pas un bébé. Ils impliquent d'aller à l'université et d'obtenir un diplôme de vétérinaire.

Ma mère et mon père ont contrôlé ma vie de toutes les manières possibles d'aussi loin que je me souvienne, me forçant à aller dans une école de filles dès l'âge primaire, alors je ne comprends pas pourquoi ils m'envoient maintenant dans une école mixte. Ils voulaient s'assurer que je n'avais aucune interaction avec les garçons, mais maintenant ils pensent que je me suis abaissée au point de tomber dans les bras du concierge de mon lycée.

Le gars avait le double de mon âge. Il a été renvoyé pour quelque chose qu'il n'a pas fait, et mes parents m'ont envoyée à des milliers de kilomètres de chez moi. Je ne sais pas ce qui est le plus offensant : qu'ils pensent que je donnerais la priorité à un homme plutôt qu'à mes études, ou qu'ils pensent que mes critères sont si bas.

Ma mère s'arrête devant une porte où le nom du principal Oakley Byrne est gravé sur une plaque de cuivre. Elle frappe avec confiance.

— Entrez, répond une voix grave. Une voix qui me donne des frissons dans le dos.

Il y a quelque chose de troublant dans cette école. J'ai ressenti un sentiment de malaise dès que j'ai franchi le seuil, mais je n'arrive pas à mettre le doigt dessus. Peut-être est-ce dû aux colonnes de style gothique et aux pierres sombres qui me rappellent un film d'horreur. J'ai l'impression d'entrer dans un endroit dangereux.

Ma mère fait tourner la poignée de la porte et l'ouvre, puis entre.

Mon cœur bat la chamade dans mes oreilles tandis que je regarde fixement les profondeurs lugubres du bureau devant moi. Un sentiment de malheur imminent m'envahit, comme si j'étais sur le point d'être jetée aux loups.

— Viens, Eva, appelle ma mère.

Je mets un pied devant l'autre et entre dans le bureau sombre. Il faut un moment à mes yeux pour s'adapter. Et puis, j'ai l'impression que mon cœur s'arrête de battre. Une paire d'yeux bleu marine me regarde. L'homme à qui ils appartiennent se lève, attirant mon attention sur les muscles saillants qui se tendent sous sa simple chemise blanche. Il doit mesurer presque deux mètres alors qu'il se dresse au-dessus du bureau.

— Madame Carmichael, je présume ? demande-t-il à ma mère, mais ses yeux ne me quittent pas une seconde.

— Oui, je suis vraiment désolée que nous soyons en retard, principal Byrne.

Ma mère me lance un regard irrité comme si c'était ma faute que notre vol ait été retardé.

— Malheureusement, vous allez être bien occupé avec elle.

Incroyable.

Je suis punie pour quelque chose que je n'ai pas fait. Toute ma vie, je me suis débrouillée pour ne jamais dépasser les bornes, et voilà comment on me remercie. Ils m'ont déracinée et ont chamboulé ma vie à cause d'une farce stupide. C'est du moins la seule explication plausible que j'aie pu trouver : Casey Hogan, mon ennemie jurée dans mon ancien lycée, m'a piégée avec l'image photoshopée.

Le principal, qui ne devrait pas en être un puisqu'il ressemble à un mannequin, continue de me fixer avec une intensité qui me donne des palpitations dans l'estomac. C'est à croire qu'il attend que je me recroqueville et le lâche du regard.

— Aucun étudiant n'est trop difficile pour moi.

Sa voix est profonde et douce comme du beurre. Cet homme n'est pas un principal comme les autres, mais l'Académie du Syndicat n'est pas un lycée comme les autres, d'après ce que j'ai lu dans le prospectus que ma mère m'a donné.

Ma mère rit, et c'est le rire le plus faux que j'aie jamais entendu.

— Non, je vous crois. Votre réputation vous précède.

— En effet, répond-il, en me regardant toujours comme s'il me jaugeait.

J'observe ses traits vifs et magnifiques. Mes yeux passent de ses cheveux sombres et bouclés à sa mâchoire solide et puissante, parsemée d'une courte barbe bien entretenue. On dirait qu'un maître sculpteur a minutieusement sculpté chacun de ses traits. Il est à ce point parfait.

— Eva, gronde ma mère, réponds au principal.

Je croise le regard de ma mère et réalise que je ne sais pas ce qu'il a dit.

— Pardon, quoi ?

— Vous voyez ce que nous devons supporter ?

Elle secoue la tête.

— Le principal Bryne t'a demandé si tu aimais l'aspect des lieux ?

Je déglutis et hausse les épaules.

— Ça m'a l'air bien.

Pour la première fois depuis que j'ai mis les pieds dans son bureau, je détourne mon regard du sien. La chaleur qui brûle dans mon corps est impossible à ignorer.

Il s'éclaircit la gorge et déplace son regard intense et menaçant vers ma mère.

— Qu'en est-il des capacités académiques d'Eva ?

Voilà une question qu'il pourrait m'adresser. Ma mère ouvre la bouche pour répondre, mais je suis plus rapide.

— Je suis la première de ma classe dans toutes les matières.

Je garde le menton haut et je rencontre son regard intimidant.

— C'est en effet le cas, mais ce n'est pas pour ça qu'elle est ici. Il faut qu'elle apprenne la discipline et qu'elle évite les problèmes jusqu'à ce qu'elle ait son diplôme.

Ma mère se racle la gorge.

— On ne peut pas la laisser ruiner notre réputation.

J'abandonne avec mes parents. Ils ne me font pas du tout confiance, même si je ne leur ai jamais donné la moindre raison pour cela. Quoique s'ils connaissaient mon plan final pour couper les ponts avec eux, ils ne me feraient plus jamais confiance. Il suffit qu'une salope de mon école me piège pour qu'ils croient instantanément aux preuves truquées.

— Bien sûr que non. Les étudiants dans des situations similaires donneront à Eva un bon exemple à suivre.

Ses yeux scintillent d'une lueur maléfique qui me fait frissonner alors qu'il reporte son attention sur moi.

— Il y a une séparation stricte entre les filles et les garçons présents pendant les temps de récréation, car le dortoir des garçons est dans un bâtiment entièrement séparé.

Il me jette un coup d'œil.

— Nous surveillons également de près notre personnel.

Une vague de chaleur m'envahit et je regarde ma mère, réalisant qu'elle lui a raconté ce qui s'est *soi-disant* passé.

— Je n'ai pas embrassé le concierge, c'est des conneries, lâché-je, faisant sursauter ma mère devant mon langage grossier. Quelqu'un a photoshopé l'image, et mes parents sont trop stupides pour s'en rendre compte.

Je ne sais pas pourquoi je me soucie de ce que le principal pense, de toute façon.

— Ton langage, Eva. Et ne parle pas de nous avec un tel manque de respect. Elle lève la main et me gifle violemment le visage, un geste qu'elle aime faire pour m'humilier, faisant ainsi passer un message devant le principal.

Je porte la main à mon visage qui pique, en grinçant des dents d'agacement.

Quand je jette un coup d'œil au principal, il me

semble voir une lueur de rage à peine contenue dans ses yeux alors qu'il regarde ma mère.

L'expression du principal Bryne devient sévère et il la quitte des yeux pour se tourner vers moi.

— Je vois ce que vous voulez dire. Si Eva ne peut pas assumer la responsabilité de ses actes, je lui apprendrai ce qui arrive aux élèves qui mentent.

Mon cœur se bloque dans ma poitrine. Il y a une menace très sérieuse dans le ton de sa voix, et je me sens mal jusqu'au fond de mes tripes.

— Je suis heureuse de l'entendre.

Ma mère se tourne vers moi.

— Si j'apprends que tu ne respectes pas toutes les règles de cette école, je te couperai les vivres, quoi qu'il advienne.

Je ne lui réponds pas, car je sais que sa menace ne vaut rien. Ma mère et mon père n'ont pas d'autre héritier, donc leurs fréquentes promesses de me couper les vivres sont des foutaises, même si j'aimerais que ça ne soit pas le cas.

Je veux qu'ils me coupent les vivres pour que je puisse réaliser mon rêve de devenir vétérinaire. Même s'ils ne le font pas, je partirai sans jamais me retourner dès que j'aurai obtenu mon diplôme d'études secondaires.

3

OAK

Mes ongles s'enfoncent dans ma paume et je serre les mains, j'utilise la douleur pour me contrôler. Il y a une partie sinistre en moi qui a envie de tendre la main, d'attraper Angela par sa stupide queue de cheval, de la tirer vers moi et d'enrouler mes mains autour de sa gorge jusqu'à lui arracher la vie devant sa fille.

Je ferme les yeux, en prenant une profonde inspiration apaisante. L'image mentale de sa vie s'échappant de ses yeux pendant que je l'étrangle sous le regard de sa fille est satisfaisante, mais ce n'est pas le moment.

Je sens comme un brasier s'enflammer sous ma peau, qui provoque la bête en moi, à l'affût. La vengeance n'a jamais été aussi proche. Je peux pratiquement la goûter sur ma langue, mais la tuer ici et maintenant ne la ferait pas assez souffrir.

À part les torturer délibérément et douloureusement, elle et son mari, rien ne sera suffisant. Quand je me serai suffisamment amusé, je prendrai plaisir à effacer la famille Carmichael de la surface de la Terre.

— Si c'est tout.

Elle jette un coup d'œil à sa fille.

— Eva a une valise d'affaires que le chauffeur va apporter, dit Angela.

Je serre les dents.

— Oui, c'est tout.

Je fais un geste vers la porte.

— Vous pouvez partir.

L'attention d'Angela se tourne vers sa fille.

— Tiens-toi bien.

Elle se retourne et sort du bureau sans dire au revoir à Eva. Angela Carmichael est une salope égoïste et sans cœur, et je ne m'attends à rien d'autre d'une femme comme elle.

Mon regard se porte sur Eva alors que sa mâchoire se serre, et je remarque une lueur d'angoisse dans ses yeux noisette brillants alors qu'elle regarde sa mère s'éloigner. J'avais supposé qu'elle ressemblerait à sa mère, avec ses yeux bruns sans âme et ses cheveux noir de jais, mais elle est tout le contraire, avec des yeux noisette clair et des cheveux blonds dorés qui tombent en vagues autour de ses épaules.

La porte claque derrière Angela, me rappelant que je suis en train de regarder bouche bée mon élève. J'ai l'impression que des griffes ratissent l'intérieur de mon corps, essayant de se libérer alors que je laisse Angela Carmichael quitter le campus vivante. Ça fait cinq ans que j'attends d'accomplir ma vengeance, et ça n'a pas été facile, même si je suis un homme patient.

Je ne suis pas surpris qu'Angela ne m'ait pas reconnu. Nous ne nous sommes rencontrés qu'à une seule occasion, et j'ai légalement changé de nom pour la deuxième fois quand j'ai fui Atlanta il y a cinq ans. Aux yeux de la loi, je suis Oakley James Byrne plutôt que Brett Oakley Archer.

Un nom qui est devenu une seconde nature pour moi. Brett Archer est mort seul avec Jane Williams et Archer Data corp.

Angela est si égocentrique que je ne m'attendais pas à ce qu'elle me reconnaisse. Un homme qu'elle et son mari ont ruiné sans la moindre hésitation, bien décidés à démontrer le pouvoir qu'ils détenaient.

Mon plan se met en place alors qu'elle quitte le campus, laissant entre mes mains son unique héritière. La clé de tout. Ils sont si inquiets pour la réputation de leur famille qu'ils ont involontairement livré leur fille aux portes du diable.

J'ai touché une corde sensible avec la superficialité des Carmichael, leur faisant oublier que leur fille n'a rien à se reprocher. La photo trafiquée d'elle avec le concierge du lycée a suffi pour qu'ils la transfèrent dans mon académie du Maine.

Pathétique.

J'avais besoin d'un moyen de pression, et leur fille était la cible parfaite, même si je n'ai pas encore décidé comment l'utiliser. Depuis un an, mon seul objectif est de la faire venir dans cette académie. À l'origine, ma cible était son frère aîné, Karl, jusqu'à ce qu'il soit assassiné il y a deux ans.

Je prévois de traîner le nom des Carmichael dans la boue en utilisant leur fille avant de les éliminer.

Archer Daniels, l'entraîneur de gym de l'Académie du Syndicat et l'un de mes plus proches amis, a accepté d'avoir une relation avec elle pour commencer, mais en regardant la petite chose innocente qui se tient à côté de moi, elle ne me semble pas être le genre de fille à succomber à son charme.

Je jette un coup d'œil par la fenêtre de mon bureau alors qu'Angela Carmichael descend les marches vers la voiture noire dans laquelle elle est arrivée.

— Je ne devrais pas être ici, murmure une voix furieuse à côté de moi, ramenant mon attention sur la fille de mon ennemi.

Je suis surpris de trouver ses yeux noisette brillants fixés sur moi avec une expression furieuse que peu oseraient me donner. J'intimide la plupart des élèves, mais elle ne semble pas découragée par ma présence. Il est difficile de ne pas remarquer sa beauté naturelle. En apparence, Eva Carmichael est le contraire de sa mère, fausse et égocentrique. Elle reste néanmoins une Carmichael, et tous les Carmichael sont les mêmes.

— C'est totalement faux. Tu es l'héritière du clan Carmichael.

Je me redresse et me rapproche d'elle pour tenter de l'intimider.

— Ta place est à l'Académie du Syndicat.

Elle garde le menton haut, sans se laisser décourager par mes tactiques d'intimidation.

— Je n'ai aucun intérêt dans l'entreprise familiale.

Une sage maturité dans ses yeux noisette uniques la fait paraître plus âgée que ses 18 ans.

— Ce sont des paroles de princesse gâtée qui ne comprend pas la signification de travailler pour vivre.

Je secoue la tête.

— Tu vas apprendre quelques leçons difficiles ici, Eva.

Sa mâchoire se serre, et elle se grandit. Elle n'est pas petite, mais comparée à ma taille, elle est minuscule.

— J'ai bien l'intention de travailler pour vivre une fois que j'aurai mon diplôme.

Ses sourcils se froncent, et ses poings se serrent le long de son corps.

— Je serai vétérinaire, quoi qu'on en dise. Je ne veux rien avoir à faire avec l'organisation criminelle détraquée de mes parents.

Son emportement me surprend. Ironiquement, j'enseigne à des étudiants dans la même situation que celle dans laquelle je me trouvais à dix-huit ans avant de m'enfuir. Aucun des étudiants présents n'est intéressé par une vie droite et étriquée. Ils sont généralement aussi dérangés que leurs parents, si ce n'est pire.

— Tu ne devrais pas dire ça aux autres élèves, dis-je en la regardant du coin de l'œil. Ils s'en serviront comme d'une faiblesse.

Je ne sais pas pourquoi je la mets en garde contre les autres élèves alors que ma seule intention est de torturer cette fille, mais nous avons des élèves sévèrement détraqués dans l'assistance. Des filles et des garçons qui n'en feraient qu'une bouchée.

Elle serre la mâchoire.

— Être meilleure que ses parents n'est pas une faiblesse.

Ses yeux s'enflamment de colère à présent.

Ses mots me font mal au ventre, car j'étais comme elle à une époque. C'est une incurable romantique qui croit qu'il y a un moyen d'échapper aux ténèbres, mais elle se trompe et elle l'apprendra.

— Tes parents veulent que tu reprennes l'entreprise familiale, et je suis là pour faire de toi une leader parfaite pour ladite entreprise.

Je croise mes bras sur ma poitrine.

— Tu feras ce qu'on te dit tant que tu es ici. Ce qui se passera après dépendra de toi et de ta famille.

J'étudie attentivement ses réactions, je suis intrigué par la fille de mon ennemi. Elle n'est pas du tout comme je l'attendais. Au lieu d'une réplique intelligente, elle tient sa langue et me lance un regard noir.

— Viens. Je vais te montrer ton dortoir. Je lui fais signe de sortir de mon bureau.

Elle se retourne et sort, ses hanches se balançant de façon irrésistible.

À ce moment-là, je me rends compte que je suis en train de mater sans honte ses courbes et, en particulier, ses fesses fermes et rondes. Je secoue la tête, sors du bureau à sa suite et accélère pour avoir une longueur d'avance sur elle.

— Suis-moi.

Bien que beaucoup plus petits que ceux de sa mère, les talons d'Eva claquent sur le sol de pierre, ponctuant violemment l'air. Ce son est tout ce qui nous sépare alors que nous nous dirigeons vers l'aile du dortoir des filles.

C'est difficile de croire que je possède la chose la plus précieuse pour Angela et Jamie Carmichael après des années de complots. Ils m'ont tout pris, en quelques minutes ils ont démantelé l'empire que j'avais fondé et tué une femme que j'étais trop aveugle pour reconnaître que j'aimais.

L'importante somme versée par l'assurance m'a permis d'acheter l'Académie du Syndicat à Artem Sidorov, ex-commandant de la Bratva, heureux de prendre sa retraite à soixante et onze ans. L'école avait la réputation de former de grands chefs, mais j'ai poussé le bouchon un peu plus loin en élargissant l'accès à toutes les mafias, et pas seulement à la Bratva.

Je passe la carte magnétique d'Eva pour entrer dans l'aile du dortoir des filles et ouvre la voie dans le luxueux couloir. Les dortoirs ressemblent évidemment à un hôtel, car les familles n'en attendent pas moins pour leur progéniture adorée.

Il y a un contraste étrange entre l'école principale, froide et sombre, et l'aile ouest avec le dortoir.

Le léger hoquet de surprise d'Eva en est la preuve. Un son qui attire mon attention sur elle alors que mon pantalon se resserre légèrement. Je fronce les sourcils et reporte mon attention sur le couloir, me frayant un chemin dans le labyrinthe des chambres jusqu'à la sienne.

Finalement, je trouve la chambre 69.

— C'est ta chambre, dis-je en désignant la porte.

Je lui montre la carte magnétique.

— Et voici ta clé.

Je la fais glisser sur le panneau, et il s'ouvre en un clic.

Elle fronce les sourcils.

— C'est un pensionnat ou un hôtel ?

— Toutes les chambres sont accessibles par carte magnétique. Il en va de la protection des étudiants.

Je hausse les épaules alors qu'elle me regarde d'un air absent.

— Il est impossible de crocheter une serrure électronique, ajouté-je.

Depuis que j'ai acheté cette académie il y a cinq ans, nous avons eu des incidents qui auraient choqué les criminels les plus endurcis. Au total, en cinq ans, nous avons perdu sept étudiants dans des attaques vicieuses. Ces incidents m'ont choqué au plus haut point, mais je suppose qu'il ne sera jamais facile de réunir les héritiers des familles criminelles sous un même toit. Je pousse la porte de sa chambre et y entre.

— Tu as ta chambre, un petit salon derrière la première porte et une salle de bain derrière la seconde, qui mène à un dressing, expliqué-je.

Eva me suit à l'intérieur.

— Ce n'est pas ce à quoi je m'attendais après avoir vu le reste de l'école.

Elle dépose son fourre-tout et entre dans la pièce, où une valise l'attend. Si on considère qu'elle va vivre ici, elle a peu de possessions.

— C'est tout ce que tu as apporté ? lui demandé-je.

Eva lève les yeux vers moi, une certaine tristesse dans le regard.

— Oui, répond-elle en haussant légèrement les épaules. Ils ne m'ont permis d'emporter qu'un seul sac.

Je serre la mâchoire, me demandant ce que peut bien être ce coup de poignard dans mes tripes. De la sympathie, peut-être ? Cette fille a été soumise à des parents comme Angela et Jamie Carmichael. Cependant, je refuse d'accepter qu'elle ne soit pas comme eux au fond sous son apparence angélique. Une femme élevée par le mal ne grandit pas sans en être affectée.

Je la regarde s'avancer et passer doucement ses doigts sur le drap de soie crème du lit à baldaquin. On ne peut pas nier qu'elle est éblouissante, mais c'est un masque qui cache ce qu'il y a en dessous : la noirceur et le mal.

— Écoute-moi, Eva, dis-je, la voix sévère.

Elle se retourne et croise mon regard, les yeux écarquillés.

— Désolée, monsieur.

Le mot « monsieur » me fait mal à l'intérieur et je me sens grossir dans mon pantalon. Aucune écolière ne m'appelle « monsieur » ici, alors peut-être que ce terme fait appel au côté dominant de moi que j'ai enterré depuis longtemps. Je fronce les sourcils en la regardant, me demandant pourquoi ce mot venant de cette fille m'affecte ainsi.

— Écoute attentivement. Tu vas te conformer aux règles ici, que ça te plaise ou non.

Je restreins la distance entre nous, la forçant à reculer contre le mur.

— Je ne recule pas devant les châtiments corporels pour ceux qui n'obéissent pas.

Eva frissonne, ses yeux s'agitent tandis qu'un souffle d'air s'échappe de ses poumons.

La satisfaction m'envahit au premier signe qu'elle me trouve tout de même intimidant. Je serre les dents alors qu'une autre sensation que la satisfaction m'envahit. Un désir brûlant et interdit qui s'accumule au fond de mes tripes.

Sa gorge s'agite lorsqu'elle avale sa salive, et elle secoue la tête.

— Je n'ai jamais eu aucun problème à suivre les règles. Mes parents sont des idiots crédules qui croient que je pourrais avoir une liaison avec un concierge qui a la quarantaine.

Je lève un sourcil.

— C'est pathétique de nier quelque chose quand il y a des preuves photographiques, mademoiselle Carmichael.

Ses yeux lancent des éclairs.

— Pas quand Photoshop existe.

Elle dit cela de façon si directe, en me regardant avec une confiance admirable.

— Je peux te battre jusqu'à ce que tu ne nies plus, Eva.

Je fais une pause, en la regardant fixement pendant quelques instants.

— Ne crois pas que je ne le ferai pas.

Elle reste confiante dans sa conviction.

— Ce n'est pas du déni, monsieur. C'est la vérité, dit-elle en se détournant de moi.

— Tu me manques de respect ? grogné-je, lui saisissant le poignet et la tirant en arrière.

Ses yeux s'écarquillent alors qu'ils se déplacent entre ma main autour de son poignet et mon visage.

— S'il vous plaît, lâchez mon poignet, monsieur.

Je cherche ses yeux, ignorant sa demande.

— Ne me tourne plus jamais le dos. Tu as compris ?

Comme elle ne me répond pas, le peu de contrôle que j'avais me glisse entre les doigts.

— En général, je ne choisis pas les châtiments corporels pour le premier jour d'un élève.

Je me rapproche d'elle, l'incitant à faire un pas en arrière, tenant toujours son poignet.

— Cependant, tu mets ma patience à rude épreuve avec ton attitude insolente.

Je continue de bouger jusqu'à ce que l'arrière de ses jambes touche le lit.

— Je t'ai posé une question, grogné-je.

La gorge d'Eva s'agite, attirant mon attention sur son cou fin.

— Oui, monsieur. Je comprends, mais s'il vous plaît, pouvez-vous retirer votre main de mon poignet ?

C'est reparti. Le tiraillement entre mes cuisses à la seconde où elle dit ce putain de mot. C'est comme jeter du gaz sur un feu de joie.

— Puisque tu le demandes poliment.

Je me penche vers elle et respire son parfum, un mélange de lavande et de jasmin qui rend mes pulsions folles.

— La prochaine fois, tu ne t'en sortiras pas si facilement.

Nos lèvres ne sont qu'à quelques centimètres alors qu'elle me regarde avec un mélange de choc, de peur et un soupçon d'excitation.

— Tu as compris ?

Eva respire en frémissant et hoche frénétiquement la tête.

— Oui, monsieur.

Je lâche son poignet et passe mes doigts dans mes cheveux.

— Bien.

Je me dirige vers la porte pour mettre de la distance entre nous.

— Repose-toi un peu. Un de mes collègues passera te voir demain matin et t'emmènera au petit déjeuner à huit heures précises.

Je jette un coup d'œil à l'horloge murale pour m'assurer qu'elle est bien à l'heure.

— N'ouvre cette porte à personne avant demain matin, quoi qu'il arrive.

Les étudiants ont pour tradition de bizuter les nouveaux élèves, surtout ceux qui commencent à la moitié du semestre. Je me dis que je ne l'avertis que pour m'assurer qu'elle reste hors de danger, afin qu'une éventuelle blessure n'entrave pas mes plans.

Ses sourcils se froncent.

— Pourquoi ?

— Toi et tes questions, vous êtes exaspérantes. Fais ce que je dis, d'accord ?

Eva hoche la tête en guise de réponse.

— OK, monsieur, dit-elle en se laissant tomber sur le lit. Je vais me reposer.

À ce rythme, si elle continue cette histoire de monsieur, je vais finir par la baiser comme une bête pour lui souhaiter la bienvenue à l'académie.

Eva se met sur le ventre, les jambes en l'air, exhibant sa culotte rose en dentelle sous sa jupe. Elle se rend compte que je m'attarde et que je la regarde encore.

— Avez-vous besoin d'autre chose, monsieur ? me dit-elle en me regardant par-dessus son épaule.

Je serre les poings le long de mon corps, en la regardant d'un air renfrogné. Soit elle se rend compte qu'elle exhibe ses sous-vêtements devant moi, et c'est une tentative délibérée de m'exciter, soit elle est trop innocente pour le savoir. Aucune putain d'idée de la réponse pour laquelle opter.

— Non, c'est tout.

Je serre la mâchoire, les yeux toujours rivés sur sa culotte.

— N'ouvre pas la porte ce soir.

Je sors de la chambre et attrape la poignée de la porte, que je referme en la claquant.

Eva Carmichael est différente de ce à quoi je m'attendais de la fille de mes ennemis. Elle me trouble, ce qui complique les choses, car je ne peux pas être celui qui la rend scandaleuse sans risquer de tout perdre en retour. Ma respiration, je le remarque à présent, est irrégulière alors que je repose mon dos contre sa porte.

Archer est réputé pour ses façons de faire abjectes et

perverties. Il n'est pas le principal de l'école, et nous balayons ses nombreuses liaisons avec des élèves sous le tapis. Cependant, le fait qu'Archer ait des relations avec une élève est totalement différent du fait que je franchisse cette ligne. Cela pourrait me détruire pour la deuxième fois, et il est hors de question que je laisse un autre Carmichael causer ma perte.

4

EVA

Un coup frappé à ma porte m'oblige à me redresser.

— Qui est-ce ?

Je me demande si le principal Byrne est revenu, me rappelant son avertissement de ne pas ouvrir la porte.

C'est l'homme le plus effrayant que j'aie jamais rencontré, et j'en ai rencontré de méchantes personnes grâce au travail de mes parents, mais c'est aussi le plus bel homme.

— C'est ta voisine de palier, me répond une voix.

Je me lève et m'approche de la porte, envisageant tout de même de l'ouvrir malgré l'avertissement du principal.

— Oh, qu'est-ce que tu veux ? demandé-je.

— Je voulais me présenter. Je suis à ta gauche.

Il y a un moment de silence.

Je fronce les sourcils en me demandant pourquoi le principal Bryne m'a conseillé de ne pas ouvrir la porte. Si je veux m'intégrer, je dois me montrer amicale, et refuser d'ouvrir la porte n'est pas une bonne façon de faire connaissance.

J'ouvre la porte à une petite et jolie fille aux cheveux roux.

— Hé.

Elle sourit.

— Salut, tu es Eva Carmichael, c'est ça ?

Je serre la mâchoire et acquiesce.

— Oui, qui es-tu ?

— Jeanie Doyle, dit-elle en me tendant la main pour que je la serre.

Je la regarde avec anxiété.

— Comme dans Doyle de Chicago ? demandé-je, réalisant qu'elle est liée aux Callaghans de Chicago.

Je sais que chaque enfant ici est le produit de grands criminels. C'est exactement la raison pour laquelle je ne m'intégrerai jamais, mais au moins ce n'est que pour sept mois.

Elle penche la tête.

— Ouais, tu vas me laisser dans le vent comme ça ?

Elle jette un coup d'œil à sa main.

Je la secoue, et elle s'agrippe si férocement qu'on dirait qu'elle essaie de me briser les os.

— Ravie de te rencontrer, dis-je en récupérant ma main.

Elle sourit, mais c'est un sourire malicieux qui me donne des frissons.

— Tu n'aurais pas dû ouvrir la porte dit-elle alors que deux filles apparaissent de chaque côté d'elle.

Je suis saisie d'effroi et je leur claque la porte au nez, mais les deux filles m'arrêtent et la poussent.

— Qu'est-ce que vous voulez ?

Je ravale ma peur.

L'une des nouvelles filles fait craquer ses articulations.

— Te souhaiter la bienvenue à l'Académie du Syndicat.

La voix de mon père résonne dans ma tête tandis que je regarde les trois filles qui me veulent du mal.

Tu dois apprendre à mener tes propres batailles, Eva.

Quand j'avais six ans, mes parents m'ont inscrite à des cours de boxe, même si cela ne m'intéressait pas. Ils m'ont forcée à continuer jusqu'à mes seize ans, et mon professeur leur a garanti que je pouvais me défendre dans un combat à mains nues. Peut-être que ce que j'ai appris va enfin me servir. Bien que, à trois contre un, ça va être dur.

Je m'éloigne d'un pas, me préparant à une attaque.

— Je ne veux pas d'ennuis.

Je lève les mains.

Une des autres filles sourit.

— Dommage que ça soit les ennuis qui viennent à toi, alors.

Je serre les poings et les tiens devant mon visage.

— Qu'ils viennent seulement.

Elles se moquent toutes de moi, ce qui ne fait que m'énerver.

Jeanie est la première à frapper, elle se précipite sur moi et me donne un coup dans l'estomac. Je m'écarte et la frappe au visage, la prenant par surprise.

Une des autres filles vient vers moi et me frappe à la

poitrine. J'attrape son poignet et le tords avec force, puis je lui donne un coup de genou dans l'estomac.

Elle gémit et je la lâche, la repoussant vers l'autre fille.

Jeanie s'avance à nouveau, les yeux brillants de rage.

— Pas mal pour une débutante.

Je la regarde en plissant les yeux.

— Je ne suis pas une débutante.

Elle rit.

— J'ai entendu dire que tu es un putain de petit poussin qui n'a jamais tué personne.

Elle penche la tête sur le côté.

— Quel genre d'héritière de clan n'a pas encore tué avant ses 18 ans ?

J'en ai l'estomac retourné.

— Tu es malade si tu penses qu'on peut se vanter de prendre la vie de quelqu'un.

Jeanie jette un coup d'œil à l'une des autres filles.

— Non, mais t'y crois à ça ?

Elle secoue la tête.

— Cette salope ne mérite pas d'aller à l'Académie du Syndicat, si tu veux mon avis.

Je leur lance un regard noir à toutes les deux.

— On ne t'a pas demandé ton avis.

Elles échangent un regard.

— Elle a besoin d'une bonne leçon, dit l'autre fille en faisant craquer ses articulations.

Je tiens mes poings devant moi comme on me l'a appris. Ce n'est pas dans ma nature d'être agressive, mais je vais me défendre.

Elle vient vers moi et donne des coups sur mon flanc

gauche, que je bloque facilement. La fille s'impatiente et lance un coup à ma droite trop rapidement. Je lui envoie mon poing dans l'estomac, ce qui la fait grogner et se retourner.

— Fais chier, dit Jeanie, en se précipitant sur moi.

Elle me plaque au sol et enchaîne les coups. Je me bats pour la repousser, mais sa force me submerge et elle m'assène trois coups solides avant que je ne puisse l'éjecter de moi.

Du sang coule de ma lèvre éclatée.

— C'est quoi ton problème ? demandé-je, ayant du mal à croire que ces filles prennent plaisir à blesser les autres.

Cela n'a aucun sens, mais mon frère était pareil, déterminé à prouver qu'il méritait l'empire dépravé que mes parents avaient construit.

— Aucun, répond Jeanie. À quoi tu t'attendais dans une académie pleine d'héritiers de la mafia ?

Je ne m'attendais pas à ce genre d'événement merdique pour ma première nuit ici. Le fait est que je vais faire tache ici parce que je n'ai aucune intention de reprendre l'entreprise de mes parents.

La plus grande des filles s'avance.

— Si tu penses que c'est mauvais, tu vas être surprise.

Il y a une pointe de cruauté dans le timbre de sa voix, elle fouille dans sa poche et en sort un objet. Elle est si rapide que je ne vois qu'un éclair de métal quand elle s'avance et plante le couteau dans ma jambe droite.

Je hurle à l'agonie quand elle le retire, faisant gicler le sang dans l'air. Mon estomac se révulse à la vue du sang qui jaillit de la profonde blessure et je fais un pas en arrière, ce qui ne fait qu'accroître l'hémorragie.

La douleur est terrible lorsque je mets du poids sur ma jambe, alors je me tiens en équilibre sur une jambe, sachant qu'elles pourraient attaquer à nouveau et que je ne serais pas en mesure de les repousser.

— C'est quoi ce bordel ? dis-je, les regardant fixement alors qu'une rage étrangère infecte mon sang. Ce n'était pas suffisamment injuste, à trois contre un, que tu apportes aussi un couteau ?

La même fille qui m'a poignardée sourit et s'approche en faisant tourner le couteau dans sa main.

— Tu as droit à un traitement spécial parce que tu t'es battue.

Je fais un bond en arrière sur ma seule bonne jambe, sachant que je ne fais que retarder une autre attaque douloureuse. Je jette un coup d'œil à la porte derrière laquelle un public s'est désormais rassemblé, mais personne ne vient à mon secours.

La grande fille s'approche à nouveau de moi, et je l'esquive de justesse, tombant au passage et atterrissant sur les fesses. La secousse envoie une douleur atroce dans ma jambe, et je grogne, irritée de ne pouvoir me battre contre ces dingues.

Est-ce qu'elles iraient jusqu'à me tuer ?

Je ne laisserais rien passer aux étudiants de cet asile de fous. Cet endroit devrait être illégal, mais les flics sont aussi corrompus que les criminels comme toutes les autorités de ce monde. L'argent est la racine de tous les maux, et si vous en avez assez, peu importe les crimes odieux que vous commettez. Tout disparaîtra si vous avez de l'argent.

La fille me sourit et déplace le couteau vers mon autre jambe. Elle soutient mon regard, elle voit ma peur et ça lui plaît.

Elle essaie de planter le couteau dans mon autre jambe, mais je la désarme en lui arrachant le couteau des mains au moment où elle s'y attend le moins. Je pointe le couteau sur elle, en l'agitant.

— Recule, putain.

La fille sourit.

— Ou quoi ? Tu vas me poignarder ?

Je la regarde fixement, une haine sombre mijotant sous ma peau.

— Oui, t'as pas intérêt à t'approcher de moi.

La même fille sort quelque chose de sa poche et agite son poignet ; elle ouvre un cran d'arrêt. Mon cœur bat la chamade alors que j'essaie de formuler un plan. J'essaie de me lever, bien que rester debout risque de constituer un plus grand handicap pour moi, avec le sang qui coule encore du coup de couteau reçu. Je bascule sur mes fesses, au grand amusement de mes agresseuses.

— Quelle mauviette pathétique, dit Jeanie en regardant les autres filles. Qu'est-ce qu'on va faire d'elle ?

Ma tête tourne à cause de tout le sang perdu, ce qui me donne le vertige. Je ne suis pas sûre que ces filles y réfléchiraient à deux fois avant de m'assassiner. Je resserre mon emprise sur le couteau dans ma main, en restant concentrée.

— Hors du chemin, gronde le principal. Vous tous, retournez dans vos chambres.

La fille laisse tomber le couteau sur le sol à côté de moi, son visage pâlit et elle sursaute comme si quelqu'un l'avait giflée. Elle a peur de se faire attraper par le principal. Ça ne m'aurait pas surprise que cela fasse partie du programme scolaire, car ils nourrissent la brutalité et la noirceur.

Les yeux perçants bleu marine du principal rencontrent les miens, et la colère qui s'y trouve est éclatante. Je n'arrive pas à savoir si elle est dirigée contre elles ou contre moi.

— Vous trois, allez chez le professeur Nitkin.

Il les regarde fixement.

— Il sera chargé de votre punition.

Les trois filles pâlissent, et Jeanie me regarde avec une haine ardente. Elles se retournent et s'en vont, et je reste seule avec le principal Byrne. Une fois qu'elles sont parties, il reporte son attention sur moi.

— Qu'est-ce que je t'avais dit, Eva ? me demande-t-il.

J'inspire en tremblant, mes côtes me font mal à cause de la raclée que j'ai prise.

— De ne pas ouvrir la porte.

Je reste au sol, il me domine de toute sa hauteur et je me sens minuscule. Ses yeux sont fous de rage et il se rapproche de moi, réduisant l'écart qui nous sépare.

— Et qu'est-ce que tu as fait ?

— J'ai ouvert la porte.

La honte s'empare de moi alors que je garde mon regard sur le sol.

— Je suis désolée, monsieur.

Un doux grognement s'échappe des lèvres du principal Byrne alors qu'il s'accroupit à côté de moi. C'est un son qui m'effraie, mais qui a aussi un effet étrange sur moi que je ne comprends pas vraiment. Son odeur terreuse et musquée s'infiltre dans mes sens alors qu'il s'approche aussi près de moi qu'avant.

Il jette sa veste sur mon lit et retire sa cravate avant de déboutonner sa chemise, et je sens la chaleur parcourir mon corps.

— Que faites-vous ? demandé-je.

Ses yeux se plissent, il se concentre sur la blessure de ma jambe.

— Je dois créer un garrot rapidement sur ce coup de couteau. Tu perds trop de sang, et je crains qu'elles aient touché une artère.

Il retire sa chemise, et il est impossible de ne pas admirer son corps musclé et les tatouages sombres qui s'étalent le long de ses bras et à gauche de sa poitrine, même si je me vide de mon sang, ou peut-être est-ce justement parce que je me vide de mon sang, car cela me donne un peu la tête légère et des vertiges.

Il arrache la manche de sa chemise et récupère un stylo dans la poche de sa veste. Il utilise rapidement le tissu et le stylo pour faire un garrot à la blessure. Il est évident qu'il a déjà fait ça auparavant, car le garrot arrête instantanément l'écoulement du sang. Une fois cela fait, il remet sa chemise malgré la manche en moins et la boutonne avant d'enfiler la veste.

Il croise mon regard et s'accroupit devant moi.

— Mets tes bras autour de mon cou.

Mes yeux s'écarquillent.

— M… monsieur ?

Il ferme les yeux et respire longuement en frissonnant, ce qui me fait peur.

— J'ai dit, mets tes bras autour de mon cou.

Il y a un écho mortel dans sa voix.

Je déglutis, j'hésite à toucher cette brute. Il est si beau que c'en est intimidant, surtout de si près.

Sa mâchoire se serre, et ses yeux s'ouvrent et trouvent les miens. L'intensité de ces profondeurs bleu marine provoque une sensation étrangère dans mes tripes.

— Ne me force pas à le redire.

Lentement, je glisse mes bras autour de son cou alors que la chaleur de sa peau me brûle, me faisant réaliser à quel point j'ai froid. Je frissonne, mon corps a besoin de sa chaleur alors que ma tête tourne. Il a raison. J'ai perdu beaucoup de sang et je ferme les yeux, mon corps a besoin de repos.

Le principal Byrne glisse une main sous mes genoux et l'autre autour de mon dos, et me soulève comme si je ne pesais rien.

— Reste avec moi, Eva. Quoi que tu fasses, ne ferme pas les yeux.

Mon estomac s'agite. La pression dure des muscles du principal Byrne contre mon corps alors qu'il me serre contre lui est enivrante. Sa chaleur est sécurisante et réconfortante, même si cet homme me fait froid dans le dos. Il est intense, troublant et intimidant, mais je sens qu'il aime que les élèves le craignent.

— Où m'emmenez-vous ? demandé-je, rompant le silence entre nous.

Sa mâchoire se serre tandis qu'il porte son attention devant nous.

— Je ne tolérerai pas de questions stupides.

Je me mords la lèvre inférieure, me concentrant sur tout sauf sur le magnifique visage de mon nouveau principal. De si près, c'est impossible de l'ignorer. Il est beau, et la façon dont il me porte est intime et me chauffe de l'intérieur. Sans compter qu'il sent divinement le musc, le pin et quelque chose que je ne parviens pas à identifier. Mes cuisses se serrent l'une contre l'autre tandis que mon désir pour lui augmente.

— Je pense que je peux marcher, monsieur, suggéré-je en sentant mon corps tout entier chauffer à cause de la proximité prolongée avec lui, la chaleur entre mes cuisses augmentant tandis que cette prise de conscience me picote la peau.

Le principal Byrne secoue la tête.

— J'ai vu ma part de blessures par arme blanche, et si tu essaies de marcher, tu feras plus de mal que de bien et tu perdras plus de sang.

Je déglutis fortement, me demandant combien de fois les gens se font poignarder ici dans cette académie.

— Je suppose que les étudiants se font souvent poignarder ici, alors ? demandé-je en souhaitant que ma voix ne soit pas aussi pathétiquement terrifiée.

Sa mâchoire se serre, et il acquiesce.

— Oui.

C'est tout ce qu'il dit alors qu'il me transporte par l'entrée principale de l'école froide et majestueuse et ouvre d'une main le côté passager d'un grand SUV avant de me placer doucement sur le siège.

— Attache ta ceinture.

Il claque la porte, faisant battre mon cœur contre ma cage thoracique.

J'obéis, je fais glisser la ceinture et je l'enclenche.

Le principal Byrne fait le tour de la voiture d'un pas raide et se glisse du côté conducteur sans me regarder, puis allume le moteur. Le ronronnement du moteur est tout ce qui nous sépare lorsqu'il franchit les grilles en fer forgé.

5

OAK

Il n'est pas rare que j'appelle les parents de nouveaux élèves le premier matin pour signaler un incident, mais je ne comprends pas pourquoi je dois le faire pour Eva.

Je lui ai dit de ne pas ouvrir la porte, mais elle a ignoré mon avertissement. Je passe une main dans mes cheveux, prends le téléphone sur mon bureau et compose le numéro de Jamie Carmichael. Je serre le combiné si fort que je suis surpris qu'il ne se brise pas en deux.

La tonalité retentit, et quelques instants plus tard, Jamie Carmichael répond.

— Bonjour.

Je reconnaîtrais sa voix n'importe où.

— M. Carmichael.

Je me racle la gorge.

— C'est le principal Byrne de l'Académie du Syndicat.

Il soupire.

— Oh, pour l'amour de Dieu. Qu'est-ce qu'elle a

encore fait ?

Je serre mon poing libre, réprimant un grognement qui tente de s'échapper. Eva n'a rien à voir avec les autres élèves ; elle est innocente, quand bien même elle est la fille de deux des plus affreuses personnes que j'ai jamais rencontrées.

— Des filles ont attaqué Eva dans son dortoir. Elle est à l'hôpital en ce moment, car elle a reçu un coup de couteau à la jambe gauche, et souffre d'une côte cassée et de quelques contusions superficielles.

Je m'arrête un instant.

— Je me dois de vous informer de tous les incidents qui se produisent sur le campus.

Jamie Carmichael fait claquer sa langue.

— Excellent. Espérons que cela l'obligera à se défendre à l'avenir.

Se défendre ?

Je serre la mâchoire, car je sais que les mots que je veux dire le mettraient en colère.

Pour une fille qui insiste sur le fait qu'elle ne veut rien avoir à faire avec le monde dans lequel elle est née, elle s'en est bien sortie contre trois des filles les plus violentes de l'école. Eva s'est défendue, mais elles étaient trois fois plus nombreuses qu'elle. Sans compter que les filles avaient apporté un couteau, ce qui a fait pencher la balance en leur faveur.

Je ne suis pas surpris du manque de sensibilité dans la réaction de son père. Ils méritent tous les deux de pourrir en enfer.

— En effet. C'était simplement un appel de courtoisie,

dis-je en serrant les dents, luttant pour contenir la rage qui remonte à la surface.

Il exprime son agacement :

— Pas besoin de m'appeler, la prochaine fois qu'Eva est blessée.

Il y a quelques instants de silence.

— Ne m'appelez que si elle est morte, et dans ce cas je vous tuerai moi-même. Il raccroche violemment le combiné, enflammant le feu qui explose en moi.

Ce n'est pas comme ça que j'avais planifié ma vengeance. Au lieu de vouloir torturer et blesser leur fille, je ne peux m'empêcher d'avoir pitié d'elle. Je claque à mon tour le combiné et me masse les tempes.

Je prends un presse-papier sur mon bureau et le lance à travers la pièce. Il cogne le mur et se brise en morceaux. Rien de tout cela ne se passe comme je l'avais prévu. Eva Carmichael est censée être comme ses parents égoïstes, et pourtant j'ai du mal à la voir autrement que comme une victime de leur négligence délibérée.

Je prends la bouteille de scotch sur mon bureau et me sers un verre, savourant la façon dont il me brûle la gorge. Ce n'est pas très orthodoxe pour un professeur de boire au travail, d'autant plus que j'ai des cours à assurer dans une heure, mais je m'en fous.

Eva me hante pour toutes les mauvaises raisons depuis que j'ai posé les yeux sur elle. Elle est forte et sait ce qu'elle veut. Sa détermination à devenir vétérinaire est d'une innocence attachante et d'un courage admirable, même si elle est naïve de croire qu'elle pourra un jour se détacher de ses parents. Ils la traqueront si elle tente de s'enfuir.

Le téléphone de mon bureau sonne, le numéro qui s'affiche est celui de l'hôpital.

— Bonjour, Oakley Byrne à l'appareil.

— M. Byrne, c'est le docteur Kenward.

Il y a un bref silence.

— J'appelle au sujet d'Eva Carmichael.

— Oui.

Je déglutis en me rappelant ses grands yeux noisette qui me suivaient quand je l'ai laissée seule à l'hôpital. Une partie de moi se sentait coupable, ce qui est absurde. Je n'aurais pas pu passer ma nuit à l'hôpital avec elle.

Il soupire.

— Le coup de couteau n'a touché aucune artère principale, mais nous ne pouvons pas être sûrs qu'il n'y a pas de lésions nerveuses.

Je grince les dents, car ces trois filles se sont acharnées sur Eva plus que la plupart des filles, et je crois que c'est parce qu'elle s'est défendue.

— Combien de temps doit-elle rester à l'hôpital ?

— Elle a besoin de repos, mais nous préférons la garder quelques jours pour être sûrs, suggère-t-il.

— L'infirmière ne peut pas s'occuper d'elle ici ? demandé-je, ne souhaitant pas qu'elle reste éloignée de l'académie plus longtemps.

Il y a quelques instants de silence.

— Comme vous préférez, si votre infirmière peut s'occuper du coup de couteau.

Elaine Jasper est notre infirmière résidente, et elle s'est occupée de tant de blessures scandaleuses. Les coups de couteau sont sa spécialité dans cette école.

Les blessures d'Eva étaient graves, mais rien qu'elle ne puisse traiter. Comme Elaine était en congé hier, je n'ai eu d'autre choix que de l'emmener à l'hôpital local.

— Je confirme ça avec elle et je vous tiens au courant.

Je ne veux pas qu'il ait des soupçons sur ce qui se passe dans cette école.

Il s'éclaircit la gorge.

— Ai-je raison de penser que c'était un accident ?

Il y a de la suspicion dans le ton de voix, c'est pourquoi nous n'utilisons pas les hôpitaux.

— Oui, Eva est tombée dans la cuisine avec un couteau et s'est poignardée, dis-je impassiblement, sans la moindre incertitude dans ma voix. Nous serons plus vigilants sur l'accès à la cuisine à l'avenir.

— En effet.

Il y a quelques instants de silence entre nous.

— Eh bien, je vais attendre la décision de votre infirmière.

Il raccroche.

Je soupire lourdement et ferme les yeux en me frottant les tempes. Tout aurait été bien plus facile si le frère d'Eva, Karl, était resté ma cible.

Avec son frère, la pomme n'était pas tombée loin de l'arbre. Il était exactement comme ses parents, mais j'avais du mal à le faire entrer à l'académie. Son père voulait qu'il soit profondément impliqué dans l'entreprise familiale dès son plus jeune âge, et tous mes efforts avaient été vains. Peu de temps après ma dernière tentative pour le faire rejoindre l'académie, j'ai appris la nouvelle de son décès et j'ai su que je devais tourner mes efforts vers leur fille.

Eva Carmichael.

Une fleur innocente dans un champ rempli de lierre sombre et vénéneux. Ça n'a aucun sens qu'elle soit restée intacte de toute noirceur, mais ça rend plus difficile le fait de me servir d'elle.

Sous sa façade innocente, il doit y avoir le même égoïsme implacable que ses parents incarnent, et je vais le déterrer. Je ne crois pas qu'elle soit aussi parfaite qu'elle en a l'air, et j'ai l'intention de la mettre en pièces et de révéler la vérité avant de faire tomber sa moins que rien de famille avec elle.

Mon cœur bat fort contre ma cage thoracique alors que je me dirige vers la chambre d'Eva à l'hôpital. La perspective de la voir a un effet indésirable sur moi. Lorsque j'arrive dans la chambre et que je jette un coup d'œil par la fenêtre, je sens mon estomac se serrer.

Eva est assise bien droite dans son lit, un livre sur les sciences vétérinaires dans les mains. La plupart des filles resteraient là à faire défiler des médias sociaux abrutissants sur leur téléphone toute la journée. Je lui accorde une chose : elle est dévouée à ses rêves.

Je déteste que mon admiration pour elle croisse, surtout que cette admiration joue contre moi. Elle sera un dommage collatéral dans ma quête de vengeance, mais ce serait plus facile si elle était détestable.

J'inspire profondément et passe la porte ouverte de sa chambre. Elle ne me remarque pas tout de suite.

— Tu rentres avec moi, Eva, annoncé-je en croisant mes bras sur ma poitrine.

Ses beaux yeux noisette s'agrandissent quand elle me regarde.

— Oh, je croyais que je devais rester ici quelques jours, monsieur.

Je serre la mâchoire, sentant le désir resserrer son emprise sur moi à l'utilisation de ce putain de mot.

— Pourquoi m'appelles-tu monsieur, Eva ?

Elle fronce les sourcils.

— C'est comme ça que j'ai toujours appelé mes professeurs.

Elle hausse les épaules.

— Je suppose que c'est naturel dans le Sud.

Elle ne s'en excuse pas et ne demande pas si elle doit s'arrêter. Au fond, je ne veux pas qu'elle le fasse.

— Je vois.

Je garde mes bras croisés sur ma poitrine.

— L'infirmière Jasper est de retour aujourd'hui à l'académie, et elle s'occupera de toi à l'infirmerie.

La peur se lit dans ses yeux et sa gorge se noue lorsqu'elle déglutit. Il est compréhensible qu'elle craigne de retourner à l'école après ce qui s'est passé.

— Ne t'inquiète pas. Ces filles ne s'approcheront plus jamais de toi, lui assuré-je en me rapprochant de son lit. Je te le garantis.

Je remarque à la fois un mélange de curiosité et de soulagement dans son expression.

— Comment pouvez-vous en être sûr ?

Je m'assois sur la chaise à côté du lit, serrant mes

poings en boule pour m'empêcher de tendre la main vers elle.

— Le professeur Nitkin les a punies. Elles n'oseront plus jamais te toucher.

Sa gorge délicate s'agite tandis qu'elle déglutit à nouveau.

— Je vois.

Un silence tendu s'installe entre nous, alors que nous nous fixons tous les deux, l'électricité claquant dans l'air.

Ses sourcils se froncent.

— Est-ce que vous l'avez dit à mes parents ?

Sa voix est hésitante.

Je ne comprends pas pourquoi je me sens coupable de la réponse.

— J'ai parlé avec ton père. Il m'a dit de ne pas lui parler d'autres blessures que tu pourrais subir.

Un éclair de tristesse pénètre ses yeux magnifiques, mais il disparaît en un instant quand elle serre la mâchoire.

— Évidemment qu'il a dit ça.

Elle jette un coup d'œil à ses mains sur le lit, serrant ses doigts ensemble.

C'est difficile de ne pas la plaindre, ce qui est une complication dont je n'ai pas besoin. L'héritière du clan Carmichael est à l'opposé des gens qui m'ont fait du tort il y a cinq ans, mais c'est peut-être une façade. Je ne suis pas prêt à croire qu'elle n'ait pas été touchée par la noirceur autour de laquelle elle a grandi.

— Es-tu prête à partir ? demandé-je.

Ses lèvres se pincent et elle louche vers moi.

— Quand que je serai habillée… Mais je vais avoir besoin de l'infirmière pour m'aider à mettre mon pantalon.

J'avale ma salive à l'idée qu'elle ait besoin de s'habiller, ce qui signifie qu'elle est pratiquement nue sous sa fine blouse d'hôpital.

— Je vais en chercher une.

— Merci, dit-elle en reportant son attention sur le livre.

Je quitte la pièce et cherche une infirmière, mais je n'en vois pas. Une jeune femme est assise derrière le bureau de la réception, alors je m'approche.

— Excusez-moi, y a-t-il une infirmière disponible pour aider mon étudiante à s'habiller ?

Elle fronce les sourcils en me regardant.

— Elles sont toutes occupées. Il y a eu un terrible accident de la route, et tout le personnel est en train d'aider aux urgences.

Je serre la mâchoire.

— Pouvez-vous aider ? lui demandé-je.

Elle secoue la tête.

— Je ne suis pas autorisée à laisser le bureau sans surveillance. Nous avons beaucoup de dossiers confidentiels ici.

Je soupire lourdement, en me pinçant l'arête du nez.

— Bien.

Je m'éloigne et retourne vers sa chambre.

Eva est allongée sur le lit, les yeux fermés et le poignet contre le front. Je grince des dents à l'idée de devoir l'aider à s'habiller. Je n'ai pas le choix.

Je m'éclaircis la gorge en entrant, ce qui la fait sursauter.

Elle fronce les sourcils.

— Pas d'infirmière ?

Putain.

— Il y a eu un vilain accident, et il n'y a pas de personnel disponible actuellement.

Une véritable inquiétude se lit sur son visage.

— J'espère que personne n'est trop gravement blessé.

Elle se déplace sans aide vers le côté du lit et balance ses jambes en grimaçant.

— Je vais m'en occuper moi-même, monsieur.

Elle me regarde avec impatience. Comme je ne bouge pas, elle s'éclaircit la gorge.

— Pourriez-vous rester dehors ?

Je secoue la tête.

— Tu ne peux pas t'habiller seule.

Ma mâchoire se serre.

— Je vais t'aider.

Ses yeux s'écarquillent, et ses joues deviennent rouge vif.

— Ce ne sera pas nécessaire, monsieur.

— Tu ne peux pas t'habiller dans ton état.

Je prends son sac.

— Est-ce que tu as quelque chose qui n'exercera pas de pression sur la plaie ?

Je sens mon cœur battre dans mes tympans à l'idée de l'aider à s'habiller.

Eva a toujours l'air choquée et secoue la tête.

— Je ne suis pas sûre. Peut-être une jupe, mais il fait glacial, non ?

Une jupe ne devrait pas être trop difficile. Je hoche la tête en guise de réponse.

— Oui, mais la voiture est chauffée, et on t'emmène directement à l'infirmerie.

J'ouvre le sac, trouve la jupe, et attrape une blouse et un pull.

— Est-ce que ça ira ? demandé-je.

Elle a l'air plus rouge encore quand elle hoche la tête.

— Oui, mais j'ai besoin de sous-vêtements aussi, monsieur.

Putain. Eva me dit qu'elle est à poil sous sa blouse d'hôpital.

— Oh, bien sûr.

Je fouille dans le sac et trouve un soutien-gorge noir en dentelle et un string noir assorti qui font durcir ma bite dans mon pantalon. Je serre le tissu si fort dans mes mains, l'imaginant dans cette tenue, me regardant innocemment pendant que j'embrasse chaque centimètre de sa peau douce.

Putain, qu'est-ce qui ne va pas chez moi ?

Cette situation ne pourrait pas être plus inappropriée.

Je m'éclaircis la gorge, pose les vêtements sur le lit, et me tiens à ses côtés.

— Tu peux te lever ?

Eva hausse les épaules.

— Je n'ai pas encore essayé sans aide.

Mon cœur bat si fort que j'ai l'impression qu'il essaie de percer ma cage thoracique.

— Il vaut probablement mieux que tu restes assise,

dis-je.

Elle hoche la tête en guise de réponse.

— Oui, monsieur.

Ses joues sont rouge cramoisi tandis qu'elle me regarde, et ses lèvres s'écartent légèrement alors que nos regards restent fixés.

Je déglutis difficilement et attrape le string noir en m'agenouillant devant elle.

Dans cette position, il m'est impossible de ne pas m'imaginer en train de forcer ma bouche vers le centre de son corps alors qu'elle crie mon nom. Je chasse ces pensées de mon esprit et soulève légèrement sa jambe blessée en premier.

Eva grimace, preuve qu'elle n'aurait pas pu s'habiller seule. Se pencher aurait été assez difficile, surtout avec ses côtes meurtries.

Je fais glisser le tissu sur sa cheville gauche, puis sur la droite, avant de le faire remonter doucement sur ses cuisses charnues. Ma bite est dure et palpite de désir tandis que mes doigts effleurent sa douce peau de porcelaine. Lorsque j'arrive en haut de ses cuisses, Eva saisit mes mains dans les siennes, les yeux écarquillés. Sa langue mouille sa lèvre inférieure.

— Je pense que je peux m'en sortir à partir d'ici, monsieur, murmure-t-elle.

Je serre la mâchoire, regrettant qu'elle m'ait arrêté. Tout ce que je veux, c'est glisser mon doigt dans son centre et sentir à quel point elle est humide. La façon dont elle frissonne à mon contact est une preuve suffisante qu'elle est excitée. Ajoutez à cela sa respiration erratique, sa poitrine qui se soulève et s'abaisse violemment, et le rouge de ses joues. Je sens qu'elle est probablement trempée pour moi.

Je m'éclaircis la gorge, en essayant de me concentrer.

— Bien sûr.

Je retire mes mains de sa culotte et serre les poings le long de mon corps, portant mon attention sur la jupe.

Eva grimace, se tortille pour enfiler son string. Il diffère de la culotte en dentelle rose qu'elle portait le jour de son arrivée.

— Prête ? demandé-je en tenant la jupe.

Elle hoche la tête en inspirant profondément.

— Oui, monsieur.

J'aimerais qu'elle ne soit pas aussi polie en ce moment. Ignorant le gonflement de ma bite alors que je m'accroupis à nouveau devant elle, je soulève son pied gauche et glisse la jupe, avant de soulever son pied droit et de faire de même.

Eva grimace à nouveau, mais je ne peux pas me concentrer là-dessus. Tout ce sur quoi je peux me concentrer, c'est sur le fait de ne pas arracher le string et la jupe et d'enfouir ma tête entre ses cuisses plantureuses. Mes pulsions sont si primaires que j'ai l'impression qu'elles essaient de me brûler vif de l'intérieur. Je suis sur le point de perdre le contrôle.

Je laisse mes doigts effleurer sa peau davantage cette fois-ci et je remonte lentement sa jupe, ayant besoin de la sentir aussi longtemps que possible.

Elle halète doucement lorsque mes doigts passent délibérément sur l'intérieur de ses cuisses. Ses yeux larges et innocents surprennent les miens, ce qui me fait reprendre mes esprits et je lâche la jupe. Elle l’enfile jusqu'au bout, et la ferme sur le côté.

— Tu peux gérer pour le reste ? dis-je en regardant le soutien-gorge et le chemisier.

Elle déglutit difficilement.

— Je ne pense pas que je vais mettre le soutien-gorge. J'ai mal aux côtes.

Je hoche la tête en guise de réponse et je prends le soutien-gorge, que je remets dans son sac. Je peux voir le contour de ses tétons dans la blouse d'hôpital qu'elle porte. Au moins, le pull les cachera de ma vue.

— Tu as besoin d'aide pour le chemisier et le pull ?

Une partie de moi veut qu'elle dise oui. L'idée de voir ses magnifiques tétons froncés me rend fou de désir.

Elle secoue la tête.

— Non, monsieur. Je peux me débrouiller. Si vous attendez dehors, je vous appellerai quand je serai prête.

Je reste là à combattre mes pulsions primaires de prendre cette fille ici et maintenant.

— Bien sûr.

Je me tourne et sors de la pièce en fermant la porte derrière moi. Je m’adosse à la porte, en me pinçant l'arête du nez.

Dans quel pétrin me suis-je fourré ?

Eva Carmichael est l'exemple même de la tentation innocente, et je ne suis pas sûr de pouvoir résister à l'envie de mordre dans le fruit défendu, fruit que j'ai l'intention de détruire avec sa famille. Mon désir pour elle est une complication dont je me passerais bien.

6

EVA

Un silence gênant envahit la voiture, souligné par le vrombissement du moteur alors que le principal Byrne se dirige vers l'académie. Il n'aurait pas dû m'aider à m'habiller à l'hôpital, c'était inapproprié.

Mon corps picote à la façon dont ses doigts ont délicatement effleuré ma peau. C'était comme s'il s'était efforcé de me transformer en une piscine de désir en fusion, même si ce n'était probablement pas son intention.

Je ressens toujours cette tension sexuelle, mais je n'arrive pas à savoir si cela vient de moi ou si ce n'est qu'un vœu pieux ; je veux dire, le principal Byrne est l'homme le plus séduisant que j'aie jamais rencontré, mais je suis défoncée aux antidouleurs.

Il est impossible qu'un homme comme lui soit attiré par moi, d'autant plus que je suis son étudiante, une étudiante envoyée ici par ses parents parce que j'ai prétendument couché avec le concierge de mon ancienne école. Il pourrait penser que je suis une dévergondée qui couche avec n'importe qui, et peut-être qu'il tâte le terrain. Ça ne me choquerait pas, car cette école n'est pas conventionnelle.

Le principal Byrne garde les yeux sur la route avec beaucoup d'intensité. Ses grands doigts sont si fermement agrippés au volant que ses articulations blanchissent.

Je ne comprends pas pourquoi il est si en colère.

— Ai-je fait quelque chose de mal, monsieur ?

Il resserre sa prise, les yeux se rétrécissant mais restant fixés sur la route.

— Non, pourquoi dis-tu cela ?

Je déglutis en faisant tourner une boucle de mes cheveux autour de mon doigt.

— Vous avez toujours l'air en colère.

Je hausse les épaules alors que son regard bleu marine perçant se tourne brièvement vers moi.

— Je pensais que c'était peut-être parce que vous aviez un problème avec moi.

Il y a un doux grondement dans sa poitrine et il secoue la tête.

— Je ne suis pas en colère, Eva.

Je ris.

— On aurait pourtant dit.

Sa prise se resserre davantage, le cuir grince sous la pression. La tension dans ses épaules et le serrement de sa mâchoire quand il grince des dents indiquent qu'il me ment.

Le silence se prolonge entre nous car il n'a pas l'intention de poursuivre la conversation ; il se concentre sur la route avec une détermination farouche.

Je regarde par la fenêtre, observant la ville disparaître alors que nous nous dirigeons vers la forêt bordée d'arbres, où l'Académie du Syndicat est cachée des regards indiscrets.

— Le Maine est magnifique, dis-je en jetant un coup d'œil au principal. C'est tellement différent de la jungle de béton d'Atlanta dans laquelle j'ai grandi. Avez-vous déjà vu un ours noir, monsieur ?

Il secoue la tête.

— Je n'ai pas le temps de m'aventurer dans les bois.

Je suis déçue qu'il n'engage pas la conversation avec moi, mais je sens qu'Oakley Byrne n'est pas le genre d'homme à aimer les bavardages.

— Que faites-vous pour vous amuser, alors ? m'enquis-je, me demandant s'il fait autre chose qu'enseigner et diriger l'académie.

— M'amuser ?

Il se moque, un sourire en coin se dessinant au bord de ses lèvres, malgré ses efforts pour le contenir.

— Je suis trop occupé pour m'amuser.

J'enroule mes cheveux autour de mes doigts, me concentrant sur le bel homme assis à côté de moi.

— C'est dommage. La vie est trop courte pour être ennuyeuse.

Je déglutis fortement, en pensant à mon défunt frère. Sa vie avait à peine commencé et ces motards l'ont emporté trop tôt. C'est cruel, et même si nous étions très différents, nous étions proches depuis l'enfance.

— J'ai peu de temps libre, vu mes devoirs à l'académie.

Sa voix est plus douce, et quand je lui jette un coup d'œil, la tension est retombée.

— La vie passe plus vite que vous ne le croyez, dis-je en secouant la tête. Vous devriez toujours prendre du temps pour vous.

Ses yeux rencontrent les miens, flamboyant d'une émotion que je ne peux identifier.

— C'est vrai.

Il sourit véritablement pour la première fois, et cette vision aspire tout l'oxygène de mes poumons. C'est à couper le souffle.

— Je vais peut-être le faire. Que fais-tu pour t'amuser ? Et ne me dis pas étudier, ça ne compte pas.

Je soupire en regardant par la fenêtre.

— J'adore lire.

Il sourit.

— Quel est ton roman préféré ?

Je fronce les sourcils, j'ai du mal à choisir.

— C'est une question difficile. J'aime Jane Eyre de Charlotte Bronte.

Je le vois rouler des yeux.

— Mais j'aime tous les genres, pas seulement les romans d'amour.

Je hausse les épaules.

— Qu'est-ce que vous aimez ? demandé-je, curieuse d'en apprendre davantage sur cet homme énigmatique.

La tension revient quand il s'éclaircit la gorge.

— J'aime peindre.

Peindre.

Je ne m'attendais pas à ce qu'il dise ça, lui qui est si sérieux.

— Vraiment ? Qu'est-ce que vous peignez ? lui demandé-je alors qu'il franchit les énormes grilles en fer forgé pour s'engager dans la longue allée sinueuse de l'académie.

Il passe sa grande main sur sa nuque.

— Je ne peins plus depuis des années, mais j'adorais peindre les gens.

— Waouh, vous devez avoir du talent. Vous peigniez des portraits ?

Ses yeux passent de la voiture à moi.

— Des nus, surtout.

— Oh, je vois, marmonné-je, une chaleur torride parcourant mes veines et m'enflammant. J'étais sur le point de vous suggérer de me peindre, mais ce ne serait pas approprié.

Je ne sais pas d'où me viennent ces mots, mais je les regrette instantanément.

Il me lance un regard brûlant.

— Certainement pas, grogne-t-il avant de se garer sur une place de parking devant le bâtiment gothique.

Il sort de la voiture et fait le tour pour m’ouvrir la porte.

Il glisse un bras autour de mon dos et l'autre sous mes genoux, et me soulève comme si je ne pesais rien.

J'accroche mon bras autour de son cou pour me soutenir. J’apprécie la chaleur de son corps contre le mien.

Je sens qu'il se raidit contre moi alors que nous passons

l'entrée principale de l'école, mais au lieu de tourner à droite, il tourne à gauche.

— Je ne devrais pas essayer de marcher ? demandé-je.

Un muscle de sa mâchoire se crispe.

— Non, ton dossier dit que tu ne dois pas te mettre debout jusqu'à ce que les points de suture guérissent, à part pour te laver vite fait et aller aux toilettes.

Il me porte sur quelques étages jusqu'à ce qu'il arrive à une grande double porte en chêne avec le mot « infirmerie » gravé sur un panneau en bois.

Le principal Byrne fait demi-tour et franchit à reculons les portes qui s'ouvrent vers l'intérieur avant de faire demi-tour.

L'infirmerie ressemble à une clinique privée luxueuse, avec des chambres alignées de part et d'autre d'une grande salle d'attente à l'avant, remplie de meubles excessivement chers.

Il me porte jusqu'à la troisième chambre sur la droite.

— Voici ta chambre, dit-il en me posant doucement sur le lit. L'infirmière Jasper sera là dans une minute pour t'aider à t'installer.

— Oh, d'accord.

Je lui souris, me sentant mal à l'aise alors qu'il s'attarde près de moi, ses yeux bleu marine me fixant avec intensité. Comme il ne dit rien d'autre, je romps le silence.

— Merci pour tout, monsieur.

Il serre les poings le long de son corps et hoche la tête avant de s'éloigner.

Je soupire lourdement, car quoi qu'il dise, il a toujours l'air en colère avec moi.

Le claquement des talons qui se rapprochent m'avertit que l'infirmière arrive. Une petite femme aux cheveux bruns ternes apparaît dans l'embrasure de la porte, souriant doucement.

— Bonjour, ma chère. Je suis l'infirmière Jasper, et je vais m'occuper de toi.

Elle se précipite vers moi.

— Puis-je t'aider à te changer ? me demande-t-elle.

J'acquiesce d'un hochement de tête, souhaitant que le principal Byrne doive aussi m'aider à me déshabiller. L'intensité de ce moment et le doux effleurement de ses doigts calleux contre l'intérieur de ma cuisse résonnent encore en moi.

Je n'ai jamais eu de véritable béguin pour qui que ce soit auparavant, à l'exception de Jamie Orly en sixième, mais il me détestait. C'est peut-être une habitude avec les garçons et les hommes pour lesquels j'ai le béguin, car je ne suis pas sûre que le principal m'aime bien non plus.

Le principal Oakley Byrne, cependant, est l'homme le plus beau que j'aie jamais rencontré. Je pense qu'il me sera impossible de me remettre de mon béguin pour lui, surtout après l'avoir vu torse nu et avoir senti son corps contre le mien et ses mains si proches d'une partie si intime de mon corps.

J'ai rêvé de lui la nuit dernière, et quelque chose me dit qu'il apparaîtra probablement dans de nombreux autres rêves à venir, surtout après aujourd'hui.

J'ai passé les quatre jours suivants à me divertir en révisant pour le bac. S'il y a un point positif à ma blessure, c'est le temps libre dont je dispose pour étudier ce que je veux.

L'Académie du Syndicat ne s'encombre pas des SAT, mais je me suis inscrite pour passer les examens dans un lycée voisin l'année prochaine et j'ai mon billet d'admission.

Aux yeux de la loi, je suis actuellement scolarisée à domicile plutôt que dans une académie pour héritiers de criminels.

Quelqu'un s'éclaircit la gorge à ma porte, ce qui me surprend. Je ne l'avais même pas entendue s'ouvrir.

Je lève les yeux, et je vois ces yeux bleu marine perçants qui hantent mes fantasmes depuis que je l'ai rencontré.

Oakley Byrne.

— Bonjour, monsieur, dis-je, la chaleur se répandant dans mon corps alors qu'un picotement enflamme chaque centimètre de ma peau exposée.

— Bonjour, Eva, dit-il.

Mon nom semble sale sur ses lèvres, mais c'est probablement mon imagination. Son regard est intense, comme s'il voulait me transpercer de part en part.

— Comment vas-tu ?

Je déglutis, rompant le contact visuel entre nous alors que le désir surgit dans mon corps, me réchauffant de l'intérieur.

— Je vais beaucoup mieux, merci.

Je n'ai jamais été aussi intensément attirée par quelqu'un que par le principal Byrne.

Il se rapproche, enfonce ses mains dans les poches de son pantalon, ce qui attire mon regard sur la bosse de son entrejambe. Mon estomac se retourne lorsque j'imagine à quel point il serait incroyable de voir ce dieu vivant à poil.

— L'infirmière Jasper m'informe qu'elle espère que tu seras assez bien pour commencer les cours dans trois jours.

Il s'arrête à un mètre de moi.

Je souris et lève les yeux vers lui en hochant la tête.

— Oui, monsieur. J'ai hâte de quitter cette chambre.

— J'en suis sûr, dit-il en jetant un coup d'œil à la pièce, petite mais confortable. Normalement, les étudiants choisissent leurs matières le premier jour du semestre, mais comme tu commences à mi-parcours, je dois confirmer les cours que tu souhaites suivre.

Mon estomac se noue, car je sais que cette école ne couvre pas les matières normales auxquelles on pourrait s'attendre. Il s'agit d'apprendre aux étudiants à devenir des cerveaux criminels, ce qui ne m'intéresse pas.

— Je vois.

Je joins mes doigts devant moi sur le lit.

— Vous voulez que je choisisse maintenant ?

Il acquiesce, s'avance et place un formulaire et un stylo apposé sur un porte-bloc devant moi sur le lit.

— Oui, je dois m'assurer qu'il y a de la place dans les classes que tu choisis.

Il y a une tension dans ses épaules alors qu'il s'éloigne.

— Je vais m'asseoir ici au cas où tu aurais des questions. Il s'assied avec raideur sur la chaise au bout du lit, m'observant avec une intensité qui me fait frissonner.

Je me traîne sous son regard avant de prendre le morceau de papier. J'ai l'estomac qui se noue en lisant les noms des cours, qui n'ont rien à voir avec ceux du lycée de Columbus, où j'étais scolarisée.

— Interrogation ? Torture ? demandé-je, les yeux écarquillés. C'est pour de vrai ?

Mes yeux rencontrent ceux du principal, et il me regarde avec une étrange lueur dans ses profondeurs bleu marine.

— Bien sûr. À quoi t'attendais-tu ?

Un petit sourire en coin se dessine sur ses lèvres, ce qui fait frémir mon estomac.

— À de la géographie ?

Je secoue la tête.

— Non, c'est juste que...

Je réalise que ce que je vais dire est ridicule, alors je m'interromps.

— C'est juste que quoi, Eva ? demande-t-il en se levant et en se dirigeant vers le côté du lit.

— Ce n'est pas ce que je veux, murmuré-je en fixant le papier.

Quand je lève les yeux vers le principal Byrne, il y a une douceur dans son regard qui me surprend. Je déglutis. Sa main se pose sur la mienne, faisant jaillir des étincelles dans mes veines.

— Tu dois tirer le meilleur parti de ta situation.

Je m'éclaircis la gorge.

— Très vrai, monsieur.

Le muscle de sa mâchoire se tend à nouveau alors qu'il retire sa main de la mienne et se rassoit sur son siège.

— As-tu des questions sur les matières ?

Je secoue la tête, déclipsant le stylo du presse-papiers.

— Six matières au total ? questionné-je, rencontrant le regard intense du principal.

— De ton choix, oui.

Il passe une main sur sa nuque.

— Tous les élèves doivent suivre des cours d'éducation physique, d'anglais et de mathématiques, ainsi que les six matières au choix.

Je suis surprise d'entendre qu'on enseigne les maths et l'anglais ici. La liste comporte quinze matières différentes, qui ne m'intéressent pas le moins du monde. Je choisis celles qui ne semblent pas trop terribles, évitant les interrogatoires et la torture comme la peste.

Entraînement au combat.

Stratégie de leadership.

Blanchiment d'argent.

Planification stratégique.

Anatomie.

Droit.

Une fois mon choix fait, je lève les yeux et découvre que le principal Byrne me regarde attentivement. C'est assez déconcertant, car cet homme sait comment intimider, mais peut-être parce qu'il est si beau, cela rend son regard plus terrifiant.

— J'ai terminé, dis-je en lui passant la feuille de papier.

Il la prend et parcourt rapidement mes choix, en levant un sourcil.

— Entraînement au combat ?

Je croise mes bras sur ma poitrine.

— Après ce qui m'est arrivé, je dirais que j'en ai besoin, non ?

Le bord de sa lèvre se soulève, mais il prend rapidement un air sévère.

— Je dirais que tu t'es bien défendue contre trois filles très vicieuses.

Mon cœur bat plus fort à ce compliment.

— Ça ne peut pas faire de mal de s'améliorer, dis-je, en regardant ailleurs. Il y a de la place dans ces cours ?

Il s'éclaircit la gorge.

— Oui, il y a de la place.

Il fronce les sourcils.

— Tu devras toutefois te méfier d'Archer, le professeur d'entraînement au combat.

Il me regarde d'un air étrange.

— Il a un faible pour les blondes.

Je fronce les sourcils.

— Êtes-vous en train de suggérer que mon professeur pourrait me draguer ? demandé-je, estimant qu'il s'agit là d'une chose plutôt étrange à dire.

Il acquiesce.

— Il est connu pour ça, et puisque tu es majeure...

Il s'interrompt et secoue la tête.

— Reste vigilante, c'est tout ce que je dis.

Malgré ma perplexité, j'acquiesce.

— Je ferai attention. Avez-vous besoin d'autre chose, monsieur ? demandé-je.

Ses narines s'enflamment à cette question, et ses yeux semblent presque me transpercer.

— Non, Eva. Repose-toi et remets-toi bien. Je te verrai en classe.

Il sort de la pièce à grands pas, le dos plus droit qu'une planche à repasser.

Je laisse échapper un souffle lourd une fois la porte fermée, ayant du mal à me contenir devant un homme à la beauté si dévastatrice.

Ressaisis-toi, Eva.

Cet homme est mon professeur.

Il ne se passera jamais rien entre nous, peu importe à quel point j'en ai envie.

7

OAK

Je me tiens dans l'entrée de ma classe et observe Eva à travers la petite fenêtre.

Cela fait neuf jours qu'elle est arrivée à l'académie, mais c'est le premier cours auquel elle assiste. Entre autres matières, j'enseigne la stratégie de leadership, ce qui ne devrait pas trop l'intéresser, mais aucun des sujets que nous abordons ici ne l'intéressera.

L'infirmière Jasper lui a donné deux béquilles pour l'aider à marcher pendant son rétablissement. Elle pense qu'Eva a peut-être subi des dommages nerveux, mais seul le temps le dira.

Eva est assise à l'avant de la classe, à côté de Dimitri Jakov, qui la regarde fixement comme un loup affamé prêt à bondir. Mon estomac se noue et je serre les poings le long de mon corps.

Heureusement, Eva ne semble pas se rendre compte de l'attention qu'il lui porte ; elle griffonne sur un petit bloc-notes devant elle.

Je desserre les poings, attrape la poignée de la porte, la tourne et entre dans la classe. Je fixe Eva, qui ne lève pas les yeux lorsque j'entre.

Les rires fusent du fond de la classe et les élèves discutent entre eux. Les regards de toutes les filles se posent sur moi avec un désir d'écolière. Tous sauf un.

L'irritation me prend aux tripes en voyant le peu d'attention qu'elle me porte.

Je pose ma mallette à côté de mon bureau, déboutonne ma veste et la glisse sur ma chaise.

Quand je lève les yeux, elle ne me regarde toujours pas.

Les autres filles de la classe m'observent tandis que je déboutonne mes manchettes et remonte mes manches sur mes bras. Je déteste les bavardages qui explosent au fond de la salle.

Eva a les yeux rivés sur son bloc-notes, comme si elle était en transe.

Je m'éclaircis la gorge.

— Prenez vos livres et allez à la page cinquante-six, ordonné-je.

Eva reste immobile, griffonnant sur son cahier. Elle doit être dans son monde, car elle ne réagit pas.

Je me dirige vers son bureau, en serrant les poings le long de mon corps. Même quand je ne suis plus qu'à un mètre d'elle, elle ne me remarque toujours pas.

— Eva, tu m'as entendu ?

À peine ai-je prononcé son nom qu'elle sort de sa torpeur et lève les yeux pour rencontrer les miens.

— Non, je suis désolée, monsieur.

Je peux voir qu'elle a dessiné une image détaillée d'un oiseau, et qu'elle indique son anatomie au fur et à mesure.

Ma mâchoire se crispe à l'utilisation de ce mot qui semble avoir le pouvoir de me faire perdre toute substance.

Jeanie Doyle et Anita Henderson, deux des filles qui ont attaqué Eva lors de sa première soirée, ricanent derrière elle. Jeanie s'approche d'Anita et lui murmure quelque chose qui la fait rire. Cela ne fait qu'augmenter la rage qui s'agite dans mes veines.

Je leur lance un regard furieux.

— Tu as quelque chose à dire, Jeanie ? demandé-je, fixant mon attention sur elle. Ou est-ce que je dois te renvoyer chez le professeur Nitkin ?

Jeanie pâlit et remue sur son siège sous mon regard.

— Non, je suis désolée, principal Byrne.

— Bien, dis-je.

Puis je reporte mon regard sur Eva, qui me regarde avec une expression étrange, son livre désormais posé sur le bureau.

— Page 56, et ne m'oblige pas à me répéter encore une fois.

Eva a la gorge nouée et déglutit en se rendant rapidement à la bonne page.

— Oui, monsieur. Je suis désolée.

Le désir fait rage en moi comme un feu de forêt qui brûle sans relâche, et j'ai du mal à me détourner d'elle.

Je serre les dents et retourne à mon bureau, en rajustant subtilement mon pantalon. Depuis cinq ans que j'ai acheté cette école exclusive, je n'ai jamais éprouvé de désir pour une de mes élèves. La dernière élève que je m'attendais à désirer est bien la fille de mon ennemi. L'élève dont j'ai l'intention de détruire la famille.

Je prends mon marqueur et j'écris les noms de trois leaders historiques sur le tableau.

Attila le Hun

Ghengis Khan

Reine Marie Ire

— Nous immortalisons ces trois leaders dans l'histoire, car ils partagent tous une similarité.

Je me tourne vers les élèves.

— Quelqu'un peut-il me dire ce que c'est ?

C'est Natalya qui répond.

— Ils étaient impitoyables.

Natalya Gurin est l'une des élèves les plus brillantes de cette école. Elle ferait une grande leadeuse, mais je crains que ce ne soit en vain.

La Bratva est une organisation hautement misogyne basée sur des traditions archaïques qui, à mon avis, ne permettra pas à une femme de la diriger, même si elle est la seule héritière de Mikhail Gurin.

J'acquiesce.

— Tout à fait exact. L'histoire n'a pas été tendre avec ces leaders, mais pour nous, ils sont de parfaits exemples à suivre.

Dimitry donne un coup de coude à Eva, ce qui attire mon attention sur eux alors qu'il lui chuchote à l'oreille.

Les joues d'Eva rougissent, révélant ainsi qu'il lui a dit quelque chose d'inapproprié. Dimitry est connu pour être un dragueur invétéré avec les filles.

— Dimitry, aboyé-je.

Il sursaute et se redresse sur sa chaise.

Je croise mes bras sur ma poitrine.

— Si tu as quelque chose à dire, partage-le avec toute la classe.

Un petit sourire en coin se dessine sur ses lèvres.

— Je ne pense pas que vous aimeriez entendre ce que j'ai dit, professeur.

Mon sang s'échauffe à l'expression de son visage, le faisant bouillir sous ma peau. Je suis prêt à exploser, la colère me tenaille. J'arpente la pièce vers eux et pose mes mains sur son bureau.

Dimitry se rétracte dans son fauteuil alors que je le domine de toute ma hauteur.

— Répète tout de suite ce que tu as dit.

Malgré son attitude arrogante d'il y a un instant, il pâlit. Il aboie mais il ne mord pas.

— J'ai dit que j'aimerais souhaiter la bienvenue à Eva à l'académie après les cours dans mon dortoir.

Je suis vert de jalousie à l'idée qu'il ait même envisagé d'essayer de la draguer.

La classe rit de son commentaire.

— Dehors, aboyé-je.

Le sourcil de Dimitry se fronce.

— Professeur ?

— C'est un manque de respect de parler à une femme de cette façon.

Je fais un signe de tête vers la porte.

— Le professeur Nitkin est actuellement disponible. Tu lui diras que je t'envoie.

Dimitry pâlit en me regardant avec incrédulité.

— N'est-ce pas un peu sévère... ?

Je fais claquer mes mains sur le bureau.

— Maintenant, ou je t'envoie le voir tous les jours jusqu'à ce que tu apprennes ta leçon.

Dimitry se lève, ramasse ses livres et sort de la salle. Quand je me retourne vers la classe, tous les visages sont choqués. Gavril Nitkin est notre professeur le plus redouté, car il est sadique avec les châtiments corporels. Même nos étudiants les plus impitoyables craignent d'être punis par lui.

Je frappe des mains.

— Est-ce que quelqu'un d'autre a quelque chose de dégradant à dire à ses camarades de classe ? demandé-je, en restant debout devant Eva.

Le silence est assourdissant tandis qu'elle me fixe avec surprise. Je laisse mon regard se poser sur elle pendant quelques instants, observant la façon dont ses joues sont plus rouges et sa poitrine se soulève et s'affaisse violemment.

— Bien, dis-je vu que personne ne parle. Je veux que vous lisiez de la page 56 à la page 65.

Je me détourne d'Eva et retourne à mon bureau, derrière lequel je m'assieds.

La punition sévère que j'ai infligée à Dimitry est inhabituelle, et je sais que s'il avait dit la même chose à n'importe quelle autre fille dans cette pièce, ma réaction aurait été différente. La jalousie à l'état pur a fait son apparition, soulevant de nouvelles questions sur mes pulsions douteuses à l'égard d'Eva. Je n'ai jamais été aussi viscéralement attiré par une femme avant de poser les yeux sur elle. Je l'ai dans la peau, ce qui est une complication terrible dont je n'ai pas besoin.

Je remarque que Jeanie se penche et marmonne encore quelque chose à Anita.

— En silence, sauf si vous voulez rejoindre Dimitry.

Je les regarde fixement, ce qui les force à se taire. Mon attention est à nouveau attirée par Eva. Ses joues sont encore rouges, et ses cheveux sont un peu emmêlés à force de les avoir triturés nerveusement. Tout en elle est séduisant, dans le pire sens du terme.

J'ai l'intention d'impliquer la famille d'Eva dans un scandale, mais pas moi-même. Si je devais m'engager dans une relation sexuelle avec une étudiante, la réputation de l'académie serait ébranlée.

Mon intention initiale était d'utiliser Archer Daniels. Cependant, cela poserait un problème au vu de ma jalousie qui se manifeste. Je suis dans le pétrin, je ne sais pas comment je vais utiliser cette créature séduisante pour me venger.

Toute la classe lit le livre, y compris Eva, qui a l'air perdue dans les pages, ses yeux écarquillés suivant les mots avec une surprise innocente.

Le livre est controversé, c'est pourquoi nous l'utilisons ici. Il détaille la grandeur dont ont fait preuve les tyrans impitoyables de l'histoire. Des hommes et des femmes que la plupart des gens considèrent comme des monstres inhumains, mais nous pouvons apprendre beaucoup de leur leadership passé concernant la gestion d'une organisation criminelle dans le monde moderne.

Natalya a fini de lire.

— Une fois que vous avez terminé, je veux que vous écriviez un court essai de deux pages en faveur d'un des leaders au sujet desquels vous venez de lire et qui vous inspire le plus.

Eva fronce les sourcils alors qu'elle quitte le livre des yeux et tourne une page de son bloc-notes. Mon cœur bondit dans ma poitrine tandis que je suis chaque mouvement gracieux qu'elle fait : elle soulève son stylo et le tapote innocemment contre sa lèvre inférieure. L'image est insoutenable et je ne pense qu'à ma bite dure qui les sépare lorsque je la glisse à l'intérieur.

Eva lève les yeux et les fixe dans les miens en un regard brûlant quand elle réalise que je l'observe. Même si ses yeux s'écarquillent légèrement, je ne peux me résoudre à détourner le regard jusqu'à ce qu'elle le fasse enfin, reportant son attention sur le bloc-notes de son bureau où elle écrit sa rédaction.

Ses joues sont pratiquement cramoisies maintenant qu'elle fixe le bureau avec une grande intensité, mais je ne peux toujours pas me résoudre à détacher mes yeux d'elle.

Après quelques minutes, elle lève à nouveau les yeux et frissonne presque en voyant que j'ai toujours le regard rivé sur elle comme un drogué. Sa gorge fine s'agite tandis qu'elle avale sa salive et passe sa langue sur ses lèvres parfaites et pulpeuses.

Elle lève la main, ce qui attire mon attention sur ses seins fermes dans son chemisier moulant, apparemment une taille trop petite, car des espaces apparaissent entre les boutons. Une vision de moi le déchirant et la bousculant sur le dos sur mon bureau inonde mon esprit.

— Qu'y a-t-il, Eva ? demandé-je.

— Est-ce que je peux aller aux toilettes ?

Mon sexe est à moitié dur sous le bureau, et je sais qu'elle veut seulement aller aux toilettes pour échapper à mon regard intense. Je penche légèrement la tête sur le côté.

— Bien sûr. Tu as besoin d'aide avec tes béquilles ?

Ses narines se dilatent et elle secoue la tête.

— Non, monsieur.

Je fais un signe de tête vers la porte.

— Dépêche-toi. Tu dois finir cette rédaction avant de partir.

— Bien sûr.

Sa lèvre tremble avant qu'elle ne la tire entre ses dents. Elle attrape ses béquilles et se fraie un chemin aussi vite qu'elle peut hors de la pièce, me laissant mouliner avec mes pulsions.

Je me rajuste dans mon pantalon et me concentre sur le livre devant moi, sachant qu'Eva ne finira pas cette rédaction avant la fin du cours. Cela signifie qu'elle devra rester plus longtemps avec moi, seule, pendant sa pause déjeuner. Ma bite palpite à cette perspective.

Je tapote mes doigts sur le bureau en relisant une dissertation de mon cours précédent sur les méthodes d'application du leadership, en essayant d'ignorer la sombre tempête qui fait rage au creux de mon estomac.

Dix minutes plus tard, j'entends le cliquetis des béquilles d'Eva sur le sol, à l'extérieur, qui se rapproche. Il reste quinze minutes de cours, et elle n'a même pas encore commencé sa rédaction. Elle arrive enfin à la salle de classe, entre et s’assied derrière son bureau. Les yeux d'Eva restent fixés sur tout sauf sur moi alors qu'elle prend son stylo et écrit.

Natalya se racle la gorge, ce qui attire mon attention sur elle.

— J'ai terminé, professeur.

Je souris malgré le malaise qui s'installe au fond de mes entrailles.

— Sur mon bureau, s'il te plaît.

Je regarde ma montre.

— Tu peux partir plus tôt pour le déjeuner. Ceux qui n'auront pas terminé leur rédaction quand la cloche sonnera resteront pendant leur repas.

Mon attention se porte sur Eva, dont les joues rougissent alors qu'elle griffonne plus vite.

Quelques minutes passent, et un certain nombre d'élèves terminent avant la cloche. Ils glissent leurs papiers sur mon bureau et partent. Il reste quatre élèves lorsque la cloche sonne. Eva, Jeanie, Anita et Alexi.

Jeanie et Anita terminent en quelques minutes, marchent jusqu'à l'avant de la classe et me passent leurs dissertations. Alexi et Eva griffonnent rapidement, mais je peux dire qu'Eva est à la traîne par rapport à lui, car elle n'a écrit que trois quarts de page contre une page et demie pour lui.

Alexi fait claquer son stylo et se lève, son sac sur l’épaule.

Eva l'observe alors qu'il me tend sa rédaction avant de s'éclipser de la classe et de fermer la porte derrière lui.

Seuls.

Je respire profondément et je glisse lentement ma main vers mon entrejambe, me tripotant à travers le tissu alors que je fuis dans mon caleçon.

Eva provoque en moi un truc qu'aucune autre femme n'a provoqué auparavant. J'ai l'impression d'être un néandertalien, prêt à la jeter par-dessus mon épaule et à m'encanailler avec elle au-dessus de mon bureau.

Ses joues sont rouges et elle griffonne plus vite, les yeux fixés sur le papier.

— Ne te précipite pas, Eva. Je n'ai pas envie de noter une dissertation de merde parce que tu as trop hâte d'aller déjeuner.

Le désir que j'éprouve pour elle me consume alors que je défais lentement et silencieusement la fermeture de mon pantalon sous le bureau et que je sors ma bite, la caressant de haut en bas par saccades vigoureuses tout en la regardant.

Ses yeux se lèvent pour rencontrer les miens, mais je continue à me branler sous le bureau. Heureusement qu'il est dur à l'avant, et qu'elle n'est donc pas consciente de ce que je fais.

— Bien sûr, monsieur.

Je gémis doucement en l'entendant m'appeler « monsieur ». Mes yeux ne quittent pas son visage angélique tandis que je me branle plus fort, plus vite, en imaginant toutes les choses salaces que je veux lui faire.

Eva se concentre sur sa feuille de papier, griffonnant à

un rythme plus acceptable. Sa langue glisse légèrement entre ses lèvres alors qu'elle se concentre, ce qui rend impossible de chasser de mon esprit l'image mentale de sa langue en train d'adorer ma queue.

Je jure dans mon souffle alors que je sens que ma délivrance se rapproche.

Eva lève les yeux, les sourcils se rapprochant légèrement tandis qu'elle me fixe pendant quelques instants, avant de reporter son attention sur la rédaction qu'elle est en train d'écrire.

Chaque passage de ma main le long de mon manche palpitant me rapproche de plus en plus de la jouissance, alors que j'accélère le rythme, me faisant un film mental d'elle se tordant nue sur mon bureau, me suppliant de lui donner ma bite.

— Putain, marmonné-je, oubliant où et avec qui je suis.

Ma bite grandit dans ma paume alors que ma délivrance approche. Je grogne, saisissant le bord du bureau avec ma main libre et libérant chaque goutte de ma semence en dessous de mon bureau, haletant. J'étais tellement absorbé par mon plaisir que je n'ai même pas remarqué qu'Eva s'était approchée.

— Vous allez bien, monsieur ? demande-t-elle, les sourcils froncés, en se tenant au-dessus du bureau, son essai à la main.

J'enfonce ma bite encore semi-dure dans mon pantalon et je hoche la tête.

— Oui, Eva. Bien, dis-je en serrant les dents et en me

demandant ce qui m'a pris. Laisse la rédaction sur le bureau.

Elle la pose sur mon bureau et s'en va, ses hanches se balançant de la manière la plus excitante qui soit pour ma bite alors qu'elle passe la porte.

Je soupire lourdement et prends des mouchoirs sur mon bureau pour nettoyer ce que j'ai laissé en dessous. Ma respiration est laborieuse et frénétique.

Je n'ai jamais été aussi hors de contrôle, aussi dingue. Mon cœur bat si fort qu'on dirait qu'il essaie de sortir de ma poitrine. Eva Carmichael a un pouvoir malsain et tordu sur moi – un pouvoir que je dois surmonter si je veux prendre ma revanche sur sa famille.

8

EVA

— Salut, moi c'est Natalya, dit une fille assise à côté de moi à la cafétéria. J'ai pensé que tu pourrais avoir besoin de compagnie.

Je lui souris, mais je ne peux pas m'empêcher d'être paranoïaque. La dernière fois que quelqu'un s'est présenté à moi, j'ai été poignardée et je suis restée alitée une semaine.

— Ne t'inquiète pas. Je ne suis pas une psychopathe comme Jeanie, Kerry, ou Anita.

Elle attrape sa fourchette et l'enfonce dans sa lasagne aux légumes, clairement consciente de mon malaise.

Natalya était dans ma classe avec le principal Byrne avant le déjeuner. J'ai remarqué qu'elle était l'une des rares personnes à répondre à ses questions, et qu'elle était la première à partir après avoir terminé sa rédaction. C'est une élève motivée qui veut bien faire, comme moi. La seule différence est qu'elle veut vivre une vie de criminelle.

— Je t'ai vue dans mon cours de leadership, dis-je.

Elle acquiesce.

— Ouais, ignore les trous du cul du genre de Dimitry. Il le regrettera après être passé chez Nitkin.

— Qui est le professeur Nitkin ? demandé-je.

Ce n'est pas la première fois que j'entends son nom puisque le principal Byrne lui a également envoyé mes agresseuses.

— C'est un putain de tyran sadique.

Elle me regarde et hausse les épaules.

— Si tu te débrouilles bien et que tu fais profil bas, avec un peu de chance, tu ne verras jamais cette facette de lui.

Elle soupire.

— Il n'y a que les idiots comme Dimitry qui sont envoyés chez lui pour être punis.

Je hoche la tête en guise de réponse, observant ma nouvelle connaissance. Elle est très séduisante avec ses cheveux bruns foncés et ses yeux tout aussi foncés, et sa peau est bronzée et sans défaut.

— Ça fait combien de temps que tu es à l'académie ?

— Depuis que je suis petite.

Elle sourit.

— Mon frère m'a envoyée ici quand j'avais huit ans.

Mes yeux s'écarquillent.

— Waouh, c'est jeune. Ça ne te manque pas, chez toi ? m'enquis-je, me demandant ce que cela ferait d'être expédiée en pensionnat dès un si jeune âge. Quand j'étais petite, mon enfance était charmante – même si mes parents étaient stricts –, jusqu'à ce que j'apprenne tous les vilains secrets que ma famille me cachait.

Elle rit en secouant la tête.

— Non, c'était un soulagement d'être loin de tout ça, surtout après le départ de ma mère en Russie. J'aime mon frère, mais il n'avait pas de temps à me consacrer vu qu'il essayait de gérer l'organisation de notre défunt père.

— Oh, je suis désolée pour ton père, dis-je, réalisant que même si mes parents ont manqué d'attention à mon égard, au moins ils ont toujours été là.

Elle secoue la tête.

— Ne le sois pas. J'aime la vie telle qu'elle est.

Il y a un sourire mélancolique sur son visage quand elle soupire.

— Assez parlé de moi.

Elle penche la tête.

— Qui arrive dans un nouveau lycée au milieu du premier semestre de sa terminale ?

Je lève la main.

— Moi, on dirait bien.

Elle rit, ce qui me met à l'aise.

— Sans blague. Pourquoi ?

— C'est une longue histoire.

Elle jette un coup d'œil à sa montre.

— Bon, on a encore vingt-cinq minutes de pause déjeuner à tuer.

Je ris.

— C'est vrai.

Je déglutis, je me demande comment expliquer la folle histoire qui m'a fait atterrir ici.

— Franchement, c'est plutôt ridicule.

— Crache le morceau, dit-elle en souriant de manière encourageante.

J'hésite un moment avant de hocher la tête. J'ai l'impression que les vannes s'ouvrent lorsque je lui parle de la photo truquée du concierge et de moi et de la façon dont mes parents sont devenus fous. Je lui dis que je ne lui ai jamais parlé, et encore moins couché avec lui, et que Casey Hogan est forcément derrière tout ça, car elle m'a toujours détestée.

Natalya écoute jusqu'à ce que j'aie terminé. Elle fronce les sourcils en regardant sa montre.

— Ce n'est pas une si longue histoire, après tout.

Elle sourit.

— Ça craint, quand même, que tes parents ne t'écoutent pas.

Elle hausse les épaules.

— Je viens juste de te rencontrer, et je sais déjà que tu dis la vérité.

— Vraiment ? demandé-je, surprise d'entendre qu'elle me croit.

Natalya acquiesce.

— Oui.

Elle jette un bref coup d'œil autour d'elle pour vérifier que personne ne l'écoute.

— Si j'étais toi, je ferais gaffe. Il y a quelqu'un qui voulait que tu rejoignes cette académie.

J'en mettrais ma main à couper.

Je fronce les sourcils.

Je pensais que c'était une blague de Casey dans mon ancien lycée.

Natalya secoue la tête.

— Douce et naïve, Eva.

Elle soupire lourdement.

— De telles coïncidences ne se produisent pas dans notre monde. Quelqu'un voulait que tu ailles dans cette école.

Elle place une main sur la mienne et la serre.

— Sois prudente, c'est tout ce que je dis.

Ses sourcils se froncent.

— J'ai l'impression que tu n'es pas comme les autres filles ici.

On va bien s'entendre.

— OK, je ferai attention.

Je lui souris.

— Merci de t'être assise avec moi.

Elle rit.

— C'est chouette d'avoir quelqu'un de nouveau à qui parler. Les gens ici sont si ennuyeux et prévisibles, sauf mes deux meilleures amies, Adrianna et Camilla.

Elle sourit.

— Je te les présenterai ce soir au dîner, si tu veux.

Elle sort son emploi du temps de son sac, en gémissant.

J'ai un cours de combat après avec Archer. Et toi ?

Je sors le mien aussi et je jette un coup d'œil au cours suivant.

— Quelle coïncidence !

Je souris.

Natalya secoue la tête.

— Ce n'est pas quelque chose dont il faut se réjouir.

Archer est un entraîneur sévère. Même s'il plaisante la plupart du temps, il pousse tout le monde dans ses retranchements.

Elle fronce les sourcils et elle jette un coup d'œil à mes béquilles.

— Mais je suis quasiment certaine que tu vas devoir rester assise pendant le cours.

— J'imagine que je vais devoir regarder alors ? demandé-je.

Elle roule les yeux.

— Ouais, sale chanceuse.

Ça me fait rire.

— La plupart des gens ne diraient pas que je suis chanceuse d'avoir été poignardée.

— Bien dit !

Elle glousse.

— Mais tu as de la chance de ne pas devoir faire l'entraînement au combat.

Elle se lève et met son sac sur son dos.

— On devrait se dépêcher si on ne veut pas être en retard.

J'acquiesce et attrape mon sac, le hissant sur mon épaule. Puis j'attrape mes béquilles, qui sont dans les mains du principal Byrne.

Mon cœur s'arrête de battre dans ma poitrine alors qu'il me regarde d'un air intimidant. Je ne sais pas ce qu'il y a chez cet homme, mais il a le don de vider l'oxygène de la pièce dans laquelle il se trouve.

— Monsieur, puis-je avoir mes béquilles, s'il vous plaît ? demandé-je.

Natalya a les yeux écarquillés et jette un coup d'œil entre lui et moi.

— Tu n'es pas encore en état de participer à un entraînement au combat.

Sa prise sur mes béquilles se raidit alors qu'il ne fait aucun geste pour me les rendre.

— Ta mère a répété qu'il était important que tu apprennes la discipline.

Il fixe ses yeux bleu marine sur moi avec une intensité qui me fait frémir.

— C'est une leçon que nous enseignons dans les premières années, mais je te donnerai des cours particuliers à ce sujet tant que tu ne seras pas apte à l'entraînement au combat.

Mes joues s'enflamment à l'idée d'avoir un cours particulier avec ce dieu vivant.

La bouche de Natalya s'ouvre et elle le regarde fixement. Je suppose qu'il n'est pas habituel que les élèves reçoivent des leçons particulières. Son regard se dirige vers le mien.

— On dirait que je suis toute seule sur ce coup-là.

Elle sourit.

— On se voit plus tard ?

Je hoche la tête en guise de réponse, me sentant trop gênée pour articuler une réponse.

Natalya sort de la cafétéria, me laissant seule avec le principal, qui me domine de toute sa taille. Il tient toujours mes béquilles en étau.

— Puis-je avoir mes béquilles, s'il vous plaît, monsieur ? demandé-je à nouveau.

Un muscle de sa mâchoire se contracte chaque fois que je l'appelle monsieur, mais je n'arrive pas à comprendre pourquoi. Peut-être n'est-il pas habitué aux étudiants du Sud dans cette école, car je n'ai pas entendu beaucoup d'accents du Sud.

— Bien sûr.

Il passe une béquille dans ma main droite et l'autre dans ma main gauche, sa peau effleurant momentanément la mienne. La chaleur me parcourt et j'essaie d'ignorer l'étincelle électrique qui traverse mon corps.

C'est fou comme son toucher m'affecte.

— Merci.

Je me relève maladroitement, le regardant une fois que je suis stable.

— Dois-je vous suivre ?

Ses narines se dilatent et il hoche la tête.

— Oui, nous allons dans mon bureau.

Il me tourne le dos, prêt à y aller.

— On ne va pas dans une salle de classe, monsieur ? demandé-je. L'idée de me retrouver seule avec lui dans ce petit bureau sombre me rend anxieuse.

Son dos devient rigide et son pas se fait plus hésitant.

— Toutes les salles de classe sont pleines pour cette période.

Il y a quelques instants de silence.

— Suis-moi.

Je déglutis, le suis en silence hors de la cafétéria et dans un couloir sombre vers son bureau. Le clic clac de mes béquilles sur les pavés est le seul son qui résonne dans le silence. Mes paumes sont déjà moites et mon cœur tambourine pratiquement contre ma cage thoracique à chaque pas que je fais.

Cet homme est trop intimidant et trop beau pour que je reste seule avec lui. Il me fait à la fois peur et frémir. La façon dont il m'a regardée plus tôt dans la journée pendant le cours de leadership était à la limite du prédateur.

Il s'arrête à l'extérieur de son bureau, glisse une main dans sa veste et en sort une clé.

Je le regarde la glisser dans la serrure et la tourner lentement. Le clic résonne dans le froid couloir de pierre. L'idée d'être piégée avec lui dans son minuscule bureau pendant une heure entière me donne des papillons dans le ventre.

— Après toi, dit-il, la voix aussi tendre que du beurre.

Je déteste que sa voix me donne la chair de poule sur chaque centimètre de peau exposée.

Mais qu'est-ce qui cloche chez moi ?

Je passe devant lui, plus près que je ne le devrais car mon bras frôle sa veste. Le clic de la serrure qui tourne derrière moi me met sur les nerfs. Son odeur masculine électrisante envahit l'air et fait monter le désir entre mes cuisses.

Pourquoi verrouille-t-il la porte ?

Je m'appuie maladroitement sur mes béquilles au centre de son bureau en attendant qu'il me dise où m'asseoir.

— Assieds-toi ici, dit-il en désignant le canapé.

Je déglutis et m'approche en titubant, appuyant doucement mes béquilles contre le canapé avant de m'y enfoncer.

Il s'assied à côté de moi, plus près que je ne m'y attendais.

— Je ne pense pas avoir de livre pour cette leçon, monsieur, dis-je en évitant de croiser son regard.

Je remarque une photographie dans un cadre d'une belle femme blonde qui sourit. Une douleur s'enflamme dans ma poitrine, j'ignore pourquoi. Je me demande si c'est sa femme et je ne sais pas pourquoi je me soucie de savoir s'il est marié. Ce ne sont pas mes affaires.

— Non, Eva.

Sa voix traverse mes pensées, m'avertissant de sa proximité.

— C'est une leçon pratique.

Je tourne la tête pour croiser son regard. Mes sourcils se froncent.

— Qu'est-ce que ça veut dire, monsieur ?

Sa mâchoire se serre à nouveau, et il secoue la tête.

— Je préfère que tu m'appelles Oak, Eva.

Mon cœur palpite dans ma poitrine à sa demande de l'appeler par son prénom.

— Cela semble un peu inapproprié.

Je rencontre son regard intense.

Il glousse, et ce son me transforme en une flaque de désir en fusion alors que je serre les cuisses l'une contre l'autre. Son attention se porte sur mes jambes, comme s'il sentait à quel point je suis excitée en ce moment.

— Non, ce qui est inapproprié c'est que tu m'appelles monsieur tout le temps.

Mes sourcils se froncent.

— C'est poli, pas inapproprié.

Il grogne, son visage devient sombre.

— La discipline n'est pas facile pour toi, n'est-ce pas, Eva ?

Je réalise à ce moment-là que le fait qu'il m'ait demandé de l'appeler par son nom était mon premier test, et que j'ai échoué.

— Non, réponds-je, la tête basse. Je suppose que non.

Il s'éclaircit la gorge.

— Je suis la figure d'autorité dans cette pièce, et si je te dis de m'appeler Oak, que dois-tu faire ?

Je lèche mes lèvres sèches.

— Vous appeler Oak, réponds-je.

— Gentille fille, dit-il, et son éloge me réchauffe le sang.

Il penche la tête.

— Est-ce que tu continues à prétendre ne pas avoir embrassé le concierge du lycée ?

La question me prend au dépourvu et je me redresse, la rage envahissant mes veines.

— Prétendre ? demandé-je en enfonçant mes ongles dans la paume de ma main. Je ne prétends rien. On m'a piégée.

— Ne me mens pas, Eva, dit-il d'une voix mortelle.

Il y a une menace dans chaque syllabe qu'il prononce.

— Je ne mens pas.

Je relève le menton.

— C'est la vérité, et rien de ce que vous direz ne changera ça.

— Comme je m'y attendais, murmure-t-il en se dirigeant vers son bureau.

Mon cœur claque contre mes côtes dans l'appréhension de sa prochaine leçon.

— Je suis sérieuse. Vous n’avez qu’à demander à un expert d'analyser la photo.

J’enfonce vigoureusement mes ongles dans ma paume.

— Ils confirmeront que ce n'est pas authentique.

Son regard bleu marine rencontre le mien.

— Peu importe que ce soit vrai ou non, j'ai vu la photo, et elle m'a semblé convaincante.

Il sort une règle du tiroir, et mon cœur bondit dans ma poitrine.

— J’ai une méthode pour enseigner la discipline.

Il fait glisser l’objet sur la paume de sa main.

Qu'est-ce qu'il a l'intention de faire avec ça ?

— Quelle méthode ? demandé-je, le cœur battant à cent à l'heure.

Un sourire sombre tord ses belles lèvres, et l'éclair de malveillance que j'avais vu le jour de mon arrivée à l'académie s'allume dans ses yeux.

— La douleur.

Je déglutis alors qu'il se rapproche.

— Vous me demandez de mentir au sujet de cette photo.

Je n'ai jamais été une bonne menteuse. Je déteste mentir.

Il incline la tête.

— La discipline consiste à suivre les règles, Eva. Si je

te demande d'arrêter de mentir au sujet de la photo, alors c'est ce que tu dois faire.

Je ferme les yeux, et prends une profonde respiration frémissante. Je ne permettrai pas à ce connard de me faire mentir sur cette photo, quoi qu'il fasse.

— Mais je ne mens pas, dis-je en serrant les dents.

Il exprime son agacement. Quand j'ouvre les yeux, il est debout non loin de moi.

— Qu… qu'allez-vous faire ? demandé-je, détestant la façon dont mon corps tremble de peur.

Un sourire en coin se dessine sur ses lèvres, ce qui me remplit d'effroi.

— Je t'ai dit que nous n'avons pas peur des châtiments corporels ici, Eva.

Il place sa paume à plat et frappe la règle contre elle.

— Tends-moi la main, s'il te plaît.

Je déglutis et pose le plat de ma main.

Il lève la règle et la frappe contre ma paume si fort que j'en ai le souffle coupé. Le coup pique encore alors que je regarde le principal, choquée.

— Tu vas arrêter de me mentir, Eva ?

Je serre les dents et durcis mon regard, en le fixant.

— Je ne mens pas, putain.

— Ça en fera deux de plus pour ton langage, grogne-t-il en saisissant mon autre paume et en la tirant à plat à côté de l'autre. Il abat la règle en succession rapide sur les deux paumes, me faisant pousser un cri.

— Maintenant, dis la vérité.

Je le regarde avec une haine nouvelle, ressentant des

sensations contradictoires lorsque je regarde dans ses yeux bleu marine.

— Je dis la vérité, grincé-je entre les dents.

Six autres coups suivent, plus durs qu'avant. Je sens des larmes couler dans mes yeux.

Il fait claquer sa langue et ce son fait frémir la rage dans mes tripes.

— Je pense que je dois être plus sévère.

Ses yeux bleu marine s'enflamment d'intentions maléfiques tandis qu'il me fixe. J’en ai la nausée.

Il n'aura de cesse de me battre tant que je n’admettrai pas quelque chose de faux, ce qui va à l'encontre de mon instinct et de ma morale. Je n'admettrai pas avoir fait quelque chose que je n'ai pas fait.

Cette heure va être très longue.

9

OAK

Il me faut toute la retenue dont je suis capable pour ne pas pencher cette beauté sur le bureau et la fesser avec la règle jusqu'à ce qu'elle ait tellement mal qu'elle ne puisse pas s'asseoir pendant plusieurs jours.

Je suis un fils de pute sadique parce que je sais qu'elle ne ment pas, mais je ne peux pas m'en empêcher. La noirceur en moi exige que je la fasse souffrir, que je la punisse d'être la progéniture de deux personnes qui ont bousillé ma vie. Et pourtant, il y a une petite partie de moi qui veut qu'elle soit près de moi, qu'elle me supplie avec ses beaux yeux noisette brillants d'arrêter.

— Est-ce que tu es prête à me dire la vérité ? demandé-je en arrêtant mon attaque sur ses paumes rouges.

Ses yeux se plissent et elle soutient mon regard sans mot dire.

— Dois-je augmenter la punition d'un cran ? demandé-je, cherchant la peur dans ses yeux.

Si elle a peur de moi, elle ne le montre pas.

— Qu'est-ce que ça veut dire ?

Je plisse les yeux. Eva semble si peu affectée par la douleur que je lui ai infligée. Une partie de moi a désespérément envie de la pousser davantage, de voir combien de temps elle tiendra, et je suis si près de suivre cet instinct. Tout le monde a sa limite, et je veux voir combien de temps elle tiendra le coup sur le plan moral.

— Je vais te donner une dernière chance, Eva.

Ses yeux se rétrécissent.

— Sinon quoi ?

C'est comme si tout ce qu'elle disait était conçu pour faire remonter ma noirceur à la surface.

— Je vais remonter ta jupe et peindre ton cul en rouge jusqu'à ce que tu me dises la vérité.

Sa mâchoire se décroche, ses yeux s'écarquillent – elle réagit enfin à ma présence, même si cela a pris plus de temps que prévu.

— Vous êtes fou ?

Je croise mes bras sur ma poitrine et lui lance un regard furieux pour qu'elle comprenne à quel point je suis sérieux.

— Penche-toi.

La gorge d'Eva s'agite doucement, et ses narines se dilatent tandis qu'elle secoue la tête.

— Je suis désolée, mais il n’en est pas question.

Malgré la peur qui brille dans ses yeux noisette, sa voix est plus calme que jamais.

— Ne m'oblige pas à te le demander deux fois, Eva. Tu n'aimeras pas les conséquences.

Elle bouge brusquement, se lève d'un bond et se dirige en boitant vers la porte verrouillée de mon bureau sans ses béquilles.

— Eva, ne fais pas l'idiote, grogné-je en saisissant les béquilles et en la suivant. Tu vas te faire du mal.

Son corps tout entier se raidit lorsqu'elle essaie de tourner la poignée, elle ne se rappelle que maintenant qu'elle m'a vu la verrouiller plus tôt.

— Qu'est-ce que tu crois que tu es en train de faire ? demandé-je en me déplaçant vers elle, alors que ses épaules s'affaissent et qu'elle s'appuie contre la porte.

Ma bite, étroitement confinée dans mon caleçon, est plus dure que la pierre. C'est totalement inapproprié de nous avoir enfermés ici ensemble, et encore plus de lui avoir demandé de se pencher pour moi.

— Si tu ne te penches pas sur mon bureau dans les cinq prochaines secondes, je vais te déshabiller et t'attacher à lui, grogné-je.

Les yeux d'Eva sont grands ouverts et pleins de douleur alors qu'elle se retourne pour me faire face, semblant choquée par ma menace.

— Vous êtes sérieux, là ?

La question alimente ma rage et je me dirige vers elle.

— Est-ce que j'ai l'air de plaisanter ? grogné-je en saisissant ses poignets et en la tirant contre moi.

Je lui place les béquilles dans les mains. Un souffle s'échappe de ses lèvres pulpeuses et elle secoue la tête.

— Je vous dis la vérité, putain. Vous êtes un salaud de ne pas me croire, tout comme mes parents.

— Comment tu m'as appelé ?

Je lui lance un regard furieux. Sa gorge frémit alors qu'elle avale difficilement sa salive au timbre de ma voix, et elle ne répète pas ce qu'elle a dit.

— Penche. Toi. Maintenant.

Je serre son poignet plus fort entre mes doigts.

— Dernier avertissement. Je ne le demanderai plus.

Ses joues pâlissent et elle hoche lentement la tête, comme si elle ne réalisait que maintenant à quel point je suis *sérieux*. Chaque pas qu'elle fait en boitant vers mon bureau est lent et hésitant, et je la regarde s'éloigner avant de jeter un coup d'œil par-dessus son épaule.

Je ne bouge pas d'un iota et je maintiens son regard.

Eva pose les béquilles contre le bureau et se penche sur mon bureau avec précaution, sans faire pression sur sa blessure et en essayant de maintenir l'ourlet de sa jupe sur ses fesses. Elle échoue, lamentablement.

Ma bite se débat contre la fermeture Éclair de mon pantalon de costume à la vue de sa peau nue et de l'étroite bande de coton noir. Je grince des dents pour éviter de gémir en m'avançant vers Eva, qui tremble.

Une fois que je suis à moins d'un mètre d'elle, elle parle enfin :

— Monsieur, ce n'est pas nécessaire.

Je souris en coin, car elle a beaucoup à apprendre en matière de discipline.

— Ça l'est. Comment t'ai-je dit de m'appeler, Eva ? demandé-je en soulevant l'ourlet de sa jupe avec le bord de la règle jusqu'à ce qu'elle repose sur son dos.

Je ne peux étouffer le doux gémissement qui s'échappe

de mes lèvres à la vue de son string et de son cul pratiquement nu, parfait et ferme.

— Oak, murmure-t-elle. S'il vous plaît, ne faites pas...

J'abaisse la règle sur sa fesse gauche d'un coup sec et rapide, faisant taire la plainte qui allait s'échapper de ses lèvres pulpeuses. Puis je fais la même chose sur sa fesse droite. Les deux fois, elle couine de douleur.

— Oak, s'il vous plaît, arrêtez, murmure-t-elle.

Je prends une grande inspiration.

— Pourquoi ? Tu vas admettre la vérité ?

— Jamais, crache-t-elle.

Cette fougue que j'ai appris à apprécier a refait surface aussi vite qu'elle avait disparu.

Je lui donne une fessée plus forte avec la règle, deux coups sur chaque fesse en succession rapide.

Elle gémit, ses cuisses tremblent.

Je plisse les yeux en remarquant qu'une tache humide se forme juste entre ses cuisses, ce qui m'indique que cela l'excite, même si c'est censé être une punition.

Je déplace la pointe de la règle entre ses cuisses et la fais glisser le long de la couture humide dans le coton, ce qui la fait haleter.

— Eva, ce n'est pas censé être agréable, dis-je froidement.

Un demi-cri étranglé s'échappe de ses lèvres alors que je rapporte doucement la règle à plat contre le tissu recouvert de son excitation humide.

— Quelle vilaine fille !

Je fais glisser la pointe de la règle sur sa peau rouge.

— C'est la preuve que tu étais si désespérée que tu as baisé le concierge de ton école.

Je lui donne une nouvelle fessée, en observant la façon dont sa peau rougit.

Les marques sont plus qu'érotiques, et tout ce que je veux, c'est frotter mes mains sur sa peau, caresser la douleur avant de lui en infliger davantage.

— Et maintenant, tu mouilles pour ton principal, c'est ça ?

— Non, grogne-t-elle alors que son corps se crispe. Vous êtes un putain de psychopathe.

Je glousse devant son emportement et lui donne plusieurs fessées jusqu'à ce qu'elle halète sous le mélange de douleur et de plaisir.

— Arrêtez, crie-t-elle, et sa voix est un mélange d'angoisse et de pure luxure. S'il vous plaît, Oak, arrêtez ça.

Je pose la règle sur le bureau sur lequel elle est penchée et je m'approche.

— As-tu appris ta leçon ? Vas-tu me dire ce que je veux entendre ?

La cloche sonne à ce moment-là.

— Je dois aller à mon prochain cours, souffle-t-elle.

— Je veux que tu me dises la vérité. Dis-moi ce que tu as fait avec ton concierge, vilaine fille, grogné-je en perdant le contrôle.

— Je vous l'ai déjà dit. Rien, lâche Eva.

— Lève-toi, lui ordonné-je.

Elle fait ce que je lui dis, attrape ses béquilles et se redresse pour baisser l'ourlet de sa jupe.

J'attrape son épaule et la force à se tourner vers moi,

plus fort que je ne le devrais, compte tenu de sa blessure. Nos corps sont si proches qu'ils se touchent alors que sa poitrine se soulève et s'abaisse sous ses grandes inspirations.

— Je veux que tu viennes à ce cours tous les jours, y compris les week-ends. Je t'enverrai un planning par e-mail. Certains jours, tu devras écourter ton déjeuner.

— Je ne pense pas que c'est ce que ma mère avait en tête quand elle vous a demandé de me discipliner.

Je lève un sourcil.

— Ta mère m'a dit d'utiliser tous les moyens nécessaires, et c'est ce que je vais faire, Eva. Ne t'imagine pas le contraire.

Elle secoue la tête.

— Dans sept mois, je sortirai de cette école paumée et je laisserai derrière moi le nom de mes parents.

Ses yeux brillent de détermination.

— Je m'inscrirai dans une école vétérinaire avant qu'ils ne s'en rendent compte et je ne retournerai jamais à Atlanta.

Mes mains restent serrées autour de ses épaules et je la tire plus près, pressant son corps contre le mien. Je cherche ses yeux, me demandant si elle croit vraiment à ce qu'elle dit. Ses parents la traqueront et la ramèneront directement à la maison. C'est difficile de ne pas admirer son courage, cependant.

— Ils ne le permettront jamais, dis-je, le regrettant lorsqu'un éclair de tristesse pénètre ses yeux.

— Je m'en fiche. Je ne veux pas être mêlée à leurs affaires dégueulasses.

Sa lèvre se retrousse.

— Je fuirai ce pays s'il le faut.

Je lève un sourcil, je doute que même quitter le pays lui permette d'échapper aux Carmichael. Ils sont puissants et ont de nombreux alliés à travers le monde.

— En quoi cela a-t-il un rapport avec le fait que tu me dises la vérité, Eva ? demandé-je, réalisant que nous avons changé de sujet.

Ses narines se dilatent.

— Combien de fois dois-je vous dire que quelqu'un a retouché cette stupide photo ?

Elle serre son poing libre sur son flanc.

— Nie-le autant que tu veux. J'ai vu la photo et je ne te crois pas.

C'est un coup bas puisque j'ai fait trafiquer la photo moi-même, mais je dois briser sa détermination si je veux l'utiliser contre ses parents.

— Je te fesserai jusqu'à ce que tu me dises ce que je veux entendre même si ça me tue.

— Vous n'entendrez jamais cette réponse de ma part.

Ses yeux scintillent de défi alors qu'elle se penche en arrière.

— Vous devrez me tuer, dit-elle, la voix posée et calme.

Mes yeux plongent sur ses lèvres cerise et pulpeuses, la tentation de les mordre est forte. La tension monte entre nous lorsque je ramène mes yeux sur les siens ; je vois le désir enflammé qui fait rage dans ces magnifiques profondeurs noisette. Ma bite palpite, cherchant désespérément à se libérer. Je veux baiser cette fille ici même.

Comment ai-je pu passer cinq ans à planifier la ruine des Carmichael pour faire un revirement complet à la minute où j'ai posé les yeux sur leur fille ? Je serre la mâchoire, essayant de me rappeler que cette séduisante petite coquine est, en fait, la progéniture de mon ennemi.

— Oak ?

Elle respire mon nom. Ses yeux sont fixés sur mes lèvres, qui se sont rapprochées dangereusement des siennes.

Son souffle chatouille mon visage et je respire son parfum floral enivrant.

— Y a-t-il une autre raison pour laquelle vous m'avez donné la fessée ? demande Eva en se léchant les lèvres. Vous le ressentez aussi ?

Ses grands yeux innocents m'observent.

— Ressentir quoi ? lâché-je d'un ton brusque, me demandant ce qu'elle veut dire par là.

Elle secoue la tête, faisant passer ses cheveux blonds par-dessus son épaule.

— Ce n'est probablement que mon imagination.

Je déplace ma main vers ses hanches et y enfonce le bout de mes doigts, regrettant que ma bite soit si dure qu'elle a vidé tout le sang de mon putain de cerveau.

— Tu t'imagines quoi, Eva ? aboyé-je, à bout de patience.

Ses joues deviennent aussi cramoisies que les marques sur son cul alors qu'elle murmure :

— L'alchimie entre nous.

Putain.

Mon seul but en achetant cette académie était de

détruire sa famille, mais maintenant les limites sont floues. Cette fille flirte avec moi, elle me tombe directement dans les bras. Le seul problème est que pour la détruire, je dois me détruire moi-même.

— Attention, mademoiselle Carmichael.

Je lâche ses hanches et m'éloigne d'un pas, aspirant une profonde inspiration non infectée par son parfum doux et floral.

— Tu ne sais pas à qui tu as affaire.

Elle lève le menton et me regarde avec confiance.

— Peut-être que c'est vous qui devriez faire attention, Oak.

Elle passe devant moi avec ses béquilles aussi élégamment que sa blessure le lui permet et se dirige vers la porte, qui est toujours verrouillée. Et puis j'entends un cliquetis de clés alors qu'elle s'appuie sur une béquille et glisse la clé de la porte du bureau dans la serrure.

La petite vipère les a volées pendant que je lui donnais la fessée.

Elle se retourne et me regarde fixement.

— Attrapez.

Eva les lance vers moi, me forçant à les attraper. Et puis elle sort de mon bureau en sautillant avec une telle détermination, magnifique malgré ses béquilles, et me fait languir comme je ne me suis jamais langui de qui que ce soit, claquant la porte derrière elle dans son sillage.

— Putain de merde, marmonné-je en me retournant et en passant mes doigts dans mes cheveux.

Que diable vais-je faire d'Eva Carmichael ?

C'est la putain de question du siècle. Tout semblait

certain et ma voie était toute tracée jusqu'à ce qu'Eva fasse irruption dans ma vie, comme une tornade balayant mon monde et mettant tout sens dessus dessous.

Je dois apprendre à maîtriser mon désir pour elle. Sinon, un Carmichael risquerait de me détruire pour la deuxième fois.

10

EVA

Natalya s'assied à côté de moi dans notre classe de droit, tout sourire.

— On dirait que quelqu'un a pissé dans tes céréales.

Je secoue la tête.

— Leçon de merde avec Byrne, marmonné-je, les mains et les fesses encore meurtries par ses coups.

C'est difficile de croire qu'ils peuvent se permettre des punitions aussi brutales dans cette école. La chose la plus difficile à croire est la façon dont il m'a touchée après. Les choses qu'il a dites étaient à la limite du sexuel.

Et maintenant, tu mouilles pour ton principal, c'est ça ?

Mon cœur bat encore un peu fort quand je pense à ce que j'ai ressenti en étant à sa merci.

Elle fronce les sourcils.

— Ça ne peut pas être aussi mauvais que l'entraînement au combat.

Elle soupire lourdement.

— Archer était grognon aujourd'hui.

Oak était un vrai connard, mais je n'ai pas envie d'entrer dans les détails.

— Qui donne ce cours ? demandé-je.

— Byrne.

Mon estomac se noue en entendant son nom.

— Il enseigne la loi, la discipline et le leadership.

Putain.

— Super, murmuré-je en déglutissant difficilement alors que ma peur et mon excitation se mélangent à l'idée de le revoir.

Trois fois en une journée, c'est vraiment trop.

Elle fronce les sourcils en remarquant les marques qui s'estompent sur mes paumes.

— Il t'a frappée ? demande Natalya.

Je hoche la tête en guise de réponse.

— Oui, apparemment, c'est une pratique courante ici.

Natalya acquiesce.

— Oh, en effet, mais Byrne n'applique généralement pas les châtiments corporels lui-même. C'est Nitkin qui s'en occupe.

Je soupire.

— Super, donc j'ai droit à un traitement spécial alors.

Elle fronce les sourcils.

— C'est un peu bizarre. Pourquoi t'a-t-il frappée ?

— Parce que c'est un connard, marmonné-je.

À ce moment-là, le principal Byrne entre dans la classe.

Natalya glousse doucement.

— Tu me raconteras ça plus tard.

Elle ouvre son livre à la page quatre-vingt-cinq, qui

doit être celle où ils en sont dans cette classe. Le chapitre est intitulé *science médico-légale.*

Un frisson me parcourt l'échine lorsque je réalise que ce cours enseigne à ces élèves comment échapper à la loi, à rester du mauvais côté de celle-ci sans se faire prendre.

Le principal Byrne évite de croiser mon regard. Malgré cela, je sens mes joues chauffer en sa présence, en pensant à la façon dont je lui ai parlé. Je ne sais pas ce qui m'a pris, mais ça m'arrive dès que je suis avec lui. L'envie de bousculer son autorité et de l'agacer.

La façon dont il m'a touchée n'était rien de moins qu'érotique, même si c'était avec une règle. Aucun professeur ne devrait traiter un élève de cette façon, mais ce n'est pas une école normale.

Il se tourne et écrit « meurtre » sur le tableau.

— Quelqu'un peut-il me dire comment on évite d'être accusé de meurtre ?

La main de Natalya se lève.

— Natalya, dit-il.

Elle prend une grande inspiration.

— La chose la plus importante est de s'assurer de ne laisser aucune trace d'ADN sur la scène du crime.

— Exactement.

Il frappe des mains alors que ses yeux se posent sur moi.

— Eva, comment s'en assure-t-on ?

Je fronce les sourcils.

— Je suis désolée, monsieur, c'est nouveau pour moi, alors je ne sais pas trop.

— Tu aurais dû te mettre à jour pendant ton hospitalisation.

Ses narines se dilatent.

— Et comment t'ai-je dit de m'appeler ?

J'avale ma salive.

— Je pensais que c'était juste pour le cours de discipline.

— Tu pensais mal.

Il croise ses énormes bras musclés sur sa poitrine.

— Tout ce que tu apprendras dans ce cours te servira pour tous les autres.

Je hoche la tête en guise de réponse.

— D'accord.

Ses yeux se plissent.

— D'accord, qui ?

Natalya bouge à côté de moi comme si elle était mal à l'aise à ma place.

— D'accord, Oak, dis-je en serrant les dents et en enfonçant mes ongles dans mes paumes brûlantes.

De nombreux chuchotements éclatent lorsque je m'adresse à notre professeur par son prénom, mais le connard sourit.

— Bien, maintenant Natalya, dis-moi la réponse.

Natalya me jette un regard d'excuse avant de dire :

— Il faut toujours porter des gants, des couvre-chaussures et, idéalement, quelque chose sur les cheveux pour éviter d'en perdre sur les lieux.

Oak acquiesce.

— Correct.

Ses yeux perçants rencontrent les miens pendant un moment.

Je le regarde fixement et la haine monte en moi. Cet homme est un gigantesque trou du cul. Il est peut-être beau, mais il est pourri jusqu'à la moelle. Il n'était en aucun cas nécessaire de me battre, et pourtant il l'a fait.

Sale fils de pute.

Je serre les cuisses l'une contre l'autre quand il regarde ailleurs.

Le plus malsain dans tout ça, c'est que sa punition m'a fait tellement mouiller. Pendant un bref instant, j'ai voulu qu'il baisse mon string, qu'il enfonce sa queue en moi et qu'il prenne ma virginité. C'est tout ce à quoi je pouvais penser, et même maintenant, deux heures plus tard, j'en ai toujours envie.

Il me reste encore un cours, puis je vais disparaître dans ma chambre pour prendre une très longue douche chaude.

— Quel est ton prochain cours ? demandé-je alors que nous errons dans le couloir.

Natalya ralentit le rythme de ses pas pour que je puisse suivre avec les béquilles, alors que j'échappe enfin à Byrne pour la journée. Natalya sourit.

— Anatomie, avec Nitkin.

Elle secoue la tête.

— J'ai trop hâte.

Je regarde mon emploi du temps, et remarque que j'ai le même.

— Moi aussi.

Je lève un sourcil.

— Qu'est-ce qui craint tant dans le cours d'anatomie ?

— Tu vas voir, dit-elle en me lançant un sourire en coin. Viens.

Elle pose une main sur mon épaule et me dirige vers le couloir, où un garçon marche droit sur nous, les yeux bleus perçants fixés sur Natalya.

— Merde, murmure-t-elle.

— Qu'est-ce qui ne va pas ? demandé-je.

Avant qu'elle ne réponde, le garçon s'exclame :

— Eh bien, eh bien, regardez qui nous avons là.

Il sourit d'un air satisfait, et c'est un sourire cruel qui me donne des frissons dans le dos.

— Gurin doit toujours s'accrocher aux nouveaux parce qu'elle n'est pas foutue d'avoir des amis.

Ses deux amis gloussent.

— Dégage, Elias, murmure-t-elle, en essayant de me faire passer devant lui.

Elias tend son bras musclé et tatoué devant elle, l'arrêtant net.

— C'est impoli, Natalya. Présente-moi à ton amie.

Il a des cheveux bruns, en désordre, qui bouclent sur son front. La chemise qu'il porte n'est boutonnée qu'aux trois quarts, ce qui permet de voir les tatouages sombres qui défilent sur sa peau, et il a les bras retroussés sur ses avant-bras, lesquels révèlent davantage d'encre. Il porte un pantalon noir et des chaussures en cuir italien ridiculement chères.

Ses yeux flamboient de haine alors qu'elle lève les yeux vers lui.

— Enlève tes sales pattes de moi avant que je ne t'envoie à l'infirmerie.

Il rit.

— J'aimerais beaucoup voir ça.

Son attention se porte sur moi.

— Elias Morales. Qui es-tu ?

Je déglutis, mon attention se déplaçant entre lui et Natalya.

— Je suis Eva Carmichael.

Il repousse Natalya et se rapproche de moi.

— Jolie pour une Irlandaise, murmure-t-il avant de jeter un coup d'œil à ses amis. Je te présente Rosa Cabello et Nikolai Kushev.

La fille a des cheveux onyx, qui sont raides et tombent jusqu'à sa taille. Elle a des yeux marron foncé et une peau bronzée, magnifiée par un splendide haut rouge à col bénitier et un pantalon vert émeraude. Nikolaï se tient près de Rosa, le bras autour de son dos et la main posée sur sa hanche.

Ses cheveux sont d'un blond éclatant et de longueur moyenne, ils bouclent juste au-dessus du revers de sa chemise élégante, couvrant partiellement un tatouage sombre qui disparaît sous la chemise. Sa peau est pâle, et ses yeux bleus sont glacés alors qu'il me regarde avec méfiance, sa main libre enfoncée dans la poche de son pantalon noir.

Elias se racle la gorge, attirant mon attention à nouveau sur lui.

— Tu devrais faire gaffe aux amis que tu te choisis.

Il jette un regard haineux à Natalya, mais il y a aussi quelque chose d'autre dans ses yeux. Du désir, peut-être ?

— Oui, je ferai attention.

Et puis je m'éloigne de lui à l'aide de mes béquilles avant de dire :

— Je ne serai certainement pas amie avec toi, c'est sûr. Je préfère être amie avec un putain de cadavre.

Je garde le menton relevé, malgré ma certitude que ce type est dangereux.

Natalya sursaute doucement à côté de moi.

Il penche la tête, et me regarde dangereusement.

— C'est vrai ça, Carmichael ?

Son regard se dirige vers Natalya.

— Je suis sûr que je peux arranger ça.

Je m'avance et le frappe au tibia avec une de mes béquilles, le forçant à s'écarter de mon chemin.

— Maintenant, dégage de notre chemin, bordel.

Natalya suit alors que je le contourne.

— On n'a pas le temps pour les connards, lui rappelé-je.

— Merde, tu pourrais le regretter, Eva, murmure-t-elle une fois que nous sommes hors de portée de voix.

Je fronce les sourcils.

— Pourquoi ?

Elle secoue la tête.

— Elias Morales déteste les gens qui lui tiennent tête,

et c'était votre première rencontre. Ses lèvres se dessinent en une ligne serrée.

— Il essayait de te draguer, et tu l'as ridiculisé.

— C'est pour ça qu'il te déteste ? demandé-je.

— Non, c'était le cas avant même que je lui parle.

Je jette un coup d'œil dans le couloir pour constater que les trois brutes ne sont plus là.

— Il ne me fait pas peur. S'il a un problème, qu'il aille se faire foutre.

Natalya sourit.

— Tu es incroyable. On va être de bonnes amies. Je dois te présenter à mes amies Camilla et Adriana au dîner.

Elle rit.

— Elles allaient déjà t'adorer, mais quand je leur dirai que tu as tenu tête à Elias, elles vont probablement te vénérer.

Mon estomac se retourne un peu, et je me demande si j'ai fait une erreur en répondant à ce garçon. La chose que je déteste le plus dans ce monde, ce sont les brutes. Nous arrivons dans la salle de classe, toutes deux un peu essoufflées.

Natalya m'entraîne vers un siège à l'avant et s'y affale.

— Tu vas bien ?

Je hoche la tête.

— Ouais, il faut un certain temps pour s'habituer à cet endroit.

Elle glousse.

— C'est le seul que je connaisse.

Je secoue la tête.

— Elias est la brute résidente ?

Natalya acquiesce, son visage devient sérieux.

— Il m'en veut depuis qu'il est arrivé ici en CM1.

— Pourquoi ? demandé-je.

Natalya hausse les épaules.

— Je n'en sais rien. Je ne lui ai rien fait. Il m'a juste détesté au premier regard.

Elle soupire lourdement.

— Je pense que c'est parce qu'il déteste que je sois intelligente.

Ça pourrait avoir un rapport avec le béguin d'Elias pour la belle Russe. Je reconnaîtrais le regard qu'il lui a lancé entre mille.

Un coup sec sur le bois résonne dans la classe, attirant l'attention de tous sur l'avant de la salle, où se tient un grand homme aux cheveux noirs, qui nous regarde tous avec ses yeux noisette uniques.

— Page soixante-quinze, ordonne-t-il, d'une voix sévère au fort accent.

Natalya attrape rapidement son livre et se met à la bonne page. Il y a une atmosphère inhabituelle dans cette classe. Le malaise dans l'air est palpable parmi tous les étudiants.

Nitkin.

Il est certain qu'il inspire la peur, car je peux pratiquement la sentir suinter de chaque élève de la classe.

Je prends mon livre et tourne les pages jusqu'à celle demandée avant de lever les yeux vers le fameux professeur Nitkin. Il est indéniablement attirant, aussi sexy que n'importe quel mannequin.

— Comment ça se fait que tous les professeurs ici soient si sexy ? murmuré-je à Natalya.

Ses yeux s'écarquillent.

— Ne parle pas pendant ce cours, sauf si tu veux être punie.

Elle lève les yeux vers Nitkin qui écrit au tableau.

— Je ne sais pas, mais tu as raison. Presque tout le personnel est sexy, même les femmes.

Je glousse à ce propos.

Soudain, Natalya grommelle alors que quelque chose frappe l'arrière de sa tête.

— Aïe, dit-elle, en plaçant une main à l'endroit où elle a été frappée et en se retournant pour fixer Elias, qui la regarde avec ses yeux bleus perçants.

— Qu'est-ce que tu regardes, Gurin ? Je suis canon, mais ce n'est pas une raison pour me fixer.

Les traits normalement calmes de Natalya deviennent furieux alors qu'elle fixe le garçon tatoué de partout, en secouant la tête.

— Peut-être que tu devrais aller te faire foutre, alors.

Le choc sur son visage est génial, car il semble que le fait que je lui ai tenu tête dans le couloir l'ait mise en confiance. Je lui donne un petit coup de coude et un sourire entendu, et elle hausse les épaules.

— Au pire, qu'est-ce qu'il se passe, hein ?

Un coup sur notre bureau nous fait sursauter alors que le professeur nous regarde fixement.

— Vous deux, vous savez déjà tout ce qu'il faut savoir sur le foie ?

Le ton de sa voix me retourne l'estomac. Et je secoue la tête.

— Désolée, monsieur. J'ai bien peur que non.

Ses yeux se plissent.

— Tu es nouvelle. Quel est ton nom ?

— Eva, monsieur.

Il hoche la tête.

— Bienvenue, Eva. Maintenant, fais attention, ou je te fais découper le foie, même si tu n'y connais rien.

Mes sourcils se froncent et je me demande de quoi il parle jusqu'à ce qu'il ôte un couvercle d'un plateau d'argent.

— C'est un foie humain.

Je retiens mon souffle, j'ai envie de demander où il a trouvé un foie humain, mais je sais que je n'aimerais pas la réponse. De plus, je n'ai pas l'impression que c'est une classe où l'on pose des questions. Un frisson me parcourt l'échine tandis que je fixe l'organe sanglant. Je mets une main sur ma bouche alors que la nausée envahit mon estomac.

— Où peut-on trouver le foie sur un corps humain ? demande Nitkin.

Même Natalya ne lève pas la main dans cette classe.

— Personne ? demande-t-il.

J'hésite à lever la main, car la biologie était l'un de mes cours préférés dans mon ancienne école. Après tout, je veux être vétérinaire.

— Oui, Eva.

— Sur le côté droit de la cavité abdominale, juste en dessous du diaphragme, monsieur, dis-je.

Il frappe des mains ; le son me fait sursauter.

— Correct.

Son regard parcourt toute la classe.

— Et qui peut me dire quelle est la meilleure façon d'endommager le foie ?

Mon cœur fait un bond alors que je réalise l'objectif de ce cours d'anatomie.

Comment ai-je pu être aussi stupide ?

J'avais espéré que ce serait comme la biologie, mais il semble que ce soit pour trouver la meilleure façon de tuer des gens, c'est donc essentiellement un cours sur le meurtre. Ça ne pourrait pas être plus opposé à mon désir d'apprendre à sauver la vie des animaux. Je déteste ce putain d'endroit. Natalya semble être une fille sympa, mais ce qui l'intéresse c'est de devenir une criminelle, comme mes parents.

Puis-je être amie avec quelqu'un comme elle ?

Une partie de moi le souhaite, car elle s'est montrée amicale avec moi, mais l'autre partie sait ce que ces étudiants deviendront une fois diplômés : des tueurs, des dealers, voire pire.

— Natalya. Tu dois connaître la réponse à cette question ? insiste Nitkin.

Elle hoche la tête en guise de réponse.

— Oui, le meilleur moyen est de poignarder à l'avant de la poitrine où les côtes n'offrent pas de protection, mais cela peut s'avérer difficile dans un combat.

Elle hausse les épaules.

— Quitte à faire ça, autant viser le cœur.

Mon estomac se noue à sa réponse froide et calculée.

Elias a raison. Je dois faire attention à mes amitiés ici, car il est facile d'oublier que ce sont des criminels qui m'entourent.

— PAR ICI, dit Natalya en me conduisant à travers la cafétéria animée vers une table près du fond, alors que mes béquilles claquent sur le sol. J'attends avec impatience le moment où l'infirmière Jasper me dira que je peux marcher sans elles.

— J'ai hâte qu'elles te rencontrent.

Mon estomac se noue, car je n'ai jamais été très sociable. L'idée de rencontrer de nouvelles personnes, surtout celles qui fréquentent cette école pourrie, me fait peur.

Elle se dirige directement vers une table où deux filles sont assises et discutent. L'une a des cheveux châtain foncé, l'autre des cheveux brun doré, chacune est belle dans son genre.

— Les filles, j'aimerais vous présenter ma nouvelle amie, Eva, annonce Natalya.

Elles se retournent toutes les deux vers moi et me sourient.

— Hé. C'est la fameuse fille qui a tenu tête à Elias dans le couloir ? dit la fille aux cheveux d'or.

Natalya fait un large sourire.

— C'est elle. Eva, voici Camilla.

Elle fait un geste vers la fille aux cheveux brun doré.

— Ravie de te rencontrer, dis-je.

Elle fait ensuite signe à la fille aux cheveux foncés.

— Et Adrianna.

Je lui fais un signe de tête. Camilla tire un siège à côté d'elle.

— Viens t'asseoir avec nous.

Je souris, pose mes béquilles contre la table et m'assieds, en essayant d'ignorer mon anxiété.

— Alors, qu'as-tu dit exactement à Elias ? demande-t-elle.

Je hausse les épaules.

— Il m'a dit de faire gaffe avec qui je choisissais de devenir amie.

— Et elle lui a répondu qu'elle ne sera pas amie avec lui, qu'elle préférait être amie avec un putain de cadavre, m'interrompt Natalya.

Les yeux de Camilla s'écarquillent.

— Merde. J'espère qu'il ne l'a pas pris personnellement.

— Sans compter qu'elle l'a traité de connard après l'avoir frappé au tibia avec ses béquilles, ajoute Natalya.

Je fronce les sourcils.

— Pourquoi ? Qu'est-ce qu'il pourrait faire ?

Adriana renifle.

— On peut s'attendre à tout avec lui. Ce type est un psychopathe.

Elle jette un coup d'œil à Natalya.

— Tu ne lui as pas raconté ce qu'il t'a fait ?

Natalya secoue la tête.

— Ne parlons pas de ça maintenant.

Elle se mord la lèvre inférieure.

— Je lui ai peut-être dit d'aller se faire foutre en cours d'anatomie.

Adrianna siffle.

— Tu dois aimer les punitions, Nat. Il ne laissera pas passer ça, surtout venant de *toi*.

Elle secoue la tête.

— Il est temps que je lui tienne tête. Dans sept mois, je serai diplômée et je n'aurai plus jamais à le revoir.

Camilla soupire.

— C'est vrai.

Ses yeux scrutent la cafétéria comme si elle cherchait un danger imminent.

— Je suis affamée. Allons chercher à manger.

Après le cours d'anatomie, je me demande si je dois traîner avec qui que ce soit ici. J'attrape mes béquilles et je suis les trois filles pour aller chercher notre nourriture, me sentant un peu à cran. Elles sont toutes des criminelles ou de futures criminelles si elles n'ont pas encore commis de crimes. Natalya m'aide en prenant deux plateaux pour porter mon repas à ma place.

Nous retournons à notre table, nous nous asseyons et mangeons notre repas, étonnamment bon pour de la nourriture de cafétéria, en discutant ensemble plus longtemps que prévu. Pendant tout ce temps, j'ai du mal à me détendre, sachant de quoi ces filles sont capables.

Même si j'ai trouvé des amies, je ne me sens pas moins seule dans cette école de fous. Je ne suis pas à ma place ici, mais heureusement, je n'ai à le supporter que pendant sept mois.

11

OAK

Je suis tendu alors que je me dirige vers les dortoirs des filles, à la recherche d'Eva.

Elle a assisté à tous les cours de discipline que j'ai ajoutés à son emploi du temps pendant un peu plus de deux semaines, jusqu'à aujourd'hui. Eva était censée être dans mon bureau il y a vingt minutes, mais elle n'est pas venue. Sa blessure va beaucoup mieux maintenant, et elle n'a plus besoin de béquilles depuis un peu moins d'une semaine. Elaine Jasper a confirmé qu'elle n'avait pas de lésions nerveuses et que sa guérison était en bonne voie.

Je l'ai cherchée dans la bibliothèque, la cafétéria et la cour, en vain. Sa chambre est le seul endroit que je n'ai pas encore vérifié.

La leçon d'aujourd'hui est la première de la journée, donc je suppose que soit elle a oublié, soit elle ne s'est pas réveillée. Dans tous les cas, j'ai l'intention de la tirer du lit et de fesser son parfait petit cul.

Normalement, je n'irais pas chercher mes élèves. Je les punirais de ne pas être venus en les envoyant au professeur Nitkin. C'est à moi de punir Eva, c'est à moi de lui infliger de la douleur. Je sais que je ne l'enverrai jamais entre ses mains.

Alors que j'ouvre la porte du dortoir des filles, je croise deux filles qui rougissent dès qu'elles me voient.

— Bonjour, principal Byrne, disent-elles en chœur.

— Bonjour, grogné-je en tenant la porte ouverte pour qu'elles puissent se glisser dans le couloir.

L'aile des dortoirs est calme, la plupart des filles doivent être en classe. Je me dirige vers la chambre 69 et frappe à la porte. Le silence me répond, alors je frappe à nouveau, plus fort cette fois.

Un gémissement résonne de l'autre côté, suivi de pas légers qui s'approchent de la porte. La porte s'ouvre et Eva écarquille les yeux en me voyant.

Je sens ma bite palpiter dans mon caleçon serré à la vue de sa chemise de nuit or pâle, presque transparente. Ses tétons durs sont visibles à travers le tissu. Il me faut tout mon sang-froid pour faire glisser mes yeux vers son visage, plutôt que de les baisser, pour savoir si elle porte un string.

Eva croise ses bras sur sa poitrine.

— Monsieur, je veux dire, Oak... Qu'est-ce que vous...

Elle s'arrête et jette un coup d'œil à son horloge.

— Oh merde, je suis désolée.

Elle secoue la tête.

— Mon alarme n'a pas dû se déclencher.

Je reste là, incapable de parler, alors que mon corps se

bat avec mon esprit. Tout ce que je veux, c'est pousser Eva dans sa chambre et la baiser encore et encore jusqu'à ce qu'elle crie mon nom si fort que toute l'école nous entende.

Je serre la mâchoire.

— Ce n'est pas acceptable, Eva.

Je me force à garder mon regard sur ses beaux yeux.

— Plus tu prends de cours de discipline, pire tu deviens.

Elle soupire lourdement.

— Monsieur, je...

— Oak, grogné-je.

— Merde, Oak, désolée.

Mes yeux se plissent.

— Tu as une très sale bouche aussi.

Je fais un pas de plus vers elle, la poussant à rentrer dans sa chambre.

— Je m'habille et je suis dans votre bureau dans cinq minutes.

Je secoue la tête.

— Nous n'avons pas le temps pour ça.

Je lui fais les gros yeux.

— Je vais t'apprendre ici.

Son visage pâlit, et elle secoue la tête.

— C'est très inapproprié.

— Je m'en fous.

Je fais deux pas de plus avant de me retourner et de claquer sa porte. Dès qu'elle est fermée, son doux parfum floral envahit mes sens, ce qui rend la concentration difficile. Mes yeux parcourent sa chambre et se posent sur le vibromasseur qui clignote sur la table de nuit.

Vilaine petite fille.

Eva se racle la gorge, l'air mortifié que j'aie remarqué le vibromasseur. Elle se précipite et l'attrape pour le remettre dans la table de nuit.

— Je ne m'attendais pas à avoir de la compagnie, murmure-t-elle, l'air adorable quand elle prend cette couleur rose intense.

— Dis-moi ce que tu as appris ces deux dernières semaines dans nos cours.

Elle se passe la langue sur la lèvre inférieure avant de soupirer.

— J'ai appris que vous aimiez infliger de la douleur.

Elle hausse les épaules.

— C'est à peu près tout.

Je plisse les yeux.

— C'est tout ?

Elle hoche la tête en guise de réponse, le menton relevé.

— À peu près.

— Tu es censée apprendre que mentir a des conséquences.

— Je sais que mentir a des conséquences, mais je vous ai dit que je ne mentais pas.

Je passe une main dans mes cheveux.

— Peut-être dois-je adopter une approche différente.

La gorge d'Eva se noue doucement.

— Quel genre d'approche ?

Je la regarde fixement.

— Je ne suis pas encore certain.

Je me retourne, sachant que rester dans sa chambre avec elle est extrêmement dangereux.

— Suis-moi.

— Mais, je ne suis pas habillée.

Je ne me retourne pas.

— Prends un peignoir et suis-moi.

Elle ne bouge pas et l'irritation me tenaille de l'intérieur. Après quelques instants de silence, elle se précipite vers la porte de sa salle de bain et attrape un peignoir qu'elle enfile.

— Où est-ce qu'on va ? demande-t-elle.

— Pas de questions, dis-je en la conduisant hors de sa chambre et dans le couloir.

Je me dirige vers la chapelle attenante de l'école, sachant que deux garçons s'y sont battus jusqu'au sang la nuit dernière. Eva ne réagit pas à la douleur physique, mais peut-être que la forcer à nettoyer le sang sur le sol aura un meilleur résultat.

Dès que nous entrons, Eva retient son souffle devant les éclaboussures de sang sur le sol.

— Que s'est-il passé ici ?

— Deux garçons se sont battus la nuit dernière.

Je prends un seau et une brosse à récurer dans le placard.

— Remplis-le au robinet.

Je désigne d'un signe de tête un petit évier à l'arrière.

— Et mets-toi au travail.

Le regard d'Eva passe plusieurs fois du seau à mon visage avant de soupirer et de me le prendre. Elle se remet de sa blessure, alors être à quatre pattes pendant une demi-heure ne devrait pas faire de dégâts.

Je m'assieds sur le banc juste en face des taches de sang, et je la regarde remplir son seau. Si elle est surprise que je m'asseye si près, elle ne le montre pas. Au lieu de cela, elle retire son peignoir blanc et le pose à côté de moi, en me lançant un regard perçant.

— Je ne veux pas de sang dessus, dit-elle avant de s'agenouiller avec une légère grimace et de frotter le sol taché de sang.

Mon corps s'enflamme à la vue de cette femme dans cette combinaison.

Eva est penchée en avant, dos à moi, ce qui me donne une vue alléchante sur son joli petit cul et sa chatte nichée entre ses cuisses, même si le fin tissu les cache quelque peu.

Je passe une main sur ma queue, en jurant dans mon souffle. Elle se débat contre les limites de mon pantalon, aspirant à être libérée et enfouie dans la chatte vierge et étroite de mon élève. L'obscénité d'avoir des pensées aussi dégoûtantes dans la chapelle de l'école ne fait que m'exciter davantage.

Je vais aller en enfer.

Quand je suis certain qu'elle ne peut pas voir, je me frotte plus fort à travers mon pantalon. L'envie de sortir ma bite et de me masturber jusqu'à ce que j'atteigne mon apogée, puis de répandre mon sperme sur son cul rebondi est si forte, mais je ne laisse pas mon désir me dominer.

Au lieu de cela, je serre la mâchoire et je me contente de frotter doucement ma main sur ma queue douloureuse.

Eva se déplace innocemment, jetant un coup d'œil par-dessus son épaule de temps en temps. Ses fesses se tortillent d'un côté à l'autre pendant qu'elle frotte, ce qui me fait tellement bander que j'ai l'impression que je vais mourir si je ne me vide pas.

Je m'éclaircis la gorge et parle, en espérant que cela me distraira.

— Dis-moi, Eva, avais-tu des punitions similaires dans ton ancienne école ?

Elle fronce les sourcils en me regardant par-dessus son épaule.

— Bien sûr que non. C'était une école normale.

— Les professeurs punissaient certainement les élèves pour leur mauvais comportement.

— Jamais moi. Je n'avais jamais été punie avant de débarquer dans cet endroit maudit.

Sa sincérité est rafraîchissante, mais ça m'irrite qu'à chaque fois qu'elle dit ce qu'elle pense, ça ne fait que me donner encore plus envie d'elle.

— C'est vrai, ça ? Je trouve ça difficile à croire.

Elle reporte son attention sur la tache qu'elle nettoie.

— Je me fiche que vous le croyiez ou non. C'est la vérité. Une chose pour laquelle vous n'avez aucun respect.

Je n'ai jamais permis à un élève de me parler comme elle le fait, et pourtant, je ne veux pas la punir pour ça. Je veux la traiter à ma façon, complètement tordue.

— Tu as oublié une tache, dis-je en montrant une petite éclaboussure de sang dans une zone dont elle s'était éloignée.

Ses yeux se plissent, puis elle rampe jusqu'à la tache,

me faisant face, en soufflant d'exaspération. J'étouffe un gémissement à la vue de ses mamelons durs, pointant à travers le tissu presque transparent.

— C'était quoi ça ? m'emporté-je.

Elle secoue la tête, souriant innocemment.

— Rien, monsieur, je veux dire, Oak.

J'agrippe le banc sous moi si fort que c'est un miracle que le bois ne se courbe pas et ne craque pas, tandis qu'elle se concentre à nouveau sur son travail. Les quinze minutes qui suivent sont une véritable torture, car j'enregistre chaque image d'elle à quatre pattes dans ma galerie d'images mentales, les gardant en mémoire pour pouvoir assouvir ma frustration dès que nous aurons terminé.

À cinq minutes de la fin, Eva se lève et annonce :

— Terminé.

Je penche la tête sur le côté.

— As-tu appris ta leçon ? lui demandé-je.

Eva me regarde fixement.

— Je ne suis pas sûre de la leçon que je suis censée apprendre. Je vous ai dit la vérité, et c'est vous qui ne l'acceptez pas.

Je croise les doigts, me demandant pourquoi elle ne veut pas dire un petit mensonge et qu'on en finisse.

Est-elle à ce point incapable de tordre le cou à la vérité ?

— Viens ici, ordonné-je en jetant un bref coup d'œil à l'horloge sur le mur.

Si je suis trop long, Eva sera très en retard pour son prochain cours, car elle doit encore s'habiller.

— Sur mes genoux, Eva.

Son corps devient rigide.

— Pardon ?

Je plie les doigts pour m'empêcher de l'attraper et de la forcer à faire ce que je lui ordonne.

— J'ai dit, sur mes genoux.

— Je vous ai entendu, mais ça...

Je saisis son poignet et la tire sur mes genoux, gémissant en la sentant se tortiller contre la pression de mon érection. Son parfum si proche m'empêche de me contrôler alors que je soulève légèrement l'ourlet de sa chemise de nuit.

Elle se débat.

— Oak, je n'ai pas de culotte.

— Bien, grogné-je, en soulevant l'ourlet jusqu'à ses hanches.

Elle me regarde par-dessus son épaule, les sourcils froncés.

— Où est la règle ? demande-t-elle, la voix parfaitement calme.

La partie sombre et monstrueuse de moi se délecte de ce son.

— Je l'ai oublié, donc ma main devra faire l'affaire.

Ses yeux s'écarquillent.

— N'est-ce pas un peu...

Ma main atterrit sur sa fesse droite avant qu'elle n'ait pu terminer sa question.

Eva recule et pousse un petit cri. La sensation de ma main qui la frappe est sans aucun doute différente de celle de la règle en bois que j'ai utilisée sur elle ces deux dernières semaines. Il est impossible de nier le désir de caresser ses fesses dans mes mains, de toucher sa peau après chaque fessée.

Les cuisses d'Eva tremblent et son excitation luit entre ses cuisses charnues. Il me faut toute ma volonté pour ne pas la toucher à cet endroit, pour ne pas enfouir mon visage dans sa jolie petite chatte.

Eva a un contrôle sur moi dont elle n'est même pas consciente. Chaque fois que je la punis, je sens que je perds un peu plus le contrôle. Je sais que je devrais mettre un terme à ces leçons quotidiennes, mais c'est comme si j'étais impuissant.

— Oak...

Elle gémit pratiquement mon nom, faisant palpiter ma bite contre son abdomen. Elle se tortille à nouveau, elle va me tuer.

— Quoi ? râlé-je, luttant pour maintenir ma position de figure autoritaire plutôt que celle d'amant.

Je veux lui dire de gémir mon nom pendant que je baise son corps innocent sur le sol de la chapelle.

Ses cuisses se resserrent.

— Je vous ai déjà dit la vérité, souffle-t-elle.

— Mauvaise réponse, dis-je avant de ramener ma main sur son cul, permettant à mes doigts de se rapprocher de son centre. Lève-toi. Debout, ajouté en serrant les dents.

Si je n'arrête pas maintenant, je vais m'empaler dans la douce et innocente petite vierge avant qu'elle ne puisse prononcer le mot *non*.

Eva tremble en se relevant. Elle tente de baisser

l'ourlet de sa chemise de nuit, mais je saisis son poignet pour l'en empêcher.

— Non, lui ordonné-je.

Je peux sentir l'emprise ténue de mon contrôle glisser alors que je profite de la vue qu'elle m'offre sur son corps, si nu. Quelques instants s'écoulent alors que je l'imprime dans ma mémoire comme un chef-d'œuvre d'art. Quand je ramène mes yeux sur son visage, je réalise que les siens sont rivés sur le contour épais de mon érection.

Je me racle la gorge, elle sursaute.

— Tu peux t'en aller.

Les yeux d'Eva s'illuminent de déception et elle se lèche les lèvres avant de hocher la tête. Elle baisse l'ourlet de sa chemise de nuit, attrape le peignoir et l'enroule autour d'elle. Sans un mot de plus, elle se précipite loin de la chapelle et de moi – loin du monstre qui veut la dévorer tout entière et recracher ses putain d'os.

Si Eva connaissait la vérité, elle prendrait ses jambes à son cou et ne se retournerait pas.

12

EVA

Je me rue dans le couloir vers mon prochain cours, sachant que je suis déjà en retard pour le cours d'anglais avec le professeur Jameson. De tous les professeurs, elle est la plus gentille, et de loin.

Sans compter qu'elle enseigne à la fois les maths et l'anglais, les deux matières normales dans cette école paumée.

Après qu'Oak m'a fessée sur ses genoux, j'ai dû me précipiter dans mon dortoir, m'habiller aussi vite que possible et repartir en courant.

Il est fou. Il est peut-être diablement sexy, et au début, l'idée de devoir me pencher quotidiennement et d'être fessée par un homme aussi dominant et sexy nourrissait un sombre fantasme en moi, mais au fur et à mesure que nos leçons avançaient, je me demandais ce qu'il en retirait. Maintenant, il semble qu'il ait changé de tactique, ce que je me rappelle en regardant mes doigts encore rouges. Ma peau se hérisse au souvenir de tout le sang qu'il y avait sur ce sol. J'ai essayé de laver le sang de mes doigts, mais je n'ai pas eu le temps.

Quand j'ai rencontré Oak pour la première fois, je n'arrêtais pas de penser à quel point j'aimerais qu'il franchisse la limite professeur-élève, mais le dicton « attention à ce que vous souhaitez » est adapté à cette situation. Il ne franchit jamais cette limite, mais il flirte avec elle, et je peux voir le désir dans ses yeux après coup.

Aujourd'hui, c'était tout aussi mal. Oak m'a regardée me pencher en chemise de nuit pendant que je frottais le sol, et j'ai pu voir cette sombre convoitise dans ses yeux. Puis il m'a tirée sur ses genoux et m'a fessée avec sa main...

Je n'ai pas les mots pour décrire à quel point c'était érotique et à quel point c'était inapproprié pour mon principal de me faire ça. Je peux encore sentir la pression fantôme de son érection dure contre mon ventre. S'il y a une chose dont je suis certaine, c'est qu'Oak prend son pied en infligeant de la douleur.

Je secoue la tête et accélère le pas, je tourne le coin du couloir et je tombe sur Elias. Un sourire noir se dessine sur ses lèvres.

— Regardez qui voilà. Eva Carmichael.

Ses yeux se plissent.

— Tu réalises à qui tu as affaire ?

Je penche la tête sur le côté.

— Pas vraiment, et je m'en fous. Je suis en retard pour mon cours d'anglais.

J'essaie de le contourner, mais il se met en travers de mon chemin.

— Personne ne me parle comme tu l'as fait sans conséquences.

Il fait craquer son cou.

— Maintenant, tu as fait croire à Gurin qu'elle pouvait mal me parler elle aussi, et je ferai en sorte que ça n'arrive plus jamais.

Je croise mes bras sur ma poitrine.

— Dégage de mon chemin.

Ses poings se serrent le long de ses flancs avant qu'il n'enroule ses doigts autour de mon cou, me soulevant pratiquement du sol.

Je lutte pour respirer, fixant ses yeux bleus sans âme. Mon cœur martèle si fort que je remue mes jambes vers lui, essayant de me libérer par tous les moyens possibles.

— Écoute-moi, petite salope, grogne-t-il. Si j'ai envie de tourmenter Natalya, je le fais comme depuis toujours. C'est mon droit, tu comprends ? Si tu t'en mêles encore une fois, je te tue, putain.

Ses yeux se plissent.

— Tu comp...

— Morales.

La voix rugissante d'Oak traverse le couloir.

— Lâche-la maintenant, grogne-t-il.

Il obéit, me laissant littéralement tomber sur le cul.

Je gémis sous l'impact et lutte pour me relever, mais avant que j'y arrive, Oak me hisse lui-même.

— Qu'est-ce que tu fous à agresser une fille dans un couloir vide ? demande Oak.

Elias lui fait un sourire en coin.

— Désolé, monsieur, mais c'est ce qui se passe dans cette école.

Il penche la tête et me regarde.

— Comment va-t-elle prendre le contrôle d'une organisation si elle ne peut pas tenir tête aux autres ?

— Nitkin, maintenant, rugit Oak, de la rage dans les yeux.

Les yeux d'Elias s'assombrissent.

— Non.

Je suis choquée d'entendre Elias tenir tête à Oak ; toutefois Oak ne semble pas l'être, ou si c'est le cas, il ne le montre pas.

— Tes petits jeux me fatiguent, Elias. Va voir le professeur Nitkin avant que je ne t'y traîne moi-même.

Elias me jette un regard furieux avant de reporter son attention sur Oak.

— Pourquoi ? Quelles règles de l'école est-ce que j'ai violées ?

Il a raison. Cette école n'a pas de règles, pas dans le sens traditionnel du terme.

Oak le regarde fixement, se redressant pour faire face au jeune homme brutal.

— Puisque je suis le directeur de cette école, je peux décider pour quoi je te punis, Elias.

Je doute qu'il soit rare que les élèves défient son autorité. Après tout, il enseigne à des psychopathes comment diriger leurs empires criminels.

Le regard d'Elias se porte sur moi, puis sur Oak, et il sourit.

— J'ai fait subir la même chose à Natalya Gurin et

vous passiez votre chemin sans un mot, et là, cette belle Irlandaise arrive, et vous la défendez.

Il se caresse le menton comme s'il réfléchissait.

— Intéressant, Byrne.

Ses yeux se tournent vers moi.

— On dirait bien que tu as un admirateur secret, dit Elias.

Je sens mes joues chauffer mais je ne réplique pas.

Oak se contente de le regarder fixement, les bras croisés sur la poitrine et les jambes écartées, en attendant qu'il fasse ce qu'on lui dit.

Elias reste d'une suffisance irritante et lui lance un regard noir.

— Vous voulez que l'école sache que vous avez le béguin pour une étudiante, Byrne ? demande-t-il.

La mâchoire d'Oak s'ouvre.

— Tes accusations ne sont pas fondées. Va en classe avant que je ne te vire de cette putain d'école, dit-il, la voix étrangement calme.

Elias affiche un sourire satisfait en guise de réponse et se dirige vers le couloir, échappant ainsi à la punition de Nitkin.

Je regarde Oak, les sourcils froncés.

— Pourquoi ne l'avez-vous pas forcé à aller voir Nitkin ?

Ses yeux bleu marine brillants rencontrent les miens, et il y a un mélange de culpabilité et de confusion dans ces yeux.

— Ne me pose pas de questions, Eva.

Je regarde ses poings se serrer le long de son corps.

— Va en classe. Tu vas être en retard.

Son ton est froid.

Je lèche ma lèvre inférieure.

— C'est parce que c'est vrai ce qu'Elias a dit ?

Il grogne, les mains se déplaçant vers mes hanches alors qu'il me pousse contre un casier à proximité.

— Qu'est-ce qui serait vrai au juste ?

Mon estomac s'agite anxieusement tandis que je fixe ses beaux yeux, me demandant quels démons le hantent. Oakley Byrne est profondément tourmenté. La rage qui remonte souvent à la surface en est la preuve.

— Que vous avez le béguin pour moi, dis-je, la voix plus assurée que je ne le pensais.

Ses lèvres se retroussent en un sourire malicieux, et mon appréhension se transforme en plomb dans mon estomac.

— C'est ce que tu espères, Eva ?

Ses narines se dilatent.

— Que j'ai envie de te baiser ?

Je secoue la tête.

— Vous bandiez quand vous...

Ses doigts s'enroulent autour de ma gorge et la serrent, m'interrompant au milieu de ma phrase.

— Ne dis pas ça, grogne-t-il.

J'essaie de m'agripper à ses doigts, mais il ne me lâche pas.

— Tu es mon élève. C'est tout. Maintenant, va en classe avant que je ne t'envoie chez Nitkin.

Il grimace à la menace avant de relâcher sa prise sur ma gorge.

J'aspire une grande quantité d'oxygène avant de m'éloigner de lui. Pour la première fois depuis notre rencontre, j'ai peur de lui.

Il a toujours eu ce côté sombre, mais c'est la première fois que je le vois en action. Je ne parle plus, je me précipite vers la salle de classe du professeur Jameson aussi vite possible, sans un regard en arrière.

Je passe une main sur ma gorge, le fantôme des doigts d'Oak s'y attarde. Son toucher était différent de celui d'Elias, mais cela ne le rendait pas moins terrifiant.

Quelqu'un a déjà fermé la porte de la classe quand je passe le coin.

Super.

Je m'approche de la porte et tourne la poignée, ce qui attire l'attention de tous sur moi.

— Je suis désolée d'être en retard, professeur.

Le professeur Jameson se renfrogne légèrement.

— Que cela ne se reproduise pas, Eva.

Elle me fait signe de m'asseoir à l'avant, à côté de Camilla, et je m'y installe.

Camilla fronce les sourcils.

— Qu'est-il arrivé à ton cou ? chuchote-t-elle.

Je l'attrape et grimace légèrement, il est douloureux.

— Elias, dis-je.

— Merde, murmure-t-elle. Tu as de la chance de ne pas te retrouver à l'infirmerie. Que s'est-il passé ?

La chaleur serpente dans mes veines alors que je rencontre son regard interrogateur.

— Byrne est arrivé et l'a arrêté.

Le professeur Jameson frappe dans ses mains.

— Les filles, vous êtes censées lire *La nuit du tigre*, pas bavarder.

— Désolée, professeur, marmonné-je en prenant le livre dans mon sac à dos et en le posant sur la table.

Je retourne rapidement à la page où je me trouvais dans le livre et concentre mon attention sur celle-ci. Mon cœur bat toujours frénétiquement dans ma poitrine, et pas à cause de mon altercation avec Elias Morales. Je passe mes doigts sur l'endroit où Oak a enroulé sa paume autour de ma gorge, me rappelant la chaleur qui a surgi en moi.

Qu'est-ce qui ne va pas chez moi ?

Tout ce que j'aurais dû ressentir quand Oak m'a touchée de façon si agressive, c'est de la peur, et pourtant mes tripes se sont serrées et le désir a inondé mes veines. Quand Elias a fait la même chose, j'ai eu peur, et si j'ai eu peur quand Oak l'a fait, ça m'a excitée aussi. C'est tellement déroutant. Ça m'a mise dans tous mes états et donné incroyablement envie de lui.

J'essaie de me concentrer sur les mots de la page, mais ils se confondent tous. Mon esprit est brouillé par ce qui s'est passé dans ce couloir. Sans parler de ce qui s'est passé dans la chapelle.

Camilla me pousse légèrement.

— Qu'est-il arrivé à tes mains ? chuchote-t-elle.

Je baisse les yeux et vois qu'elle a remarqué les taches de sang.

— En cours de discipline avec Byrne, j'ai dû frotter le sang sur le sol de la chapelle, réponds-je doucement, en m'assurant que le professeur Jameson ne lève pas les yeux pendant que je parle.

— Beurk, dégueu, dit Camilla en secouant la tête. Je suppose qu'il ne t'a pas laissé le temps de partir et de laver le sang sur toi.

Elle se penche plus près de moi.

— Est-ce qu'il a dit qui était impliqué ?

Je secoue la tête.

— Non, juste que deux garçons se sont battus.

Elle acquiesce et tourne la page de son livre avant de me jeter un regard en arrière.

— J'ai entendu dire que c'était deux gamins de cinquième.

Je lève un sourcil.

— Où as-tu entendu ça ?

Le claquement d'une main contre le bois nous fait sursauter et nous levons les yeux vers le professeur Jameson.

— Qu'est-ce que je vous ai dit, les filles ?

Ses yeux se plissent.

— Dois-je vous faire asseoir séparément ?

Nous secouons toutes les deux la tête à l'unisson.

— Non, désolée, professeur, dit Camilla avant de concentrer son attention sur le livre.

— Ça ne se reproduira plus, lui assuré-je.

Elle n'a pas l'air convaincue, mais fait un signe dédaigneux de la main.

Je baisse les yeux sur la page du livre, mais une fois de plus, je ne pense qu'à Oak. La façon dont il a agi dans le couloir était à la fois horrifiante et excitante. Deux choses qui ne devraient pas aller de pair, mais je découvre rapidement qu'avec Oak, tout ce qu'il fait semble me mettre dans tous mes états.

Je n'arrive pas à savoir si c'est parce qu'il est interdit ou parce que, pour une raison étrange, je suis attirée par lui, connectée à lui comme je ne l'ai jamais été avec personne.

13

OAK

Je contracte les muscles de mon torse et étire mon dos, tandis que je regarde l'aiguille de l'horloge sonner une heure de l'après-midi.

C'est l'heure de ma leçon avec Eva.

Mes doigts tambourinent impatiemment sur le bureau alors que j'attends qu'elle arrive. Eva est arrivée en retard à chacune de nos séances de discipline depuis que nous avons commencé il y a un peu plus de deux semaines. J'ai beau essayer d'instiller la peur en elle, rien n'y fait, elle ne se plie pas à ma volonté.

Elle est plus forte que prévu. Chaque fois que je la punis, je suis à deux doigts de perdre le contrôle. C'est comme si elle essayait de provoquer la bête pour qu'elle vienne jouer. Après notre première séance, j'avais supposé qu'elle porterait des sous-vêtements plus discrets, mais elle porte chaque fois les mêmes petits strings minuscules.

Après ce qui s'est passé hier dans la chapelle, puis dans le couloir, j'ai peur qu'elle ne vienne pas. La peur dans ses yeux était bien réelle, et ça m'a rendu malade. Je suis un fils de pute complètement malade, et je le sais.

Je l'ai obligée à assister au cours de discipline tous les jours, même le week-end, parce que j'ai un besoin tordu de la toucher quotidiennement et de lui infliger de la douleur en regardant sa culotte se mouiller. J'ai de l'impact sur elle autant qu'elle en a sur moi, mais la question est de savoir ce que je vais faire pour remédier à cette putain de situation.

La grande aiguille dépasse les deux minutes, et je serre la mâchoire. Hier, Eva m'a obligé à venir la chercher dans son dortoir, mais maintenant je sais qu'elle est debout et quelque part dans cette école. Elle avait deux cours ce matin. Si elle continue à repousser les limites, je vais craquer.

La douce et innocente Eva ne veut pas de la bête qui se cache derrière l'homme. Après que sa mère et son père ont fini de me détruire, les ténèbres que j'avais essayé de contenir m'ont dominé pendant les premières années – des ténèbres sur lesquelles je n'ai désormais que peu de contrôle.

Je cherche la règle dans le tiroir de mon bureau, mais au lieu de la sortir, mes doigts effleurent la cravache en cuir que j'ai apportée ici le lendemain de ma première fessée à Eva. C'est un instrument plus sensuel, mais je pense que je dois l'utiliser sur Eva. Son manque de progrès signifie que je dois être plus sévère avec elle, car elle sait ce que je veux entendre, mais elle ne cède pas.

La forcer à nettoyer le sol était peut-être encore moins

efficace. La détermination dans ses yeux était encore plus forte après coup.

La grande aiguille atteint le chiffre dix ; je me lève et je fais les cent pas.

Avec qui croit-elle jouer, bordel ?

Si elle n'est pas là dans une minute, je vais fouiller l'école à sa recherche, et quand je l'aurai trouvée, je la traînerai par la peau du cou jusqu'ici et lui ferai regretter de m'avoir désobéi.

J'ouvre la porte, sors en trombe, et heurte Eva de plein fouet. L'impact la fait tomber par terre et elle grimace.

Merde.

— Eva, tu vas bien ? demandé-je en m'agenouillant près d'elle.

La rage qui montait en moi se transforme en un léger frémissement en arrière-plan.

Elle a l'air un peu abasourdie pendant un moment avant de hocher la tête.

— Oui, désolée, vous alliez quelque part ?

Je me lève et lui tends la main, sans répondre à sa question.

Elle a l'air hésitante, et la peur que j'ai vue hier est toujours présente alors qu'elle prend ma main et me permet de la remettre debout.

— À l'intérieur, maintenant, ordonné-je.

Un éclair passe dans ses yeux au ton soudainement autoritaire de ma voix, mais elle ne réplique pas, passe devant moi et se dirige vers mon bureau.

Une fois la porte fermée, elle dit :

— Eh bien, vous m'avez déjà fait mal au cul aujourd'-hui, donc j'imagine qu'on est bon pour la journée.

Je plisse les yeux sur elle.

— Même pas en rêve.

Je regarde l'horloge.

— Tu as plus de dix minutes de retard. Cette insubordination devient fatigante, Eva.

Elle penche la tête, les sourcils froncés.

— Vous veniez me chercher, Oak ? demande-t-elle sur le ton du flirt, comme si la façon dont je l'ai traitée hier ne l'effrayait pas.

Au cours des deux dernières semaines, elle s'est habituée à utiliser mon prénom. Au début, cela m'amusait car elle ne savait plus où se mettre, mais maintenant cela semble naturel et moins amusant. Elle n'est certainement pas assez stupide pour remettre le sujet sur le tapis, pas après que je me sois emporté avec elle.

— Penche-toi, Eva, ordonné-je.

Ses narines se dilatent, et une lueur d'amusement pénètre ses yeux noisette brillants alors qu'elle se dirige vers le bureau et se penche lentement jusqu'à la taille en relevant sa jupe.

Un grognement profond gronde dans ma poitrine quand je vois sa parfaite petite chatte qui m'attend. Je presse mon érection, je me sens mal à l'aise alors que ma bite s'allonge.

— Pas de string aujourd'hui, Eva ? demandé-je.

Eva jette un coup d'œil par-dessus son épaule.

— Vous m'avez déjà vue toute nue.

Elle hausse les épaules.

— À quoi bon ? C'est plus confortable, de toute façon.

Je ne peux contenir mon désir en faisant un pas vers elle.

— C'est peut-être ta façon d'admettre la vérité. Dis-moi ce que je veux entendre, et tout ça s'arrêtera maintenant.

Eva secoue la tête.

— Je suis une vierge qui n'a jamais embrassé de garçon, encore moins d'homme.

Je gémis, cela me paraît presque impossible de croire qu'Eva soit aussi innocente, aussi intacte.

— Ne me mens pas, dis-je, mais ma voix semble étranglée.

— Jamais, murmure-t-elle.

Je sens que les rênes de mon sang-froid lâchent alors que je me rapproche avant de frapper sa fesse nue de la main, puis de masser la peau.

— Quelle vilaine fille, dis-je.

Eva gémit doucement, cambrant son dos en guise d'invitation.

— Dis-moi ce que je veux entendre.

Si Eva était comme ses parents, elle m'aurait menti depuis longtemps. Peu importe ce que je lui fais, elle reste ferme dans sa conviction, ce qui ne fait que me donner encore plus envie d'elle.

— Jamais, dit-elle dans un râle, mais ce ton féroce est empreint de désir.

Je dois faire preuve de beaucoup de contrôle pour ne pas glisser mes doigts dans sa chatte nue. Au lieu de cela, j'attrape la cravache et je lui fouette le cul avec force.

Eva glapit, ses hanches se soulèvent du bureau.

— Putain, qu'est-ce que...

Je la frappe encore et encore jusqu'à ce qu'elle halète et gémisse. C'est le seul moyen que je connaisse pour m'empêcher de la toucher, de la faire mienne. Rien de tout cela ne faisait partie du plan pour détruire sa famille.

Je devrais la refiler à Archer et en finir une bonne fois pour toutes, mais cette simple pensée fait remonter les ténèbres en moi, et menace de tailler en pièces tout ce pour quoi j'ai travaillé.

— Dis-moi, Eva.

Je pose la cravache et masse doucement son cul meurtri avec la paume de ma main. Je ferme les yeux à la sensation douce de sa peau contre mes mains rugueuses.

Eva gémit doucement avant de secouer la tête.

— Quand accepterez-vous le fait que je dis la vérité depuis le début ?

Elle me jette un coup d'œil par-dessus son épaule, un mélange d'angoisse et de désir dans les yeux.

— Le seul homme qui m'ait jamais vue aussi nue, c'est *vous*.

Je grogne doucement, écartant ses fesses pour mieux voir sa chatte vierge.

— C'est vrai ça, bébé ? demandé-je, le surnom m'échappant de la bouche avant que je puisse l'arrêter.

Un gémissement étranglé s'échappe de ses lèvres.

— Oui, souffle-t-elle, les cuisses tremblantes.

— Juste vous.

L'intérieur de ses cuisses est humide, je sais qu'elle a anticipé ce moment autant que moi.

— Ça t'a fait fantasmer ? demandé-je.

Mon esprit déclare la guerre à mon corps, lequel n'a aucune intention de l'écouter. Les mots déclenchent une tornade qui fait rage sous ma peau alors que l'apogée de la tempête se prépare dangereusement.

— Oak, souffle-t-elle, me regardant toujours par-dessus son épaule. Je...

Je lui donne une nouvelle fessée, ce qui la fait gémir.

— Si tu mens, je le saurai, murmuré-je.

Elle continue de me regarder par-dessus son épaule, les yeux pleins de désir.

— Je vous veux, souffle-t-elle.

Ces trois mots me taillent en pièces alors que tout bon sens m'échappe. Eva invite la bête à sortir et à jouer.

— As-tu utilisé ce vibromasseur sur cette jolie petite chatte en pensant à moi, Eva ? demandé-je en passant doucement un doigt dans sa chatte trempée d'excitation.

— Oui.

Sa gorge s'agite tandis qu'elle continue à soutenir mon regard.

— Je me suis touchée tous les soirs depuis notre rencontre, en vous imaginant à l'intérieur de moi.

Je grogne et la remets debout, la tirant contre moi.

— C'est un terrain glissant, miss Carmichael.

Elle passe sa langue sur sa lèvre inférieure, attirant mon regard dessus.

— C'est peut-être ce que je veux. Le danger, murmure-t-elle.

Mon sang-froid est anéanti. J'écrase mes lèvres sur les siennes et l'embrasse avec une sombre frustration refoulée.

Je laisse mes mains glisser jusqu'à son cul, et saisis chaque fesse avec force tandis que je la tire contre moi. Je veux qu'elle sente à quel point elle me rend dur.

Eva gémit et ses lèvres s'écartent pour moi, permettant à ma langue de pénétrer dans sa bouche. C'est comme si j'étais affamé d'elle, et que j'avais besoin d'aspirer l'essence même d'Eva dans mon corps, d'infecter mon sang avec elle.

Mon bon sens ne fonctionne plus alors que je glisse mes doigts entre ses cuisses, sentant à quel point elle est humide.

— Putain, soufflé-je contre ses lèvres avant de faire glisser les miennes dans son cou.

Eva est la femme la plus mouillée que j'aie jamais eue dans les bras. Elle est tellement mouillée, putain. Je laisse mon doigt s'enfoncer dans sa douce chaleur, ce qui la fait haleter.

— Oak, gémit-elle doucement, ce qui me rend encore plus dur.

Après la façon dont je lui ai crié dessus dans le couloir hier matin, c'est surprenant qu'elle soit là. C'est surprenant qu'elle ne soit pas restée loin de moi.

— Pour une fois, je veux que tu m'appelles monsieur, Eva, grogné-je contre sa peau.

Ses yeux brillent de désir quand elle acquiesce.

— Oui, monsieur.

Je grogne et capture ses lèvres à nouveau, me noyant dans le délice total qu'est mon étudiante.

Étudiante qui est la progéniture de mes ennemis. La

réalité me frappe comme un violent coup de ceinture sur le cul. Je m'écarte d'Eva, la faisant sursauter.

— Monsieur ?

Elle me regarde avec confusion et déception, sa gorge s'agitant doucement tandis qu'elle déglutit.

Je secoue la tête.

— Je suis désolé, je n'aurais pas dû...

Eva ne me laisse pas le temps de finir qu'elle se pousse en avant et ramène mes lèvres vers les siennes.

— Vous auriez dû, murmure-t-elle avant de glisser timidement sa langue dans ma bouche.

Le baiser est différent, innocent et incertain, car je lui permets de le diriger, de m'embrasser à son rythme. Je place doucement ma main sur ses hanches, l'attirant plus près de moi. Ce moment est parfait, enveloppé dans ses bras, mais je ne peux pas chasser ma noirceur et mon besoin de dominer. Je resserre mes doigts sur ses hanches et la force à se retourner, la faisant haleter lorsque je remonte sa jupe et glisse un doigt dans sa chatte trempée.

Eva halète et me regarde par-dessus son épaule.

— Monsieur ?

Quelqu'un frappe un coup fort à la porte de mon bureau, brisant le nuage de folie qui s'était emparé de mon esprit.

Je m'éloigne d'elle, laissant retomber l'ourlet de sa jupe. Mon doigt est encore humide d'avoir pénétré sa chatte vierge et étroite.

Mais qu'est-ce que je fais, bordel ?

14

EVA

Je me redresse en un éclair, mon cœur bat si fort que j'ai l'impression d'être sur le point de faire un arrêt cardiaque.

Oak se redresse, retourne de son côté du bureau et s'assied sur sa chaise.

— Qui est-ce ? demande-t-il, puis me murmure :

— Assieds-toi sur la chaise, Eva.

Je déglutis et m'installe sur la chaise en face de lui. Je sens mes joues chauffer.

— C'est le professeur Jameson.

Mon estomac se noue et je me demande si elle m'a entendue gémir le nom du principal.

— Entre, dit Oak, qui semble à peine affecté par le fait que nous avons failli être surpris dans une position plutôt compromettante.

Je me déplace inconfortablement sur mon siège, rigide et tournée vers l'avant, faisant semblant de me concentrer sur un manuel sur le bureau d'Oak. Depuis que nous avons commencé cette putain de leçon, il a à peine touché ce livre. Depuis le premier jour, tout ce qu'il a fait, c'est me donner la fessée, et maintenant...

J'ai du mal à penser à ce qu'on vient de faire et à ce que ça signifie.

— Bonjour, Oak.

Elle s'arrête quand elle me voit.

— Oh, je m'excuse. Je pensais que tu étais seul.

Oak secoue la tête.

— Non, j'enseigne la discipline à Eva pendant ses périodes libres, puisqu'elle est nouvelle dans l'école.

Le professeur Jameson me sourit, mais il y a une pointe de tension.

— Bonjour, Eva.

— Bonjour, professeur.

— Je repasse plus tard, Oak ?

Elle fait tourner une mèche de ses cheveux blond fraise entre ses doigts d'un air séducteur.

— Je voulais discuter des arrangements concernant le bal d'hiver.

Elle bat des paupières, et j'ai soudain envie de me lever et de lui foutre mon poing dans la figure.

Mon estomac se révulse à la seule pensée de la violence. Mon désir d'Oak devient un peu une obsession. Le professeur Jameson semble être la femme parfaite pour lui : intelligente, belle et surtout, de son âge.

— Bien sûr.

Il sort son emploi du temps.

— On peut en discuter après les cours dans la salle du personnel avec Archer et Gav.

Je remarque la déception sur son visage, mais elle la masque rapidement par un faux sourire qui n'atteint pas ses yeux.

— Bien sûr.

Elle lui fait un signe de tête.

— À plus tard, alors.

Il grogne alors qu'elle se détourne et sort de son bureau, et il referme la porte derrière elle. C'est comme si au moment où elle partait, le comportement d'Oak changeait complètement. Ses épaules s'affaissent légèrement, il se lève, et fait les cent pas dans son bureau.

— Ça va, Oak ? lui demandé-je.

Il arrête de faire les cent pas et me fixe avec un regard de pure angoisse.

— Non, Eva, dit-il en secouant la tête. Ça ne va pas.

Je le regarde retourner à son bureau et s'asseoir, en me regardant fixement.

— Je suis désolé.

Il passe ses mains dans ses cheveux bruns et épais.

— Ce qui s'est passé était inapproprié.

J'ouvre la bouche pour lui dire que moi, je ne suis pas désolée, mais il lève la main pour m'arrêter.

— Écoute.

Son regard devient sévère.

— Tu ne parleras de ça à personne, et à partir de maintenant, nous n'aurons plus de leçons de discipline ensemble.

Sa déclaration me fait mal au ventre et à la poitrine.

— Mais...

— J'ai dit écoute, grogne-t-il.

Je me tais, me tournant les pouces sur mes genoux comme un vilain petit enfant. C'est ce qu'il me fait ressentir en ce moment.

— Tu vas oublier ce qui s'est passé, et nous resterons en dehors du chemin l'un de l'autre. Ses yeux sont froids et insensibles alors qu'il me regarde fixement.

— C'était une erreur stupide.

Ces mots sont autant de coups dans mes tripes et je sens les larmes dans mes yeux, mais je ne les laisse pas couler. Au lieu de cela, je relève le menton et je rencontre son regard de pierre, lui permettant de voir toutes les émotions que je ressens actuellement.

— Je n'ai jamais voulu venir ici, Oak.

Je secoue la tête.

— Je ne suis pas à ma place ici, et même si j'ai des amis, il y a toujours quelque chose qui m'empêche de m'intégrer.

Je soupire lourdement.

— Je ne suis pas du tout comme les autres ici. Je ne veux pas être une criminelle. Je ne veux jamais devenir le chef de ma famille.

Je déglutis quand le visage de Karl me revient en mémoire.

— Vous savez quelle est la seule chose qui rendait cette école supportable ?

Oak ne répond pas.

Je sens la douleur qui s'accroche à ma gorge comme des griffes qui la raclent de l'intérieur.

— Vous, murmuré-je en retenant les larmes qui

veulent si désespérément couler. Vous étiez la seule bonne chose ici.

J'en ris.

— Ça semble ridicule, vu que vous m'avez infligé de la douleur tous les jours pendant un peu plus de deux semaines.

Il y a un léger changement dans le regard d'Oak, mais on ne sait pas trop à quoi il pense.

— Ça prouve à quel point je suis pathétique, de m'être accrochée à vous, même quand vous me faisiez mal.

Je me lève et je jette le manuel de discipline sur le bureau.

— Au revoir.

Je sors, et ce n'est qu'une fois dans le couloir que je laisse les larmes couler sur mes joues. Une petite partie pathétique de moi avait espéré qu'Oak m'aurait arrêtée, qu'il m'aurait dit qu'il ressentait la même chose.

Mais qu'est-ce que je m'imagine ?

Le principal Oakley Byrne est trop bien pour moi et l'a toujours été. Je ne sais pas pourquoi il m'a embrassée et pourquoi il m'a touchée de cette façon, mais il est clair que ça n'a rien à voir avec ce qu'il ressent pour moi.

Il me déteste probablement autant que mes parents. C'est l'histoire de ma vie. Tous ceux que j'aime me rejettent. Le seul qui ne le faisait pas, c'était Karl, et il est parti.

Je me précipite dans le couloir vers mon dortoir, sachant que je ne peux pas affronter d'autres cours cet après-midi.

Et puis merde.

S'ils me punissent pour ça, qu'il en soit ainsi. Je n'en ai plus rien à faire. Je veux sortir de cet endroit et de la vie de mes parents. Tout ce que je veux, c'est repartir à zéro dans un endroit où personne ne me connaît – une seconde chance –, mais je sais que malgré mon projet de leur échapper, c'est probablement un vœu pieux.

Il n'est pas possible d'échapper à l'emprise de mes parents simplement en s'enfuyant, ce qui signifie que j'ai besoin d'un nouveau plan, un plan infaillible.

Je n'ai plus de cours pour le reste de la journée, donc je me dirige vers la bibliothèque pour rencontrer Natalya.

— Hé, par ici, chuchote-t-elle.

Je souris quand je la vois entourée de livres.

— Salut.

Je prends un siège à côté d'elle.

— Qu'est-ce que tu étudies ? demandé-je doucement.

— L'interrogatoire, répond-elle.

Je lève un sourcil à cette réponse.

Elle hausse les épaules.

— C'est une compétence utile chez les Bratva.

Je hoche la tête en guise de réponse, en me tortillant les doigts anxieusement car j'ai besoin de lui poser une question.

— Est-ce que tu peux garder un secret ?

Ses yeux se lèvent pour rencontrer les miens, et elle sourit malicieusement.

— Quel genre de secret ?

Je secoue la tête.

— Un secret très important. Tu peux en garder un ?

Elle hoche la tête.

— Bien sûr. Tu as ma parole.

J'avale difficilement ma salive.

— Je ne veux pas être mêlée aux affaires ou à la vie de mes parents.

Elle fronce les sourcils.

— Vraiment ? Que veux-tu faire alors ?

— Je veux devenir vétérinaire, mais je ne suis pas assez naïve pour croire que ça sera facile de les fuir.

Elle réfléchit.

— Non, ce ne serait pas facile.

Natalya pose son livre et me regarde sérieusement.

— Tes parents sont réputés pour avoir des relations mondiales, pas seulement nationales.

— Oui, c'est ça le problème, dis-je en croisant son regard. Comment faire alors ?

Natalya fait tambouriner ses doigts sur la table.

— Je sais que tu veux que ce soit un secret, mais Camilla est peut-être la seule à pouvoir t'aider.

Elle secoue la tête.

— Elle a les moyens de faire disparaître quelqu'un. Après tout, sa famille est spécialisée dans le trafic.

Mon estomac se révulse à la façon dont Natalya en parle si facilement.

— Le trafic ? répété-je.

Natalya acquiesce.

— Oui, la famille criminelle Morrone est à la tête du

plus grand réseau de trafic de femmes d'Amérique du Nord depuis des années.

— Tu n'as pas de mal à accepter que des femmes comme toi et moi soient enlevées de chez elles et vendues ?

Natalya incline légèrement la tête, considérant la question.

— Franchement, si, mais heureusement, ma famille ne fait pas de commerce de personnes.

— Ils font le commerce de quoi ?

Elle pince les lèvres avant de dire :

— Tout le reste.

Je secoue la tête.

— Je ne peux pas le supporter, Natalya. L'injustice du monde auquel mes parents me forcent à prendre part. Si mon frère était encore en vie...

— Quoi ? insiste Natalya.

— J'aurais espéré que mes parents me permettent de vivre comme je l'entends.

Natalya a l'air sceptique.

— J'en doute, tu aurais quand même été utile en te mariant pour renforcer les relations de la famille avec une autre organisation criminelle.

— C'est juste.

Je soupire lourdement, sachant qu'elle a raison. Mes parents n'ont pas suffisamment de cœur et sont trop égocentriques pour envisager de me laisser vivre ma vie comme je le veux.

— Mais sérieux, Camilla est la femme de la situation.

Elle hausse les épaules.

— Tu peux détester ce que fait sa famille, mais c'est la seule personne que je connaisse qui a les moyens de faire en sorte que tu disparaisses pour que ta famille ne puisse pas te retrouver.

Ses sourcils se froncent.

— Tu vas quand même attendre la fin de l'année scolaire, non ?

Je hoche la tête en guise de réponse, sachant que l'argent que j'ai économisé est plus que suffisant pour payer mes frais d'université pour devenir vétérinaire, mais je n'avais pas pris en compte le lourd coût de devoir faire appel à quelqu'un d'autre pour m'aider à fuir mes parents. Quand j'aurai fini l'école ici, je devrais avoir assez pour les deux.

Bien que mes parents ne se soient jamais beaucoup occupés de moi, ils m'ont toujours donné de l'argent, et beaucoup.

— Tu crois que ça coûte combien ? demandé-je à Natalya.

Elle lève un sourcil.

— Je suis sûre que pour une amie, Camilla le fera comme une faveur, tant qu'elle peut convaincre son père.

Elle hausse les épaules.

— Sinon, elle ne te demandera pas beaucoup.

Je laisse échapper un souffle que je retenais, me demandant si mon nouveau plan sera suffisant pour échapper à leurs griffes.

— Tu penses que je vais devoir quitter le pays ?

Natalya attrape ma main et la serre.

— Ne t'inquiète pas pour l'instant. Je dirais que oui,

probablement, parce que tes parents ont beaucoup d'influence, et je ne sais pas s'il est facile de disparaître à leurs yeux en Amérique, mais on s'en occupera quand on sera confrontées à ce problème.

Elle sourit.

— Et, bien sûr, Adrianna, Camilla et moi, on te rendra visite où que tu finisses.

Je ris.

— Je pensais que j'étais censée être intraçable ?

Natalya roule les yeux.

— Pas pour tes amis.

Cela va à l'encontre de l'objectif poursuivi à mes yeux, car si les gens de l'école savent où je suis, cela signifie que mes parents peuvent essayer d'obtenir cette information. Bien que Camilla, Adrianna et Natalya soient toutes issues de familles criminelles aussi puissantes, je doute donc qu'ils puissent les interroger.

— Tu es sûre que c'est ce que tu veux, Eva ? demande Natalya.

Je hoche la tête en guise de réponse.

— J'en ai toujours été sûre, d'aussi loin que je me souvienne.

Je soupire lourdement, passant une main dans les pointes de mes cheveux.

— Je ne suis pas faite pour la vie que mes parents veulent pour moi.

Elle secoue la tête.

— Peu le sont.

Je lève un sourcil.

— Et toi ?

— Je me sens un devoir envers ma famille et mon frère.

Elle hausse les épaules.

— Reste à savoir si je serai à la hauteur de leurs attentes. Je suis une élève brillante, mais je n'ai rien mis en pratique.

Ses sourcils se froncent.

— Je ne pense pas que je doive m'inquiéter de prendre la relève avant un long moment, cependant. Après tout, mon frère n'a que 31 ans.

— C'est jeune pour être responsable.

— Il avait 21 ans quand notre père est mort.

— Et il est responsable depuis ? demandé-je.

Natalya acquiesce, un regard triste dans les yeux.

— Ça l'a obligé à grandir rapidement. Peu de jeunes de 21 ans se voient confier autant de responsabilités.

Elle soupire.

— Je me suis toujours sentie mal pour Mikhail. Sa vie ne lui appartient pas.

— Est-ce qu'il n'aura pas un héritier, de toute façon ? demandé-je. Quelqu'un qui puisse prendre la relève ?

— C'est ce que je lui ai toujours dit, mais il est catégorique : le mariage et les enfants, ce n'est pas pour lui.

Elle sourit, mais son sourire n'atteint pas ses yeux.

— Bien que j'espère qu'il trouvera une fille qui le rendra heureux. Il mérite un peu de bonheur dans sa vie.

Il m'est difficile de penser que des hommes comme son frère ou mes parents méritent autre chose que la souffrance. Ils blessent, tuent et mutilent tous les jours, alors comment quelqu'un comme ça pourrait-il mériter quoi que ce soit ? Ce sont des criminels.

Au lieu d'exprimer mon dégoût, je hoche la tête en guise de réponse. Natalya est peut-être une bonne amie, mais je sais que nous ne verrons jamais le monde de la même façon. Je lui suis reconnaissante de comprendre pourquoi je veux partir, et d'être prête à m'aider. C'est plus que ce que j'ai jamais eu auparavant.

15

OAK

Qu'est-ce que j'ai fait, bon sang ?

Cinq ans à faire un plan sans doute bon à jeter. J'ai embrassé Eva Carmichael. Un acte terrible que je n'arrête pas de me repasser encore et encore en mémoire. Ça a occupé toutes mes pensées ces trois derniers jours.

Heureusement, c'est arrivé un vendredi, donc j'ai eu le week-end pour faire la tête dans mon chalet, mais désormais c'est lundi.

Jusqu'à présent, j'ai réussi à ne pas la croiser puisque je n'ai pas de cours avec elle le lundi, mais demain je devrai l'affronter en classe de stratégie de leadership et en droit.

Le désespoir était écrit sur son visage lorsque je l'ai virée de mon bureau et que j'ai annulé le reste de nos cours particuliers. Son petit discours m'a choqué au plus haut point et pour une horrible raison.

J'ai compris pourquoi elle m'attirait tant. Elle me fait penser à moi à son âge, prête à tout pour s'échapper, désireuse d'être meilleure que les gens qui l'ont élevée. La fille innocente de mes ennemis me fait penser à moi.

Comment puis-je détruire quelqu'un d'aussi innocent, d'aussi opposé à tout ce que ses parents représentent ?

J'ai passé en revue toutes les façons dont je pourrais détruire les Carmichael, je me suis acharné sur leur destruction comme objectif principal, mais je n'ai jamais envisagé un autre angle. Aider Eva à se libérer de ses parents et remuer le couteau dans la plaie avant de les assassiner, bien sûr. La question est de savoir si Eva me soutiendrait si elle savait ce que je voulais faire à sa famille.

Elle peut déclarer détester ce qu'ils lui ont fait, mais jusqu'où va cette haine ?

Je passe une main dans mes cheveux en désordre, en secouant la tête. Il faut être un certain genre d'individu pour accepter le meurtre des gens qui vous ont mis au monde, et je ne suis pas sûr qu'Eva soit ce genre de personne. Elle est bonne et pure.

Archer me fait un signe de tête en entrant dans la salle du personnel.

— Ça va, Oak ? m'appelle-t-il.

Je suis si distrait que je marmonne ma réponse, ce qui attire son attention.

— Quoi de neuf ? demande Archer en se glissant dans le fauteuil en face de moi.

Je croise son regard et hausse les épaules.

— Rien.

Je passe une main sur ma nuque.

Juste des problèmes avec un élève.

Il hoche lentement la tête, me regardant attentivement.

— C'est la fille Carmichael ?

Je serre le poing à son évocation. Archer est l'une des deux seules personnes qui savent pourquoi j'ai acheté cette école et mon plan pour me venger de la famille d'Eva. L'autre, c'est Gavril.

— Oui.

— Tu as toujours l'intention de me l'envoyer pour...

Il s'interrompt plutôt que de le dire.

— Non, grogné-je presque.

Il lève un sourcil, un petit sourire en coin sur le visage.

— Pourquoi pas ?

Je lance un regard furieux à mon ami, en serrant les dents.

— Parce que je n'en ai pas l'intention, OK ? craqué-je.

Ses yeux s'écarquillent et il lève les mains.

— D'accord, calme-toi.

Il passe une main dans ses cheveux.

— Si je ne te connaissais pas mieux, je dirais que tu as le béguin pour cette fille, dit Arch.

— Ferme-la, dis-je en me frottant les tempes. Je n'ai pas envie d'en parler.

Archer glousse en guise de réponse.

— Tu as l'air d'un homme qui a besoin d'une putain de sortie et de beaucoup d'alcool.

Je croise le regard de mon ami.

— C'est une invitation ?

J'ai entendu de plus mauvaises idées que ça.

— Pourquoi pas, putain ? On n'est pas sortis depuis des lustres.

Il sort son téléphone portable.

— Je vais voir si Gav veut se joindre à nous.

Il écrit un message et le lui envoie.

— Tu as raison. Je pense que c'est exactement ce dont j'ai besoin.

Une nuit à boire avec mes amis pourrait m'aider à ne plus penser à Eva Carmichael et à la folle limite que j'ai franchie avec elle il y a trois jours.

Arch sourit et fait un signe de tête vers la porte.

— Parfait. Je vais aller me laver et manger un bout.

Il se dirige vers la porte de la salle du personnel.

— On se retrouve ici à huit heures ?

Je hoche la tête en guise de réponse.

— Ça marche. À tout à l'heure.

Arch sort de la salle du personnel, me laissant seul avec mes pensées chaotiques.

Je n'avais pas prévu une complication aussi ridicule. Il y a quelque chose de profond qui me relie à la fille dont je voulais la perte, la fille que je voulais détruire au nom d'une vengeance.

Le bar choisi par Archer est rempli de jeunes, car il est populaire auprès de l'université locale. C'est typique d'Archer, il s'assure toujours qu'il y ait beaucoup de jeunes étudiantes sexy parmi lesquelles faire son choix.

Gav a l'air aussi mal à l'aise que moi lorsque nous entrons.

— C'est vraiment le meilleur endroit pour prendre un verre ?

J'acquiesce en jetant un coup d'œil autour de moi.

— C'est un peu bruyant.

Archer secoue la tête.

— Désolé, papy, mais c'est le meilleur endroit de la ville.

Je lui lance un regard noir.

— Au cas où tu aurais oublié, nous sommes professeurs dans l'école voisine, pas des étudiants.

Il rigole.

— Vous avez tous les deux besoin de vous détendre.

Il secoue la tête et ouvre la voie vers le bar.

— Ce n'est pas comme si on allait croiser un de nos élèves.

Espérons qu'il ait raison. Aucun d'entre nous n'est assez stupide pour croire que les étudiants ne font pas le mur. Les étudiants ne sont pas autorisés à quitter le campus sans permission, mais ce n'est pas ça qui les arrêterait.

On a déjà attrapé des jeunes qui faisaient ça, mais ça ne veut pas dire qu'on va en rencontrer ici. Il y a dix autres clubs dans la ville, ce qui diminue les chances, même si c'est le meilleur endroit de la ville, comme le dit Arch.

— Comme d'habitude ? demande Archer en me regardant.

— Ouais, whisky, sec.

Il rit et secoue la tête.

— Tu ne veux jamais changer ?

— Pourquoi donc ? J'aime le whisky.

Archer commande mon whisky, une vodka pour Gavril et un manhattan pour lui-même. Il aime se croire sophistiqué, même si la plupart du temps, c'est un idiot, un idiot adorable, mais un idiot quand même.

— Trouvons une table, quelque part où nous n'aurons pas à crier pour nous entendre, dit Gav en jetant un coup d'œil dans la salle.

Je repère une table dans un coin et la montre du doigt.

— Là-bas.

Gav acquiesce et ouvre la voie vers la table, se frayant un chemin parmi les étudiants qui se pressent dans la salle. Une fois qu'on y est, il grommelle.

— C'est la dernière fois que je laisse Archer choisir où on va.

Je rigole.

— Je suis d'accord.

— Tu es d'accord avec quoi ? demande Archer en s'affalant de l'autre côté de la banquette avec son verre.

— Avec le fait que c'est la dernière fois que tu choisis où on passe la soirée, dis-je.

Il secoue la tête.

— Vous avez tous les deux besoin de vous détendre.

Je sirote mon whisky en essayant d'oublier Eva Carmichael et l'expression brisée sur son visage après que je l'ai virée de mon bureau. C'est impossible d'effacer l'image, surtout après ce que j'ai ressenti en l'embrassant, en la touchant. C'était si bien. J'ai tout gâché en lui disant que ça ne pourrait plus jamais arriver, ce qui est ce qu'un homme dans ma position devait faire, même si ce n'est pas ce que je veux.

— Hé, tu es ici pour te détendre et ne pas penser, dit Archer en me tapant sur l'épaule. Arrête de penser à la fille Carmichael !

Gav lève un sourcil.

— Eva ?

Je lance un regard furieux à Archer, puis je soupire.

— Ouais, on dirait que la fille que j'ai l'intention de souiller pour atteindre ses parents est irrésistible.

Gav rit.

— Elle est mignonne, c'est sûr, mais je n'aurais pas cru que c'était ton type.

Ça m'irrite et je me redresse, le regardant sévèrement.

— Et tu crois que c'est quoi mon type, au juste ?

Il se frotte la nuque avec une main, en me fixant du regard.

— Plus de vingt et un ans.

Il jette un coup d'œil à Archer.

— Mes deux plus proches amis sont des pervers.

Archer porte une main à sa poitrine.

— Comment oses-tu ?

Gav rit.

— C'est vrai.

Je lève un sourcil.

— Tu es en train de me dire que tu n'as jamais trouvé une étudiante attirante ?

Un éclair passe dans les yeux de Gavril, mais il disparaît rapidement.

— Non, elles sont trop jeunes, trop immatures.

C'est ce que j'aurais dit il y a un mois. Mais maintenant que j'ai rencontré Eva, je ne pense plus qu'à elle.

— C'est ce que je pensais aussi, murmuré-je.

— Il s'est passé quelque chose entre vous deux ? demande Archer en fronçant les sourcils de manière suggestive.

Je déglutis.

— Je l'ai embrassée dans mon bureau.

Gav recrache sa vodka, mais Archer n'a pas l'air surpris.

— Tu as fait quoi ? demande Gav en secouant la tête. Je croyais que tu voulais la perte de sa famille. Comment ça marche si tu cours à ta perte toi aussi ?

Je plisse les yeux sur Gavril.

— C'est pour ça que j'ai annulé tous nos cours de discipline individuels et que je l'ai virée de mon bureau.

— On dirait que tu as fait au moins une bonne chose, dit Gav.

Je plante mes ongles dans la paume de ma main, pour essayer de calmer les ténèbres qui tourbillonnent sous la surface.

— Je n'en suis pas si sûr. Il est clair que tu aimes bien Eva, alors pourquoi ne pas être celui qui ruine sa réputation ?

La tête d'Archer se penche légèrement sur le côté.

— Ou c'est parce que tu tiens à elle ?

Je grince des dents, souhaitant qu'il ne soit pas aussi perspicace, même s'il se comporte comme un clown la plupart du temps.

— Peut-être.

Je hausse les épaules.

— Je ne suis pas sûr. Tout ce que je sais, c'est qu'elle n'est pas comme je m'y attendais.

Je rencontre le regard interrogateur de Gavril.

— Ce n'est pas une princesse gâtée de la mafia.

Je prends une grande inspiration.

— Elle n'a rien à voir avec eux.

— Tu oublies ce que ses parents t'ont pris ? demande Gavril, l'air presque en colère.

Je sais que mes deux amis sont investis dans mon plan, et qu'ils veulent me voir prendre ma revanche sur les deux salopards qui ont réduit mon monde en cendres. Cependant, tout est devenu flou et incertain depuis que j'ai rencontré Eva. Ce qui autrefois était simple est devenu putain de compliqué, et je n'y comprends plus rien.

Je descends le reste de mon whisky et je tape le verre sur la table.

— Assez de tout ça. J'ai accepté de sortir parce que je veux oublier tout ça, pas en parler.

Je fais signe à une serveuse de venir, et elle prend ma commande pour une autre tournée.

— Saoulons-nous et oublions les Carmichael.

Gavril porte son verre à ses lèvres et boit à petites gorgées, en me regardant prudemment.

Archer acquiesce et descend le reste de son verre.

— Bien, bien.

Il me fait un sourire en coin.

— Saoulons-nous.

Gav hoche la tête en signe d'accord.

— Ça me paraît bien.

Il descend le reste de sa vodka alors qu'une autre tournée arrive.

Je fais signe à la serveuse avant qu'elle ne parte.

— Apportez-en toutes les vingt minutes et mettez-les sur ma note, dis-je en lui tendant un billet de cinquante dollars.

Elle sourit, en battant des cils.

— Bien sûr.

Avant de rencontrer Eva, j'aurais pu flirter avec elle, peut-être la séduire après son service, et la ramener à mon chalet. La seule pensée d'y emmener quelqu'un d'autre qu'Eva me donne la nausée. C'est un sentiment très étrange. Je ne peux pas le comprendre.

Je ne pourrai jamais ramener Eva dans mon chalet, même si j'en ai très envie. C'est une élève, et je suis le directeur d'une école de renommée nationale. Les familles mafieuses sont plutôt indulgentes à l'égard des scandales dans les couloirs de l'AS, mais un scandale impliquant un directeur d'école est sans doute quelque chose sur lequel les gens ne fermeraient pas les yeux.

Si je laisse mon obsession pour Eva diriger mes actions, je pourrais finir par détruire tout ce que j'ai construit cette fois. Il n'y aurait personne à blâmer à part moi.

16

EVA

— Habille-toi. On sort, annonce Natalya, en entrant dans ma chambre avec Camilla et Adrianna qui la suivent de près, toutes en robe.

Je fronce les sourcils.

— On sort où ?

L'idée de sortir maintenant me retourne l'estomac.

Tout ce que je veux, c'est me mettre en boule et dormir. C'est ce que j'ai fait tout le week-end depuis le baiser avec Oak, et je ne peux pas m'imaginer aller où que ce soit. Je l'ai vu dans le couloir aujourd'hui, mais il ne m'a pas vue. J'ai eu mal au cœur en le voyant, et demain je dois m'asseoir dans sa classe, deux fois.

— Elias a loué un minibus et il nous a invitées à le rejoindre en ville, dit Natalya en haussant les épaules. Ainsi que dix autres personnes.

Je regarde Camilla, me demandant ce qui se passe.

— Et tu penses que c'est sage d'accepter une invitation de ce cinglé ?

Je n'ai pas raconté à Natalya ce qui s'est passé dans le couloir quand il m'a accostée ni qu'il ne m'a laissée partir que parce que Oak nous a interrompus.

Il y a une espèce d'éclair dans les yeux de Natalya et elle hausse les épaules.

— On a dix-huit ans et on est coincées dans cette école vingt-quatre heures sur vingt-quatre. Je veux en sortir.

Camilla et Adrianna échangent des regards inquiets, mais elles ne disent rien.

— Bien, laisse-moi quand même le temps de m'habiller.

Natalya secoue la tête.

— Pourquoi crois-tu que nous sommes ici ? Pour t'aider à choisir ta tenue et à te préparer.

Je déglutis et j'acquiesce.

— OK, je n'ai pas beaucoup de robes avec moi.

Même dans mon ancienne école, je n'ai jamais été le genre de fille à choisir des robes avec ses amies. Mes amies étaient trop intéressées par les études et préféraient regarder des films. Nous n'étions pas du genre à sortir, ce pour quoi mes parents étaient soulagés.

Camilla se dirige vers mon armoire et ouvre la porte.

—Je suis sûre qu'on va trouver quelque chose.

Elle déplace les vêtements sur le côté, et passe au crible chacun d'entre eux.

— Parfait, dit-elle quand elle arrive à ma mini-robe crème avec des manches et un décolleté plongeant très révélateur. Mes joues rougissent à la seule idée de la mettre, car c'est un cadeau d'un ami de mon père qui était un vrai porc.

— Je ne suis pas sûre que ça m'aille, dis-je en déplaçant mon poids d'un pied à l'autre.

— N'importe quoi, dit Camilla, la robe devant elle. Tu seras magnifique.

Natalya hoche la tête.

— Je suis d'accord avec Camilla. Tu seras sexy là-dedans.

— Je suis d'accord, ajoute Adrianna.

Je soupire lourdement et jette un coup d'œil aux filles dans ma chambre et à la robe avant de finalement céder.

— Bien, laisse-moi l'essayer.

Je m'extirpe de mon jogging et retire ma chemise, que je jette sur le lit. Puis je fais glisser la robe et me tourne vers Camilla.

— Tu peux me remonter la fermeture Éclair ?

Camilla sourit et acquiesce alors que je me retourne pour lui permettre de la remonter.

— Là. Tourne-toi et laisse-nous voir, dit-elle.

Je me retourne, je me sens quasiment nue.

Adrianna siffle.

— Tu es canon.

Natalya acquiesce, et Camilla me regarde avec une bouche entrouverte.

— Belle à en mourir, dit Natalya.

Je sens mes joues chauffer sous leurs regards et secoue la tête.

— Je n'en suis pas sûre.

Je passe la paume de ma main sur le tissu.

— C'est un peu trop révélateur.

Camilla me prend le bras.

— N'importe quoi. C'est parfait, et il faut qu'on y aille, sinon on sera en retard.

J'attrape mon manteau d'hiver sur le dos de la porte alors qu'elles me poussent hors de ma chambre, se précipitant dans le couloir.

— Comment est-ce qu'on va sortir d'ici sans être vues ?

Natalya fait un sourire malicieux.

— Tu vas apprendre quelques secrets de l'AS ce soir.

Au lieu de prendre à gauche et de sortir du dortoir, nous tournons à droite plus profondément dans l'aile des filles.

Mon estomac se noue quand je vois Jeanie, Anita et Kerry devant nous. Les trois filles qui m'ont attaquée lors de ma première nuit dans cet endroit maudit.

— Putain, qu'est-ce qu'elles font ici ? murmuré-je pour moi-même.

Camilla répond.

— Malheureusement, elles sont amies avec Elias.

—Je n'aime pas ça, dis-je.

Adrianna me serre le bras.

— Ne t'inquiète pas. Tu es avec nous maintenant.

Elles se tiennent debout devant un grand portrait de femme. Quand elles nous voient, leurs yeux se plissent.

— Regardez qui voilà, dit Kerry en nous regardant d'un air narquois.

Jeanie s'avance, les yeux passant de l'une à l'autre.

— Quand Elias m'a dit qu'il vous avait invitées, j'ai cru à une mauvaise blague.

Natalya redresse les épaules et lève le menton.

— Je ne vois vraiment pas pourquoi il t'a invitée.

Jeanie secoue la tête.

— Allons-y alors. Qui y va la première ?

— Après toi, dit Camilla.

Jeanie plisse les yeux avant de tirer sur le portrait accroché au mur. À ma grande surprise, il s'ouvre pour révéler une chute à linge. Elle nous lance un regard noir à toutes les quatre avant de monter dedans et de disparaître. Ses deux amies, Kerry et Anita, disparaissent après elle.

— C'est quoi ce bordel ? demandé-je alors que Camilla se déplace pour grimper après elles.

Elle me jette un coup d'œil.

— La chute à linge nous amène à la sortie arrière de l'AS, où le minibus attend.

Sur ce, elle se lance à la poursuite des trois filles.

— Si j'avais su que ces trois-là viendraient, je n'aurais jamais accepté, dis-je à Natalya.

Elle roule les yeux.

— Elles parlent beaucoup, mais elles ne mordent pas.

Je lui lance un regard noir.

— Dis ça à ma jambe.

Je fais un signe de tête vers la jambe qu'elles ont poignardée.

— Je suis désolée qu'elles t'aient fait ça.

Adrianna est la prochaine à monter et à disparaître.

— Mais c'est parce qu'elles ont peur de toi.

Elle fait un signe de tête vers la chute à linge.

— Tu es la prochaine.

Je lui lance un regard incrédule, car je pensais pouvoir me défiler en y allant la dernière.

— J'irai en dernier.

Natalya secoue la tête.

— Non.

Je grince des dents et me hisse dans la chute, en jetant un coup d'œil nerveux vers le bas.

— Tu es sûre que c'est...

Natalya me bouscule et me pousse dans la chute.

Je crie en tombant du toboggan dans un paquet de linge sale en bas.

— Dégueu, dis-je en sautant rapidement hors de là.

— Tu as crié ? demande Camilla.

Je hausse les épaules.

— Natalya m'a poussée.

Adrianna rit.

— C'est Natalya tout craché.

Elle me regarde avec pitié.

— Elle m'a fait la même chose la première fois que nous avons utilisé ce chemin d'évasion.

Camilla a l'air penaude.

— Ça doit être ma faute. C'est ce que je lui ai fait la première fois.

Nous rions toutes les deux lorsque Natalya apparaît de la chute, sautant rapidement hors du linge.

— Je déteste chaque fois l'atterrissage, dit-elle en jetant un coup d'œil au linge sale. Putain, ça pue.

Nous rions toutes, seulement pour être interrompues par Anita qui nous siffle.

— Dépêchez-vous. Tout le monde est déjà dans le bus.

La porte au fond de la buanderie donne sur une cour fermée où est garé le minibus. Elias est adossé à celui-ci, les bras croisés sur la poitrine. Ses narines se dilatent dès qu'il aperçoit Natalya.

— Tu m'as fait attendre, Gurin, dit-il en sortant du bus et en se dirigeant vers elle.

Il passe un bras autour d'elle et la serre contre lui.

— Ne refais jamais ça, dit-il, d'un ton menaçant.

Mes sourcils se froncent, et je suis sur le point de dire quelque chose quand Camilla me tire d'un coup sec dans le bus.

— Qu'est-ce qui se passe entre ces deux-là ?

Camilla secoue la tête.

— Je ne sais pas, mais quand je l'ai interrogée, elle était sur la défensive.

Adrianna se penche en avant.

— S'il y a une chose que je sais sur Natalya, c'est qu'il faut la laisser révéler les choses à son rythme. Si tu la pousses, elle va se braquer.

Je m'assieds à côté de Camilla et je demande :

— Tu as demandé une fois à Natalya si elle m'avait dit ce qu'Elias lui avait fait. Qu'est-ce qu'il lui a fait ?

Camilla croise mon regard, puis jette un coup d'œil à Adrianna.

Adrianna hausse les épaules.

— Ce n'est pas vraiment un secret.

Camilla soupire.

— Elias a tourmenté Natalya pendant des années. Il

l'a insultée, l’a blessée physiquement, l’a rabaissée devant tout le monde, l’a humiliée.

Elle jette un coup d'œil à l'avant de la camionnette, où Elias a attiré Natalya sur ses genoux.

— Ce salaud l'a même poignardée gravement à plusieurs reprises.

J'en ai le souffle coupé.

— Putain, pourquoi ?

Adrianna intervient.

— Il a dit qu'elle avait besoin d'une bonne leçon parce qu’elle était la chouchoute du prof.

Camilla acquiesce.

— Ç’a été un vrai connard avec elle depuis le CM1 jusqu'à il y a un an peut-être, quand les choses se sont calmées.

Elle fronce les sourcils.

— Il l'a même un peu laissée tranquille à la fin de l'année dernière.

Je le regarde tripoter les cheveux de Natalya, assise sur ses genoux.

— Mais on n'arrive pas à comprendre pourquoi.

Elle hausse les épaules.

— Mais après que tu lui as tenu tête, quelque chose a changé, et il a recommencé à l'embêter. Natalya se ferme à chaque fois qu'on aborde le sujet et ne veut pas en parler, mais on a l’impression qu'il a un truc sur elle.

— Comme quoi ? demandé-je.

Adrianna secoue la tête.

— On n’en a aucune idée. On aimerait bien le savoir.

— Je pense qu'il a le béguin pour elle, dis-je en quelque sorte pour moi-même.

Camilla rit, pensant que je plaisante. Quand elle voit que je suis sérieuse, elle secoue la tête.

— Il n'y a aucune chance qu'Elias aime Nat comme ça. Il a été trop cruel au fil des années.

— C'est juste ce que je vois de l'extérieur.

Je hausse les épaules.

— C'était ma première pensée quand il est venu vers nous dans le couloir ce jour-là.

Adrianna m'observe.

— Putain, peut-être qu'Eva a raison.

Elle secoue la tête.

— Ça semble complètement fou, mais nous avons été trop proches de la situation toutes ces années.

J'acquiesce.

— Sans parler du moment où Elias m'a attaquée dans le couloir...

— Quoi ? Quand est-ce que c'est arrivé ? demande Adrianna.

— La semaine dernière, je l'ai dit à Camilla.

Je me mords la lèvre en me rappelant comment Oak est venu à mon secours, seulement pour enrouler ses doigts autour de ma gorge.

— Mais il a dit quelque chose d'étrange.

— Qu'est-ce que c'était ? demande Camilla.

Je jette un coup d'œil autour de moi pour m'assurer que personne n'écoute.

— Il a dit : « Si j'ai envie de tourmenter Natalya, je le

fais comme depuis toujours. C'est mon droit, tu comprends ? » Il a dit ça comme un petit ami jaloux.

— C'est quoi ce bordel ? dit Adrianna en secouant la tête. Si ce garçon aime Natalya, alors il est complètement débile de l'avoir traitée de la sorte toutes ces années.

Je hoche la tête en guise d'accord.

— Il a clairement des problèmes.

Dimitry Jakov, que je n'avais même pas remarqué, s'assoit sur le siège en face de moi et se penche vers moi.

— Qui a des problèmes ?

Adrianna et Camilla le regardent fixement.

— Ça s'appelle une conversation privée, Dimitry, dit Camilla.

Dimitry sourit paresseusement, en me jetant un regard.

— C'est vrai ?

Il passe une main dans ses cheveux noirs et courts.

— Ça s'appelle un bus public, par contre.

Adrianna secoue la tête.

— Demande-lui de sortir avec toi et arrête de faire l'imbécile, raille-t-elle.

Je fronce les sourcils en me demandant de qui elle parle exactement.

Dimitry rougit et hausse les épaules.

— OK, tu me gardes une danse, ma belle ? demande-t-il en me regardant droit dans les yeux.

Mon estomac se noue à cette idée, mais je suis censée sortir pour oublier Oak. Peut-être qu'une danse inoffensive et un peu de flirt avec un garçon sympa et attirant de mon âge ne feront pas de mal.

— Bien sûr, dis-je en souriant.

Il sourit à son tour, l'air soulagé.

— Super, on se voit sur la piste de danse.

Il retourne ensuite s'asseoir avec quelques gars assis au fond.

— Beurk, dit Camilla en frissonnant. Pourquoi as-tu accepté de danser avec lui ?

— Pourquoi pas ? Il n'a pas l'air si terrible.

Adrianna rit.

— C'est parce que tu ne l'as pas connu quand il était plus jeune.

Elle offre à Camilla un regard entendu.

— Franchement, Jakov est devenu plus beau en grandissant, tu ne trouves pas ?

Camilla plisse le nez.

— Je dirais que c'est un peu trop poussé pour moi.

Je rigole.

— D'accord, mais ce n'est qu'une danse. Ce n'est pas comme si j'avais accepté de sortir avec lui.

Et je sais que je ne le ferai jamais, pas quand tout ce à quoi je peux penser, c'est à un homme interdit. Un homme auquel je n'aurais jamais dû penser de cette façon, mais maintenant la vie semble totalement sans espoir si je ne peux plus l'embrasser à nouveau.

17

OAK

Un beau rire attire mon attention.

Eva.

Je la cherche dans le bar, essayant désespérément de trouver la source de ce rire. Peut-être que c'est quelqu'un qui lui ressemble étrangement, mais au fond de moi, je sais que ce n'est pas vrai. Personne ne lui ressemble. Mes yeux se posent sur une grande table près du fond, où sont rassemblés un certain nombre d'étudiants de l'AS, mais je ne la vois pas.

Je donne un coup de coude à Gav.

— On dirait qu'on en a quelques-uns qui ne respectent pas les règles.

Le sourire en coin qui entoure ses lèvres est diabolique.

— Oh, j'adore punir ceux qui enfreignent les règles.

Il se frotte les mains, ce qui me fait hocher la tête.

— On pourrait peut-être s'amuser un peu avec eux ? suggéré-je.

Le sourcil de Gav se fronce.

— À quoi penses-tu ?

— À nous asseoir un moment avec eux et à leur donner des sueurs froides.

Je hausse les épaules. Je sais que ma suggestion est motivée par le fait de passer du temps avec Eva. Depuis qu'elle est entrée dans ma classe, elle est collée au flanc de Natalya Gurin, et je peux voir Natalya de là où je suis assis.

Gav passe sa main dans ses cheveux avant de sourire.

— J'aime ta façon de penser. Dès que je m'assiérai avec eux, ils se chieront dessus.

Je ris, en hochant la tête.

— Faisons-le alors.

Je jette un coup d'œil à Archer, qui est actuellement dans les bras d'une jeune fille blonde à une autre table.

— Je vais le dire à Archer.

Gav lève un sourcil.

— Pas sûr que ce soit vraiment nécessaire. C'est un putain d'idiot.

Je me lève quand même et m'approche de lui.

— Arch.

Il se détourne de la femme qu'il était en train d'embrasser et lève un sourcil.

— Quoi ?

— On a des étudiants au bar que Gav et moi allons rejoindre et tourmenter.

Je jette un coup d'œil à la fille qu'il embrassait.

— Je me demandais si tu voulais te joindre à nous ?

Ses yeux s'écarquillent légèrement à la mention des étudiants au bar.

— Où ?

— Dans le fond. Environ quatorze d'entre eux.

J'incline la tête.

— Tu veux te joindre à nous ou pas ?

Archer jette un coup d'œil à la blonde, puis revient vers moi.

— Bien sûr. Désolé, chérie.

Il se dégage de son emprise.

— Peut-être une autre fois.

Il lui fait un clin d'œil puis me suit jusqu'à notre table.

Gav est déjà debout, les poings serrés, et regarde la table des délinquants.

— Prêts ?

Je hoche la tête.

— Suivez-moi.

Je me dirige vers la table, traversant la foule vers la table des étudiants. Je manque de vaciller au moment où je pose les yeux sur Eva Carmichael. Elle porte la robe la plus sexy que j'aie jamais vue, en tissu crème avec un décolleté plongeant pour souligner sa poitrine parfaite. Les manches sont longues, ce qui ajoute une touche d'élégance à la tenue.

Un doux rugissement me serre la gorge lorsque je remarque que Dimitry est assis à côté d'elle, une main posée nonchalamment sur sa cuisse.

Enfoiré.

Je me dirige vers la table et m'assois juste en face d'Eva. Dès qu'elle me remarque, son visage pâlit.

— Merde, murmure-t-elle.

Son exclamation attire l'attention de Dimitry qui lâche sa cuisse et s'éloigne un peu plus d'elle.

Je m'éclaircis la gorge.

— Je n'avais pas réalisé que vous aviez tous l'autorisation de quitter les lieux, dis-je, la voix calme malgré le chaos en moi. Qui vous a donné la permission ?

Ceux qui ne m'avaient pas encore remarqué se tournent à présent vers moi, alors qu'Arch éjecte un gars d'un tabouret et s'assoit, croisant les bras sur sa poitrine. Je remarque qu'il garde son attention uniquement sur Adrianna Vasquez.

Gav reste debout, mais la plupart des élèves le regardent avec méfiance. C'est fou la peur que le professeur russe peut inspirer.

C'est Elias Morales qui parle.

— C'est moi.

Il lève le menton et dirige son regard vers moi.

— Après tout, on a dix-huit ans. On peut faire ce qu'on veut.

Je lève un sourcil.

— C'est peut-être vrai, mais vous êtes tous trop jeunes pour être ici légalement.

Elias rigole.

— On s'en fout de la légalité. L'académie est là pour enseigner tout ce qui n'est pas légal.

Quelques-uns de ses camarades ricanent, mais la plupart d'entre eux ont trop peur de Gav pour rire.

— Bien dit, dit Arch. Et si on se joignait à vous ?

Ses yeux ne quittent toujours pas Adrianna, qui l'évite du regard.

— Si vous pensez que vous pouvez le supporter, mon vieux, dit Rizzo, un nouveau qui a commencé ce semestre.

Il est aussi arrogant et stupide qu'Elias. Archer, cependant, prend toujours tout avec humour.

— Tu sais que je pourrais te botter le cul même après avoir descendu deux bouteilles de scotch, Rizzo.

Rizzo rit et lui passe une bouteille de vodka.

— Servez-vous.

Il se rassoit sur sa chaise, un sourire suffisant toujours affiché sur son visage. Soit il est intrépide, soit il est complètement stupide, car Gavril le regarde comme s'il était prêt à l'attacher à un chevalet de torture.

Archer se verse un grand verre de vodka et se penche en arrière pour le boire à petites gorgées.

Je reste immobile, les yeux fixés uniquement sur Eva. Si je ne contrôle pas ma colère, je pourrais me jeter par-dessus la table, réduire Dimitry en bouillie et réclamer Eva sur cette putain de table devant ses camarades.

Ma bite palpite à cette simple pensée, ce qui montre à quel point je suis à bout. L'aspect interdit ne fait qu'ajouter à mon désir. Eva devrait fuir pour sauver sa putain de vie.

La serveuse à qui j'avais donné un pourboire plus tôt me retrouve et pose sa main sur mon épaule à ce moment-là.

— J'ai dû vous traquer, murmure-t-elle avant de déposer le verre de whisky dans ma main.

Quelques garçons de la table sifflent, mais je me

redresse et je hoche la tête en guise de remerciement. Je suis douloureusement conscient que les yeux d'Eva sont sur moi maintenant, même si elle avait la main d'un autre homme sur sa cuisse il y a quelques instants. Je serre les dents et lui jette un nouveau coup d'œil pour constater qu'elle fixe la serveuse avec la même jalousie furieuse.

Je souris et me penche à nouveau vers elle, réalisant que mes actions vont agacer Eva.

— Et pourquoi pas offrir à tout le monde une tournée à mon compte ? lui chuchoté-je à l'oreille en lui donnant un autre billet de cinquante dollars.

C'est puéril, comme si j'avais à nouveau 18 ans, mais je ne peux pas m'en empêcher.

Elle acquiesce et fait un clin d'œil avant d'aller chercher d'autres boissons.

C'est un geste irresponsable. En tant que directeur d'école, je ne devrais pas payer des boissons à ces étudiants mineurs. Cependant, la présence d'Eva ici ne fait qu'obscurcir mon jugement et il m'est difficile de penser à autre chose.

— Alors, comment diable êtes-vous sortis en douce du campus ? demandé-je en jetant un coup d'œil à chaque élève à table.

Quelques-uns d'entre eux pâlissent, la plupart grimacent de fierté alcoolisée.

— J'ai bien peur que si nous vous disions cela, professeur, nous devions vous tuer, dit Elias, en me souriant avec ce sourire arrogant que j'aimerais lui arracher.

À ma grande surprise, il a son bras paresseusement drapé sur l'épaule de Natalya Gurin. La même fille qu'il a passé des années à tourmenter. Natalya semble un peu mal à l'aise, ce qui suggère qu'elle n'est peut-être pas ici par choix, ou du moins qu'elle n'est pas dans les bras d'Elias par choix.

Elias a beaucoup à prouver. Il fait peut-être partie de la famille du cartel Estrada, mais il n'est qu'un cousin et ne partage pas le nom Estrada. Cela signifie que même s'il est un gros poisson dans cette école, dans le monde réel, il n'est pas si important. Il est le neuvième en lice pour diriger le cartel Estrada, derrière ses six cousins et ses deux frères et sœurs aînés.

— J'aimerais bien voir ça, Elias, dis-je d'un ton égal, en soutenant son regard. Quelques-uns ont essayé, aucun n'a réussi.

Il renifle.

— Ouais, c'est ça, mon vieux.

Je serre les poings sur le côté et reporte mon regard sur Eva, que Dimitry est en train de flatter. Il se penche en avant et lui chuchote à l'oreille.

— Dimitry, aboyé-je.

Il se redresse, les yeux écarquillés.

— Quoi ?

— As-tu oublié ce qui s'est passé la dernière fois que tu as murmuré quelque chose d'inapproprié à mademoiselle Carmichael ?

Son visage pâlit, et ses yeux se tournent vers Gav, qui observe debout, les bras croisés sur la poitrine. Je remarque la façon dont son regard se fixe plus d'une fois sur Camilla Morrone. Peut-être mon ami n'est-il pas si insensible à la beauté des jeunes filles de dix-huit ans.

— Je n'ai rien dit qu'Eva ne veuille entendre, dit-il en jetant un coup d'œil à Eva. N'est-ce pas, Eva ?

Eva nous jette un coup d'œil à l'un et à l'autre à plusieurs reprises avant de se lever.

— J'ai besoin de prendre l'air.

Elle pousse Dimitry, qui essaie de lui prendre la main.

— Tu veux que je...

Eva secoue la tête.

— Non, je reviens dans une minute.

Elle part précipitamment, ses hanches se balançant d'un côté à l'autre, et elle s'éloigne avec élégance sur ses talons mi-hauts.

Ma bite palpite à cette vision d'elle de dos dans cette robe. Une image qui devrait être pour mes yeux et mes yeux seulement. Je remarque que Dimitry l'observe de la même manière, se léchant les lèvres comme un animal affamé alors qu'elle disparaît hors de vue.

J'agrippe le bord de la table pour m'empêcher de me jeter sur lui et de l'assommer. C'est un élève, après tout. Je ne peux pas aller assommer un élève parce qu'il a touché une autre élève. Il a plus le droit de la toucher que moi, qui suis son putain de professeur.

Je jette un coup d'œil au bar, remarquant que la tournée de boissons que j'ai commandée n'est toujours pas arrivée.

— J'ai commandé des boissons pour tout le monde. Je vais aller voir ce qui se passe.

Je me lève et me dirige vers le bar, je tombe sur la serveuse.

— On en est où avec les boissons ?

Ses yeux s'écarquillent.

— Je m'en occupe. C'est une grosse commande.

Je hoche la tête en guise de réponse.

— Je vais sortir prendre l'air. Servez-les quand même.

La serveuse sourit.

— Bien sûr, c'est bientôt ma pause si vous voulez...

— Pas intéressé, désolé.

Son visage se décompose, mais elle acquiesce.

— Bien sûr, juste les boissons, alors ?

— Oui, dis-je.

Je me tourne vers la sortie du club, sentant mon cœur battre dans ma poitrine. C'est imprudent de ma part d'aller là-bas, de courir après la fille qui hante mes pensées éveillées et mes rêves. Mais rien ne peut arrêter mes jambes. Eva est comme le centre de mon univers, elle me tire vers elle avec une telle force que je ne peux pas résister.

Je sors de la boîte et me dirige vers la rue, inspirant une grande bouffée d'air frais, la boîte étant surpeuplée et puant la sueur et l'alcool. Je jette un œil autour de moi, à la recherche d'Eva, jusqu'à ce que je remarque un petit corps adossé au mur du club, la tête inclinée vers le haut, le visage doucement baigné par la lumière de la lune.

Eva.

Elle ressemble à une vision, debout comme ça, et mon estomac se retourne à l'idée d'embrasser à nouveau ces lèvres charnues et pulpeuses.

Je m'avance vers elle, me hâtant à mesure que je me rapproche. Voir la main de Dimitry sur elle a suffi à ébranler ma détermination. J'en ai assez d'essayer de rester loin d'elle. Il est temps que je prenne ce que je veux.

Le regard d'Eva se pose sur moi alors que je marche sur un tesson de bouteille, l'avertissant de ma présence. Elle écarquille les yeux, croise les bras sur sa poitrine de manière défensive et fait quelques pas sur la droite, comme si elle avait peur de moi.

Un léger grognement fait vibrer ma poitrine tandis que je me rapproche d'elle, comblant l'écart entre nous. Il y a de la peur dans ses yeux, comme il se doit. Si Eva avait un peu de bon sens, elle s'enfuirait loin de moi et ne se retournerait jamais, mais il y a aussi du désir dans son regard, ce qui me dit qu'elle n'a pas l'intention de bouger.

Eva sera mienne, que Dieu me vienne en aide.

18

EVA

J'ai fait une grosse erreur en venant seule ici.

Oak m'a suivie. Et maintenant, il me regarde fixement comme un prédateur affamé et en colère, prêt à me mettre en pièces. Ses magnifiques yeux bleus semblent presque argentés dans la faible lumière de la rue et le pâle clair de lune qui se faufile à travers les nuages.

Alors qu'il s'approche, je fais quelques pas en arrière, pour me retrouver coincée contre le mur du club.

— Vous allez bien, principal Byrne ? demandé-je, ne voulant pas utiliser son prénom.

C'est trop intime pour ce cadre, étant donné que nous sommes en dehors de l'école, et que la façon dont il me regarde me fait peur.

Il s'arrête lorsqu'il n'est plus qu'à quelques centimètres de moi, et penche la tête.

— Est-ce que je vais bien ?

Sa voix tremble de colère.

— Qu'est-ce que tu fais ici, bordel ?

Le ton de sa voix me donne envie de disparaître dans les briques derrière moi.

— Natalya m'a invitée, murmuré-je, souhaitant que ma voix ne soit pas si insignifiante comparée à la sienne. Je suis désolée d'avoir enfreint les règles.

Ses yeux se mettent à briller à mes excuses et son regard se déplace vers mes lèvres, puis plus bas vers ma robe.

— Pourquoi est-ce que tu portes cette robe ? demande-t-il, en faisant courir son doigt lentement le long du centre de mon corps. Tu espérais attirer l'attention des hommes ?

Il y a quelque chose de létal dans sa voix qui me fait frissonner.

Je secoue la tête.

— Non, mes amies ont insisté pour que je la porte.

Je hausse les épaules.

— Je ne voulais même pas la mettre.

Le coin de la bouche d'Oak se transforme presque en sourire, mais il y a toujours du danger dans ses iris.

— Je ne veux plus jamais te voir dans une telle robe, ordonne-t-il en se penchant vers mon oreille, ses lèvres caressant doucement son contour. À moins que tu ne sois à mes côtés.

Il attrape mes hanches avec ses grandes mains rugueuses, enfonçant le bout de ses doigts suffisamment pour me faire mal.

Ce qu'il dit n'a aucun sens, mais mon bas-ventre s'agite lorsque je me souviens à quel point c'était bon lorsque ses lèvres se sont posées sur les miennes il y a trois jours.

— Je ne comprends pas, monsieur, dis-je en secouant la tête et en posant mes mains sur sa poitrine pour le repousser.

Il ne bouge pas.

— Vous êtes le directeur de mon école, ce qui signifie que je ne peux pas être à vos côtés. Je pousse plus fort.

Il ne bouge pas d'un pouce.

— Tu le peux et tu le seras.

Une de ses mains passe de ma hanche à ma nuque et me serre fort.

— Tu es à moi, Eva, et je ne veux plus jamais voir ce putain de Dimitry Jakov près de toi. Est-ce que tu comprends ?

La chaleur s'enflamme en moi, rugissant comme le moteur d'un gros-porteur devant le regard de pure envie dans les yeux d'Oak.

Il est vraiment jaloux de Dimitry ?

Une partie de moi a envie de rire, mais je me retiens, sachant qu'à voir son visage, cela ne ferait que le mettre en colère.

— Vous pensez vraiment que vous pouvez me donner ce genre d'ordres ?

Je lève le menton et rencontre son regard intense.

— Si j'aime bien Dimitry, alors je lui parlerai. Ce n'est pas...

Le grognement féroce et animal d'Oak m'interrompt alors qu'il enroule ses doigts autour de ma gorge, me regardant comme un homme possédé.

— Attention, bébé, me dit-il, faisant trembler mes genoux alors que ma paume reste à plat contre sa poitrine dure.

— Oak, soufflé-je, mes yeux se fermant en raison de la chaleur et de la possessivité de sa main autour de ma gorge.

C'est comme ce qu'il a fait dans le couloir, mais en plus doux.

— Si je dis que tu es à moi, alors t’arrêtes tout ça, grogne-t-il, les narines dilatées. Tu ne t'approcheras pas de ce garçon, Eva. Tout ce qu'il veut, c'est coucher avec toi.

— Et vous ? demandé-je, sentant mon rythme cardiaque s'accélérer tandis que je regarde l'homme qui me tient.

Ses yeux se plissent.

— Et moi, quoi ?

— Que voulez-vous de moi ? demandé-je, sachant que la question est dangereuse.

Sa main se détache de mon cou et descend jusqu'à ma clavicule, tandis qu'il fait glisser sa peau rugueuse sur la mienne.

— Tout, murmure-t-il, en déplaçant sa main encore plus bas pour caresser ma poitrine à travers le tissu de ma robe. Tout de toi, ronronne-t-il, les yeux pleins de désir.

— Oak, soufflé-je, une chaleur ardente se répandant dans mes veines.

La possessivité dans le ton de sa voix fait fondre mon corps de désir. Mes joues sont en feu, et une douleur lancinante s'allume entre mes cuisses alors que son membre se colle contre mon corps.

— Je veux te posséder, poursuit-il en me regardant dans les yeux tandis que sa main parcourt chaque centimètre de mon corps. Je veux que chaque pensée que tu as soit remplie de moi, grogne-t-il à moitié, l'air un peu féroce alors qu'il semble perdre le contrôle de lui-même.

— Je veux que tu me désires autant que je te désire, Eva.

Ses lèvres sont maintenant à un centimètre des miennes.

— Est-ce que tu comprends ?

Je déglutis et acquiesce.

— Oui, monsieur, soufflé-je.

Il gémit et souffle le mot « mienne » avant d'écraser ses lèvres sur les miennes dans un baiser vertigineux et possessif qui vole l'air de mes poumons, mon bon sens, et tout respect de moi-même que j'avais encore alors que je gémis dans sa bouche comme une pute.

Comment peut-il avoir un tel pouvoir sur moi ?

Je ne me suis jamais intéressée aux garçons ou aux hommes, je me concentrais uniquement sur l'obtention de notes parfaites pour pouvoir échapper à mes parents. Les garçons étaient une distraction inutile dont je n'avais pas besoin, et pourtant, dès que j'ai posé les yeux sur cet homme, j'ai eu du mal à me concentrer sur autre chose.

Mes doigts s'enfoncent dans ses épaules larges et musclées alors que j'essaie de m'ancrer, sentant la force qu'il dégage me pousser plus fort contre le mur du club. Je les laisse passer de ses épaules à ses cheveux noirs et épais tandis qu'il approfondit le baiser, faisant entrer et sortir sa langue brutalement de ma bouche, comme s'il n'avait aucun contrôle.

C'est étrangement valorisant qu'un homme comme Oak ne puisse pas contrôler ses pulsions pour moi, et cela me fait me sentir plus belle et plus désirée que jamais.

Oak rompt le baiser, seulement pour continuer l'assaut de sa bouche plus bas dans mon cou.

— Tellement. Magnifique. Putain, dit-il en effleurant ma clavicule de ses lèvres. Et tout à moi, souffle-t-il avant de s'éloigner pour me regarder dans les yeux. Dis-moi que tu es à moi, ordonne-t-il.

Je me lèche la lèvre inférieure, sachant que c'est complètement fou. C'est mon directeur, putain, mais rien ne m'a jamais paru aussi sensé. Rien dans ma vie ne m'a jamais paru sensé.

— Je suis à vous, monsieur, dis-je.

— Gentille fille, ronronne-t-il avant d'écraser ses lèvres sur les miennes avec une vigueur renouvelée. Cette fois, je laisse tomber mes insécurités, mes pensées, et je le laisse me dévorer de l'intérieur.

Quand nous nous séparons enfin, j'entends un rire grinçant que je ne reconnais que trop bien. Jeanie Doyle.

— Merde, soufflé-je.

Oak se raidit contre moi, secoue la tête et met un doigt sur ses lèvres.

— Silence.

— Il faut qu'on s'en aille d'ici, murmuré-je en remarquant un groupe de trois filles debout dans l'entrée du club. Elles ne nous ont pas encore vus.

Oak cherche mes yeux avant de s'éloigner de moi et d'attraper ma main, me tirant dans une ruelle sombre.

— Je te ramène à la maison, dit-il en me tirant vers une route derrière le club, où son SUV est garé.

— Vous n'avez pas trop bu ? demandé-je.

Il passe devant le SUV et va droit vers un taxi garé sur la route.

— L'Académie du Syndicat, dit-il au chauffeur avant d'ouvrir la porte arrière pour moi. Monte, dit-il en me regardant sévèrement.

Je me glisse sur le siège arrière, et il claque la porte avant de s'installer sur le siège passager à côté du conducteur.

Mon ventre se noue de déception qu'il ne soit pas monté à l'arrière avec moi, mais quelque chose me dit qu'avoir failli se faire attraper par Jeanie Doyle l'a secoué. La distance entre nous ne fait que renforcer ma douleur.

Le trajet jusqu'au campus de l'Académie du Syndicat est long et silencieux, mais une fois que nous sommes arrivés et que le taxi repart en descendant la longue allée sinueuse, la main d'Oak se pose dans le bas de mon dos. Son corps se rapproche, et sa chaleur envahit mon espace et fait trembler mes genoux.

— Viens avec moi, murmure-t-il à mon oreille.

Je m'accroche à son bras alors qu'il m'éloigne du bâtiment principal, faisant battre mon cœur.

— Où allons-nous ?

Oak s'agace :

— Pas de questions, Eva.

Je déglutis et le laisse me guider sur un petit chemin

faiblement éclairé qui semble serpenter vers la lisière de la forêt, sous une arche ornementale drapée d'une plante grimpante à feuilles persistantes.

J'ai l'estomac retourné lorsque j'aperçois une petite maison de pierres pittoresque au bout du chemin.

— C'est ici que vous vivez ?

Oak me serre doucement la hanche.

— Oui, murmure-t-il en regardant autour de lui. Personne ne nous surprendra ici.

Mes cuisses se serrent, et mon cœur s'emballe quand je réalise ce qui se passe. Le principal Oakley Byrne me veut. Je ne sais pas pourquoi, mais c'est le cas, et ça me rend folle de désir. Alors que nous nous rapprochons du magnifique petit cottage, je sais que je vais lui donner ce qu'il veut. À lui... Je suis toute à lui.

C'est mal. C'est interdit. Et pourtant, chaque fois que je suis avec Oak, la vie ne m'a jamais semblé aussi sensée. C'est comme si j'étais née pour être à lui. Je frissonne alors qu'un vent glacial souffle sur les lieux, me forçant à me rapprocher de la chaleur d'Oak.

Il resserre sa prise sur ma hanche alors que nous faisons les cent derniers mètres jusqu'à son porche. Il me lâche et sort sa clé de sa poche.

Je le regarde pendant qu'il déverrouille la porte en bois ornée et la pousse avant de glisser sa main dans le bas de mon dos et de me guider à l'intérieur. Son contact me fait frissonner, mais pour toutes les bonnes raisons. Je suis tellement à bout de nerfs, j'ai tellement envie de lui.

Et puis le bruit de la porte qui se ferme et le fait qu'il

tourne le verrou me ramènent à la réalité. Mon cœur bat incroyablement fort dans mes oreilles.

— Monsieur, qu'est-ce qu'on...

Oak me tire violemment contre lui, m'interrompant au milieu de ma phrase.

— Pas de questions, souffle-t-il, ses lèvres à quelques centimètres à peine des miennes tandis qu'il cherche mes yeux.

J'ai l'impression qu'il peut voir à travers moi, jusqu'à mon âme.

Je tremble, j'ai du mal à croire qu'Oakley Byrne, le plus bel homme que j'aie jamais rencontré, ait vraiment envie de moi.

— Est-ce qu'on va le faire ?

Le sourire qui s'étend sur ses lèvres est malicieux alors qu'il lève un sourcil.

— Que penses-tu qu'on va faire exactement ?

Je sens la chaleur se répandre dans mon corps, transformant mes joues en flammes.

— Je... je...

Je suis interloquée, ma voix devient inaudible. Cet homme me rend stupide. Je mordille ma lèvre inférieure, incapable de répondre à son regard.

Oak passe un doigt sous mon menton et le soulève pour que mes yeux rencontrent les siens.

— Dis-moi ce que tu veux que je te fasse, Eva.

Un sentiment de honte m'enveloppe. Je suis trop inexpérimentée, trop honteuse pour lui dire ce que je veux. À la place, je secoue la tête.

— Je ne sais pas.

Sa poigne devient forte, presque douloureuse.

— Ne me mens pas.

La domination dans son timbre de voix est addictive et je déglutis fortement, cherchant ses yeux bleu marine affamés.

— Je vous veux, monsieur.

Un muscle de sa mâchoire s'agite alors qu'il lâche mon menton et attrape mes hanches à la place, me tirant contre son corps musclé et puissant.

— Que veux-tu que je te fasse exactement ? demande-t-il à nouveau.

Ses lèvres se déplacent vers mon cou et il m'embrasse doucement, les faisant descendre jusqu'à ce qu'elles soient sur ma clavicule.

Je peux à peine penser avec ses lèvres sur moi.

— Tout, soufflé-je en passant la langue sur mes lèvres devenues trop sèches. Je veux que vous me touchiez.

— Hmm, souffle-t-il en déplaçant ses mains de mes hanches pour serrer mes fesses dans ses paumes. Comme ça ?

Je hoche la tête en guise de réponse, mes yeux se fermant à la sensation de ses mains sur moi.

— Je veux vous toucher aussi, monsieur.

Oak se retire, un sourire suffisant tirant ses lèvres vers le haut.

— Où ?

— Partout, soufflé-je doucement.

Ses yeux brillent de faim.

— Continue, bébé.

Je serre les cuisses l'une contre l'autre à chaque fois

qu'il utilise ce surnom. Ses lèvres reviennent sur mon cou et il mordille, lèche et suce ma chair. Ça me rend folle de désir.

— Je veux que vous me goûtiez, dis-je, sentant le courage naître en moi à mesure qu'il me touche, la température grimpant entre nous. Et je veux vous goûter.

Il gémit contre ma peau, ce qui me fait me sentir étrangement puissante. Je ne fais que parler, mais il semble incapable de garder ses mains loin de moi.

— Quelle vilaine petite fille, dit-il d'une voix traînante.

Je suis surprise de détecter un soupçon d'accent du Sud dans sa voix.

— Je vous veux en moi, couiné-je quand il mord ma clavicule avec ses dents, plus fort que je m'y attendais, ce qui me fait sursauter. Je veux que vous soyez mon premier.

Son corps se tend à ce moment-là, ses mains se resserrent si fort sur mes hanches qu'on dirait qu'il essaie de me briser. C'est peut-être ce qu'il veut, car il y a une noirceur dans cet homme, une noirceur que je ne pourrai jamais comprendre. J'ai le sentiment que ce soir, je vais voir un aperçu de ce qui se cache sous l'extérieur beau et parfait de cet homme.

19

OAK

— Et le dernier, grogné-je, sentant cette sinistre possession se répandre en moi comme un poison infectant mon sang et corrompant mon cœur.

Eva lève un sourcil interrogateur, mais je l'ignore. Elle ne comprend peut-être pas cette remarque, mais une fois que je l'aurai eue, il n'y aura pas de retour en arrière possible. Elle sera à moi pour toujours.

C'est imprudent de l'amener ici, mais je n'arrive pas à trouver en moi la force de m'en soucier. Après avoir trouvé les mains de ce bâtard de Dimitry sur elle, je dois la revendiquer et la faire mienne.

— Une fois que je t'aurai prise, Eva, il n'y aura pas de retour en arrière.

Je la serre contre mon corps, la laissant sentir à quel point je suis dur.

— Tu seras à moi.

Ses narines se dilatent légèrement, et je vois cette étincelle de défi dans ses yeux, mais elle ne réfute pas mon affirmation. Au lieu de cela, elle incline sa tête dans une invitation, me suppliant de réclamer ses lèvres.

Je la taquine d'abord, laissant mon souffle tomber contre ses lèvres douces et moelleuses. La distance entre nous se réduit lentement jusqu'à ce que je presse mes lèvres contre les siennes dans un baiser d'une terrible douceur.

Eva tremble contre moi, et son corps se fond en moi alors qu'elle s'accroche à mes bras pour se soutenir.

Je gémis quand ma langue glisse dans sa bouche, quand toutes les sales et vilaines choses que je veux lui faire défilent dans mon esprit. Il y a une maladie en moi, une maladie qui ne peut pas être calmée ou guérie.

J'ai envie de blesser la belle créature dans mes bras. De la mettre sur un banc à fessée et de tanner sa peau à vif. Ma bite palpite à cette image mentale. C'est la raison pour laquelle j'ai été si brutal avec ses punitions. La raison pour laquelle je l'ai fait se pencher pour moi tous les jours pendant que je lui donnais la fessée avec une règle.

Eva mérite un homme doux et gentil, n'importe qui sauf moi. Et pourtant, quand cette pensée me traverse l'esprit, le démon en moi grogne de rage envieuse. Personne ne peut l'avoir sauf moi.

— Oak, gémit-elle contre ma bouche alors que je me détache et embrasse son cou en attrapant ses hanches.

— Déshabille-toi pour moi, Eva, ordonné-je.

Eva fait un pas en arrière, et je vois l'incertitude dans ses yeux noisette uniques. L'incertitude disparaît lorsqu'elle met la main sur la fermeture Éclair dans son dos et la tire vers le bas avant de sortir d'un coup sec ses bras des manches.

Je suis si dur en ce moment. Tout le sang de mon corps s'est précipité vers ma bite.

Elle abaisse sa robe de façon à laisser apparaître son joli soutien-gorge noir en dentelle, laissant le tissu descendre de plus en plus bas jusqu'à ce que je puisse voir l'élastique de son string.

À ce moment-là, je ne peux plus attendre. Je me dirige vers Eva et saisis la robe, la tirant violemment vers le bas.

— Trop lente, soufflé-je en reculant d'un pas une fois la robe à ses chevilles.

— Magnifique.

Mes yeux scrutent chaque centimètre de son corps, absorbant cette vision d'elle comme ça pour moi, rougissante et pratiquement nue.

— Enlève le reste.

Elle se mordille la lèvre avant de secouer la tête.

— Après vous.

Je grogne, irrité par son mépris total de mes ordres, mais elle a raison. Il est juste que j'enlève aussi certains de mes vêtements. Rapidement, je me débarrasse de mon pantalon et de ma chemise, que je jette au sol.

Eva devient cramoisie au moment où je me tiens là, debout, dans un caleçon moulant qui ne laisse rien à l'imagination. Ma bite est dure et fuit, laissant une tache de liquide préséminal humide sur le devant du caleçon.

— Maintenant, enlève la culotte et le soutien-gorge, grogné-je.

Eva se lèche les lèvres et acquiesce.

— Oui, monsieur.

Putain.

Ma bite fait un bond quand je l'entends m'appeler comme ça, et elle sait ce que ça me fait.

Elle incline la tête alors qu'elle décroche son soutien-gorge, le laissant tomber au sol.

— C'est pour ça que vous n'aimiez pas que je vous appelle monsieur tout le temps ? demande-t-elle en glissant un doigt sous l'élastique de son string et en le faisant descendre jusqu'à ses chevilles.

— Ça vous excitait ?

Je la surprends en la saisissant avant qu'elle ne puisse se lever, les yeux écarquillés.

— Oui, réponds-je d'un ton bourru, en attirant son corps nu contre le mien.

Elle est si douce, si parfaite contre ma peau, comme si elle était faite pour moi. Je laisse ma main se déplacer vers ses seins et je commence par caresser le droit, en passant la pulpe de mon pouce sur le mamelon froncé.

Eva halète à cette sensation et courbe le dos. Ses yeux plongent jusqu'à la bosse visible à travers mon caleçon.

— Ce n'est pas votre tour, monsieur ?

— Bientôt, ronronné-je en soulevant Eva dans mes bras. D'abord, j'ai besoin de te goûter.

Eva gémit alors que je la transporte à travers mon cottage jusqu'à la chambre du fond. Je peux sentir qu'elle m'étudie alors que je me dirige vers le lit et que je la place sur le dos, admirant à quel point elle est parfaite.

Ce dernier mois de résistance a été douloureux, je la

désire comme je n'ai jamais désiré quiconque auparavant. Je descends sur elle, mon corps la plaquant au sol tandis que je glisse mon genou entre ses cuisses et l'embrasse.

Eva tend ses bras vers moi, mais je saisis ses poignets et les coince au-dessus de sa tête.

— Pas touche, bébé.

Je descends mes lèvres, traçant un chemin le long de son cou jusqu'à sa clavicule. Pendant tout ce temps, je garde ma main autour de ses poignets.

— Garde tes poignets au-dessus de ta tête, OK ? demandé-je.

Eva acquiesce.

— Oui, monsieur.

Je gémis en relâchant ses poignets et je continue à l'embrasser plus bas, jusqu'à ses seins, gros et fermes. Ses mamelons sont déjà durs lorsque je passe ma bouche sur le droit et que je le suce, ce qui fait bouger les hanches d'Eva vers moi.

— Oh, mon Dieu, crie-t-elle, se tortillant sous mon attention alors que je déplace ma bouche pour couvrir son téton gauche.

Mes mains se resserrent autour de ses hanches et je descends plus bas, faisant glisser ma langue au centre de son nombril, ce qui la fait frissonner. Je ne me suis jamais senti aussi dominant en regardant Eva réagir à mon toucher, mon baiser. Cela me fait quelque chose que je ne peux pas vraiment expliquer.

— Dis-moi ce que tu veux, Eva, soufflé-je, laissant mon souffle chatouiller l'intérieur de ses cuisses. Ma bouche est à quelques centimètres de son centre, qui est trempé.

— S'il vous plaît, monsieur, gémit-elle en me regardant avec ses yeux noisette uniques, tellement dilatés que je ne peux détecter qu'un petit bord de couleur.

— S'il vous plaît, quoi ? demandé-je en m'agrippant à ses hanches. Je veux que tu me dises ce que tu veux que je fasse.

Ses yeux se retournent dans leurs orbites, et elle se lèche les lèvres avant de croiser à nouveau mon regard.

— Je veux que vous me goûtiez, dit-elle d'une voix hésitante.

Je gémis en déplaçant mon doigt vers son centre, le frôlant dans sa chair sensible.

— C'est vrai ça, bébé ?

— Oui, monsieur, gémit-elle, le dos cambré alors qu'elle s'offre à moi. Il est difficile de croire que cette belle créature innocente me désire. Je suis un homme tellement corrompu par la noirceur que je peux à peine voir la lumière.

Ma langue pénètre dans son centre trempé, et je la goûte pour la première fois. C'est un putain de paradis.

— Tu goûtes si bon, gémis-je en prodiguant une lente attention à sa chatte, léchant d'abord entre ses lèvres, avant de déplacer le bout de ma langue vers son clito et de la taquiner avec.

— Putain, crie Eva, dont les mains s'agrippent à mes cheveux.

Je grince des dents, ignorant le fait qu'elle m'a désobéi

en les déplaçant du dessus de sa tête. Si je veux qu'elle ne bouge pas, il faudrait que je m'arrête pour aller chercher les liens dans mon armoire, et il n'y a rien qui vaille la peine de s'arrêter maintenant.

Au lieu de cela, j'apprécie la sensation de ses doigts qui frottent contre mon cuir chevelu alors qu'elle se tortille sous moi. Je glisse un doigt à l'intérieur d'elle, et je sens à quel point elle est étroite.

— Putain, soufflé-je en recourbant mon doigt vers le haut pour toucher le point en elle qui la fait gémir.

Et putain, qu'est-ce qu'elle gémit ! Un son si beau que c'en est une torture. Je ne pense pas que je m'en lasserais si c'était le seul son que j'entendais pour le reste de ma vie.

— C'est ça, bébé. Je veux que tu gémisses pour moi.

J'aspire son clito dans ma bouche.

Elle se cambre, l'excitation jaillit d'elle alors que je joue avec son corps jusqu'à la frénésie.

— Monsieur, s'il vous plaît, souffle-t-elle, ses paupières se fermant sur ses yeux alors qu'elle passe ses ongles sur mon cuir chevelu. S'il vous plaît.

— S'il vous plaît, quoi ? demandé-je, la taquinant malicieusement alors que je sais ce pour quoi elle me supplie. Elle a besoin de la délivrance.

— Laissez-moi jouir, gémit-elle, ses hanches poussant vers mes lèvres avec avidité, exigeante qu'elle est.

Je place une main ferme sur son ventre afin de la maintenir en place.

— Tu jouiras quand je jugerai que c'est le bon moment et pas une seconde avant.

Elle souffle d'irritation, ses doigts ratissent plus fort mon cuir chevelu.

J'apprécie la légère piqûre de douleur alors que je continue à la chauffer, mais sans jamais l'amener au bord de la délivrance. Quand elle jouira, je veux qu'elle explose et qu'elle oublie son putain de nom.

Son goût est addictif alors que je fais entrer et sortir ma langue d'elle, tout en continuant à passer un doigt le long de la paroi interne de son entrée virginale. Le corps d'Eva tremble à chaque contact, alors que je la rapproche de plus en plus de la jouissance, pour me retirer au moment où je sens la tension augmenter.

Eva grogne de frustration quand je m'arrête à nouveau.

— S'il vous plaît, Oak. Je ne peux plus supporter ça, gémit-elle, ses doigts se resserrant dans mes cheveux. J'ai besoin de jouir.

Je lève un sourcil.

— Plus je te fais attendre, mieux ça sera, dis-je.

Elle secoue la tête.

— Je m'en fiche. S'il vous plaît, monsieur.

Ses beaux yeux noisette sont remplis de feu alors qu'elle me supplie. Ça me fait tellement bander que j'ai du mal à penser correctement.

Je concentre toute mon attention sur son corps, faisant entrer et sortir mon doigt d'elle vigoureusement. Ses muscles s'agrippent pratiquement à moi, tirant mon doigt plus profondément en elle. Je fais tourner le bout de ma langue autour de son point sensible avant de laisser mes dents effleurer son clito.

Elle sursaute violemment, et crie quand le doux raclement de mes dents la fait grimper aux rideaux. Je lape chaque goutte de son doux nectar, nettoyant sa belle chatte vierge avec avidité.

Je gémis contre elle, goûtant chaque goutte de son orgasme alors qu'elle continue de tressaillir et de trembler, haletant et gémissant des mots inintelligibles à l'intensité de son orgasme.

Au moment où son orgasme s'estompe, je suis prêt à recommencer.

Je déplace mes lèvres vers son centre, mais Eva tire mes cheveux si fort qu'on dirait qu'elle essaie de les arracher de mon cuir chevelu.

— À mon tour, grogne-t-elle, les yeux brillants d'une telle intensité qu'ils me rendent fou.

Je penche la tête, peu habitué à ce que les femmes exigent des choses au lit.

— Ah oui ?

Elle acquiesce, les yeux plissés.

— Laissez-moi vous goûter, monsieur.

Ma bite palpite d'accord.

— Très bien.

Elle lâche mes cheveux, ce qui me permet de descendre du lit et de passer mes doigts sous l'élastique de mon caleçon.

— À quatre pattes, lui ordonné-je.

Eva fait ce que je dis en un claquement de doigts, et rampe jusqu'au bord du lit.

Je tire sur l'élastique et laisse tomber mon caleçon au sol.

Eva halète, et ses yeux s'écarquillent alors qu'elle prend conscience de la taille de mon membre.

Je me rapproche, laissant le bout de ma queue reposer à quelques centimètres seulement de sa jolie petite bouche.

— Goûte-moi, bébé, lui ordonné-je.

Ses yeux, si dilatés, rencontrent les miens.

— Je ne suis pas sûre que ça rentre.

— Crois-moi. Ça ira.

Eva se tend vers moi, sa petite main entourant la circonférence de ma bite.

Je gémis à son simple contact, désireux de sentir sa bouche chaude et humide m'envelopper.

— Ouvre grand, lui ordonné-je.

Elle avale sa salive avant d'ouvrir la bouche.

Je pousse mes hanches vers l'avant, et gémis lorsque sa bouche m'entoure. C'est mieux que je ne l'aurais jamais imaginé. Je passe mes doigts dans ses cheveux et la tire plus près, la faisant s'étouffer.

Ses mains se déplacent vers mes cuisses, et elle essaie de se repousser, mais je ne cède pas. Le monstre qui gît sous la surface remonte à la surface plus vite que je ne le voudrais alors que je fais entrer et sortir ma queue du fond de sa gorge, prenant ce que je veux sans me soucier des conséquences.

La salive d'Eva se répand sur son visage et sur ma queue, tandis que des larmes coulent de ses yeux sur ses joues.

Je lui donne un moment de répit.

— Respire par le nez, lui dis-je avant de m'écraser à nouveau dans sa gorge.

Elle gémit pour protester, mais je n'entends rien d'autre que le rugissement de mon sang. Je suis perdu dans mes sensations, perdu dans la femme que je devais détruire. Je ne sais plus rien d'autre que le fait qu'elle est tout pour moi.

20

EVA

Je m'effondre sur le lit dès qu'il s'arrête, en manque d'oxygène. Mon cœur bat frénétiquement contre ma cage thoracique, et je ne sais même pas comment me sentir. Je me retourne et regarde fixement l'homme qui a si brutalement baisé ma gorge.

— Vous voulez me tuer ou quoi ? craché-je, m'agrippant à ma gorge et le regardant fixement.

Il glousse doucement.

— Ne sois pas si dramatique, Eva.

Il écarte mes cheveux de mon visage et presse doucement ses lèvres sur ma bouche.

— Je ne te ferais jamais de mal, souffle-t-il.

La tension dans mes muscles se relâche alors que je le laisse m'embrasser. Je me sens à l'aise grâce à sa déclaration qu'il ne me ferait jamais de mal. Même si cela n'a aucun sens, puisqu'il m'a déjà infligé de la douleur à plusieurs reprises, je comprends ce qu'il veut dire. Il n'ira jamais plus loin que ce que j'apprécie. Malgré son traitement brutal, je le crois de tout mon cœur.

— Baisez-moi, soufflé-je alors que ses lèvres se déplacent vers mon cou.

Il grogne contre ma peau et me tire fortement jusqu'à ses genoux, me forçant à chevaucher ses larges cuisses.

— C'est ça que tu veux ? me demande-t-il, me permettant de sentir son immense membre contre mon entrée.

Je gémis et me tords sur ses genoux, me frottant contre la longueur veloutée de sa queue.

— Plus que vous ne pouvez l'imaginer, dis-je en scrutant ses yeux magnifiques.

— Je suppose que ta mère s'est occupée d'un moyen de contraception pour nous ? me demande-t-il.

Je me tends à sa mention. J'acquiesce et tapote le petit implant sous ma peau.

— Dès qu'elle a vu cette photo, elle m'a traînée chez le médecin.

Il sourit d'un air satisfait.

— Bien, je veux sentir ta jolie chatte vierge enveloppée autour de ma bite dégainée, grogne-t-il en me soulevant suffisamment de ses genoux pour libérer son long membre. Je veux remplir ta chatte de mon sperme.

La faim se lit dans ses yeux alors qu'il me positionne au-dessus de lui, et qu'il frotte le dessus de sa queue contre mon entrée humide et dégoulinante.

— Dis-moi, Eva, as-tu déjà eu autre chose en toi que tes doigts et les miens ?

Je secoue la tête en déglutissant. Bien que je possède un vibrateur, je n'ai jamais acheté de godemiché. L'idée m'a toujours terrifiée, et pourtant, maintenant, je regrette de ne pas l'avoir fait. Au moins, j'aurais eu une idée de ce qui va se passer et de ce que je ressentirai. Les doigts sont bien plus fins que sa bite.

Il grogne.

— Alors ça va être un peu juste.

Le bout de ses doigts s'enfonce dans mes hanches alors qu'il exerce une pression.

Je me crispe, ce qui le fait s'arrêter.

— Tu dois te détendre, sinon ça va être douloureux.

Il prend mes joues dans ses mains et me regarde dans les yeux.

— Détends-toi, et tu ressentiras vite du plaisir. Fais-moi confiance.

J'acquiesce alors qu'il capture mes lèvres avec les siennes et m'embrasse tendrement. Mon corps se détend alors que sa langue plonge dans ma bouche, me rendant plus chaude et plus désireuse de lui chaque seconde.

Il s'arrête et laisse traîner ses lèvres sur mon cou, ma clavicule, et plus bas.

Je me mords la lèvre inférieure alors qu'il aspire mon mamelon dans sa bouche, exerçant une plus grande pression sur mes hanches alors que sa bite s'enfonce un peu en moi.

— Putain, soufflé-je à la sensation écrasante d'être étirée par cet homme. L'intimité de la position dans laquelle il m'a mise est écrasante alors qu'il me regarde dans les yeux, m'observant pendant qu'il s'empale à l'intérieur de moi.

— Tellement. Étroite. Putain, grogne Oak, rendant mes tétons plus durs que des pierres.

Je l'embrasse cette fois, pour lui faire sentir à quel point j'ai envie de lui. Ma langue pénètre maladroitement sa bouche alors que mon désir pour cet homme me transperce le cœur et me rend prête à tout.

Ses doigts s'emmêlent dans mes cheveux et il me tire violemment la tête en arrière, me fixant dans les yeux.

— Je veux voir ton visage quand tu prendras chaque centimètre de moi en toi, bébé.

Je gémis, mes yeux se ferment involontairement.

— Regarde-moi, gronde Oak.

Je croise son regard et je fonds alors qu'il force sa queue à descendre encore plus bas en moi, me déchirant.

— Putain, haleté-je, luttant pour faire entrer de l'oxygène dans mes poumons.

La sensation est à la fois douloureuse et agréable.

Les doigts d'Oak se déplacent vers mes fesses, et il les écarte largement, en grognant.

— C'est ça, prends ma queue comme une gentille fille, ronronne-t-il, en forçant son manche à descendre encore plus en moi.

— C'est trop, gémis-je, luttant pour m'habituer à ce qu'il m'étire de façon si peu naturelle, alors que tout me semble naturel.

La douleur profonde et brûlante à l'intérieur de moi ne demande qu'à être remplie par lui et ne peut pourtant pas supporter son immense taille.

Je me crispe lorsqu'il taquine l'anneau de muscles entre mes fesses, ce qui me fait ressentir une sensation étrangère.

— Détends-toi, murmure-t-il avant d'enduire ses doigts de ma mouille et de ramener son doigt vers mon trou du cul.

Il pousse le bout de son doigt à l'intérieur, ce qui me fait gémir devant le caractère dégoûtant de l'acte. Et pourtant, alors que cette sensation inconnue distrait mon esprit, il me fait glisser sur sa bite.

— Putain. Tu es si serrée, grogne-t-il en jetant un coup d'œil entre nous, là où sa bite a disparu. Je suis complètement à l'intérieur de toi.

— Oh, mon Dieu, m'écrié-je en jetant un coup d'œil à l'endroit où nous nous rencontrons. Comment est-ce possible ?

Il sourit et m'embrasse sans bouger du tout, me laissant le temps de m'habituer à être si pleine de lui. La douleur piquante de mes muscles qui s'étirent pour l'accueillir se transforme en une douleur lancinante lorsqu'il m'embrasse, me faisant basculer d'avant en arrière sur ses genoux à la recherche de friction.

Le bras puissant d'Oak s'enroule autour de mon dos et il me soulève à mi-chemin de sa queue avant de pousser ses hanches vers le haut et de me tirer vers le bas en même temps.

— Putain, crié-je, incapable d'organiser les milliers de pensées qui se bousculent dans mon esprit en même temps.

Je m'accroche aux épaules puissantes d'Oak et bouge mes hanches, montant et descendant pour répondre à sa poussée. Ce qui semblait être de la douleur se transforme en une sensation de plaisir exquis alors qu'il répond à mes mouvements, me poussant vers de plus en plus de plaisir.

— Oak, gémis-je, ma tête tombant en arrière alors qu'il me pousse vers l'extase. J'ai besoin que ça aille plus fort, plus vite, soufflé-je.

Oak glousse et plaque vicieusement sa bouche contre mon cou, suçant la chair jusqu'à ce que ça fasse mal.

— C'est bien vrai, ça ?

Il penche la tête.

— Je pensais que tu ne pouvais pas le supporter, et maintenant tu veux que j'aille plus fort ?

Je hoche la tête en guise de réponse.

— S'il vous plaît, monsieur.

Il grogne et me soulève de sa queue, me faisant gémir à la soudaine sensation de vide là où il était. Oak me place sur le dos, me couvrant de son corps puissant.

Sa jambe pousse mes cuisses plus loin, me forçant à rester ouverte pour lui.

— Fais attention à ce que tu demandes, Eva, murmure-t-il avant de pousser ses hanches en avant et d'enfouir sa bite profondément en moi.

Ma bouche s'ouvre sur un cri silencieux alors qu'il s'enfonce encore plus profondément.

Les yeux bleu marine d'Oak sont tellement dilatés qu'il n'y a qu'un petit cercle autour de la pupille, ce qui lui donne un air presque démoniaque lorsqu'il me fixe. La faim au fond d'eux est à la fois effrayante et excitante.

— Baisez-moi, soufflé-je.

Il sourit d'un air suffisant en mordant ma lèvre inférieure avec ses dents.

— Patience, murmure-t-il en me taquinant tandis qu'il dépose de doux baisers sur mon cou et ma clavicule. Nous aurons tout le temps de baiser comme des animaux, mais je veux explorer tout ce qui te fait vibrer, Eva.

Il mord ma clavicule si fort que je crie, cambrant encore plus mon dos.

— À quel point aimes-tu la douleur...

— Vous... vous avez la réponse ? demandé-je.

La lueur dans ses yeux est presque diabolique.

— Il semble que tu aimes la douleur autant que j'aime la donner.

Il me mord à nouveau et je gémis, j'aime qu'il me dévore. C'est une sensation étrange, apprécier la douleur en même temps que le plaisir. Le mélange parfait que cela me procure est addictif.

— S'il vous plaît, baisez-moi, supplié-je en essayant de faire rouler mes hanches sous son immense poids. Mon besoin de friction me dévore alors qu'il me maintient coincée et immobile sous lui.

Oak aime me voir impuissante. Il aime que je le supplie de le faire. Je peux le voir dans ses yeux.

— Comme tu veux, bébé.

Il tire ses immenses hanches vers l'arrière et me pénètre avec force, chassant l'air de mes poumons.

Son contrôle prudent s'échappe alors qu'il me baise sans pitié. Nos corps se rejoignent dans une violente union. Tout signe de tendresse est effacé, et j'aime ça.

La rudesse de ses actions ne fait que me donner envie de plus. Il me prend comme un animal, et je me sens tellement désirée, plus désirée que je ne l'ai jamais été dans ma vie.

Je pose ma main sur sa mâchoire serrée, je sens sa barbe douce sous mes doigts et je laisse mes mains descendre jusqu'à sa poitrine encrée, où je touche ses muscles durs sous sa peau douce.

— Eva, gronde-t-il en saisissant mes poignets et en les forçant brutalement au-dessus de ma tête.

Ses yeux semblent déconcentrés alors qu'il se déplace au-dessus de moi, me retenant avec force.

— Pas touche.

Je cambre mon dos, j'aime la façon dont il me contrôle complètement. La sensation d'impuissance d'être dominée est plus agréable que je ne l'aurais imaginé. Je lève les yeux vers ceux, sombres, de mon directeur. Je sais que nous ne devrions pas faire ça, et pourtant ça rend la chose plus excitante. J'ai toujours respecté les règles, mais maintenant il est temps de les enfreindre, bordel. Après tout, je ne suis jamais arrivée à rien en m'en tenant aux règles.

— Plus fort, haleté-je.

Oak grogne, les narines dilatées.

— Ne dis pas ça, Eva.

Une veine sort de son front et il me regarde fixement.

— Tu ne comprends pas ce que tu demandes.

Il a du mal à respirer alors qu'il se retient.

J'incline la tête.

— Je veux que vous me baisiez plus fort, monsieur.

Il grogne comme s'il luttait pour contenir une partie de lui qui veut déchaîner sa colère sur moi.

— Je pourrais te faire mal.

Ses mains restent serrées autour de mes poignets.

— Peut-être que j'aime la douleur, dis-je, sachant que je joue avec le feu.

Des éclairs traversent ses yeux alors qu'il grommelle. Il perd le contrôle alors que ses hanches se déplacent en rafales violentes.

— Tu es une si bonne fille, Eva.

À chaque fois qu'il s'enfonce en moi, j'ai l'impression qu'il essaie de me briser. Les muscles de son cou se tendent alors qu'il continue à tenir mes poignets au-dessus de ma tête d'une main, son autre main s'enfonçant dans mes hanches.

Je gémis alors qu'il s'enfonce en moi avec plus de violence et tellement de désir que cela me détruit presque.

— Putain, je crois que je vais...

La main d'Oak passe de mes poignets à ma gorge, qu'il serre, bloquant partiellement mes voies respiratoires, comme il l'avait fait dans le couloir l'autre fois.

— Viens pour moi, bébé, gronde-t-il.

— Putain, oui, Oak, crié-je alors que le simple ordre de ses lèvres me fait grimper aux rideaux.

Mes muscles ont des spasmes, et ma vision se trouble, soit à cause du manque d'oxygène, soit à cause de l'orgasme à couper le souffle que ce dieu vivant m'a donné. Peut-être un mélange des deux alors que je continue à me tordre sous lui, prenant chaque poussée de ses hanches alors qu'il devient plus irrégulier et incontrôlé, grognant et gémissant au-dessus de moi.

Il rugit et enfonce ses dents dans mon épaule alors qu'il se déchaîne en moi. Un flot après l'autre de son sperme inonde ma chatte, et c'est la sensation la plus submergeante lorsque ma vision revient, et qu'Oak relâche ma gorge, haletant au-dessus de moi.

À ce moment-là, je sais que je ne me suis jamais sentie aussi proche, aussi connectée à un autre être humain. En regardant dans ses yeux flous, je sens que ma poitrine est douloureuse car je sais que cela ne peut pas se reproduire.

Oak est le directeur de cette école et mon professeur. Et pourtant, je veux que cela se produise tous les jours. Je ne veux jamais quitter son lit, car je sais que ce fantasme idiot sera terminé.

Oak retire sa queue de moi et s'allonge sur le dos, en prenant ma main. Il la sert, ce qui accentue la douleur dans ma poitrine. Nous restons allongés en silence, aucun de nous ne sachant quoi dire. Cette nuit a été la meilleure de ma vie, mais je crains qu'elle doive rester un souvenir précieux et interdit, et rien de plus.

21

OAK

Chaque pas que je fais est hésitant alors que je me dirige vers la classe de leadership avec les seniors, car je sais qu'Eva devrait être là. Je ne l'ai pas vue depuis que nous avons couché ensemble, car elle ne s'est pas présentée à notre cours mardi. Nous sommes vendredi désormais, et je ne peux qu'espérer qu'elle vienne, sinon je vais la traquer. Je ne supporte pas qu'elle m'évite.

Mon estomac se retourne lorsque je la remarque immédiatement, assise à sa place habituelle, griffonnant sur son bloc-notes comme elle le fait si souvent avant le cours. Je ne peux pas empêcher le sourire qui se dessine sur mes lèvres dès que je la vois, ce qui m'irrite et me trouble à la fois.

Je m'éclaircis la gorge et entre dans la salle.

— Bonjour à tous, dis-je en gardant les yeux fixés sur Eva, qui, bien que rougissant d'un joli cramoisi, ne répond pas à mon regard. Aujourd'hui, je veux discuter de cinq styles de leadership différents.

Je me tourne vers le tableau derrière mon bureau et saisis mon marqueur avec lequel j'écris cinq mots sur le tableau.

Autoritaire
Participatif
Délégateur
Transactionnel
Transformationnel

Je me retourne vers la classe.

— Quels sont les plus communs dans le monde du crime ?

La main de Natalya se lève, comme toujours.

— Autoritaire.

Pour une fois, Natalya n'a pas raison.

— Pas exactement, non. On pourrait le penser, mais ce n'est pas la stratégie la plus courante.

Je scrute les visages qui me regardent.

— Quelqu'un d'autre connaît-il la réponse ?

À ma grande surprise, Eva lève la main.

— Je crois que la stratégie délégatrice est la plus courante puisque les leaders ne font pas le travail eux-mêmes. Ils délèguent.

Je frappe une fois dans mes mains et j'acquiesce.

— Tout à fait exact.

J'incline la tête et contourne l'avant de mon bureau, en luttant pour ne pas dévorer Eva des yeux.

— Quelqu'un peut-il me dire quels sont les avantages et les inconvénients du leadership délégateur ?

Natalya lève la main.

— Oui, Natalya.

— Les avantages sont que le chef peut consacrer du temps aux rouages importants de l'organisation tandis que ses hommes s'occupent de la gestion quotidienne.

Elle passe une main dans ses cheveux.

— Toutefois, cela peut conduire les gens d'en bas à croire qu'ils ont plus de pouvoir qu'ils n'en ont réellement et il peut être alors difficile pour le leader de tenir ses soldats à l'œil. Elle hausse les épaules.

— Dans ce cas, c'est un parfait terreau pour la déloyauté et la trahison.

— Merci, Natalya. C'est exactement ça.

Je prends le manuel sur mon bureau et le lève.

— Allez tous à la page cent cinquante-cinq et lisez les cinq pages sur les différentes stratégies de leadership.

Je contourne mon bureau et prends place de l'autre côté.

— Ensuite, je veux un essai de trois pages sur la stratégie de leadership que vous choisiriez et la raison de votre choix.

Quelques élèves grognent, mais je les ignore et chacun sort à contrecœur son manuel à la bonne page. Eva, toujours d'une jolie couleur rose, ne lève pas les yeux vers moi et concentre toute son attention sur la tâche à accomplir.

Je m'adosse à ma chaise et l'observe, complètement captivé par la fille qui a brisé ma détermination en début de semaine. Eva m'a fait remettre en question tout ce que je croyais savoir ces cinq dernières années.

Un coup frappé à la porte de la salle de classe attire mon attention, et mon sourcil se fronce lorsque je vois ma secrétaire, Melissa, qui se tient là. Je lui fais signe d'entrer.

— Qu'est-ce qu'il y a ? lui demandé-je.

Elle jette un regard nerveux autour d'elle.

— Vous devriez voir par vous-même.

Je jette un coup d'œil à mes élèves, qui se concentrent sur nous plutôt que sur leur travail.

— Remettez-vous au travail, grondé-je. Je reviens rapidement.

Je me lève et je suis ma secrétaire énigmatique dans le hall.

— Melissa, sifflé-je, une fois que nous sommes hors de portée de voix de mes élèves. Dites-moi ce qui se passe.

Elle fronce les sourcils.

— C'est un étudiant.

Elle déglutit.

— Il est mort, et il n'y a aucune trace du coupable.

— Merde, grogné-je en marchant dans le couloir. Où ?

Elle fait un signe de tête vers les toilettes des garçons.

— Là-dedans.

J'y vais et je me couvre la bouche de la main au moment où j'entre. Le garçon en question est, en fait, Henley Anderson, le fils de Jackson Anderson d'Oklahoma. Nous pensons qu'ils sont actuellement engagés dans une guerre assez violente avec les Russes sur leur territoire, ce qui signifie que c'est un coup de la Bratva Orlov. Le fils du chef est également présent ici, Stepan Orlov. Henley n'avait que 15 ans. Stepan a 17 ans.

Mon estomac se révulse à la vue de ce qui se passe devant moi. Le sang et le carnage sont indescriptibles. Ils lui ont arraché les yeux de la tête et ont fixé sa bouche ouverte avec un bâillon à bouche ouverte.

— Informez la famille et faites venir Ainsley pour éclaircir tout ça.

Ce n'est pas le premier décès auquel nous devons faire face ici, mais c'est le premier en deux ans. Nous avons des bagarres brutales qui se terminent avec des étudiants gravement blessés, mais la mort est heureusement quelque chose que nous évitons le plus souvent. Cependant, cette fois-ci, il est clair que rien n'empêche la Bratva Orlov de prendre sa revanche sur la famille Anderson.

— Bien sûr, répond Melissa, l'air verdâtre. Il faut que je sorte d'ici.

Elle fait demi-tour et se dirige vers le couloir. Ses vomissements emplissent l'air tandis que je reste là, presque figé par la scène qui se déroule sous mes yeux.

Je soupire lourdement, en secouant la tête. Le plus fou, c'est que Stepan Orlov va s'en sortir. Il est l'héritier de la Bratva dans l'Oklahoma. Il a tout à fait le droit d'exercer ses pouvoirs où bon lui semble, et en tant que personnel lui apprennant à devenir le chef le plus brutal possible, comment pourrions-nous le punir d'être exactement cela ?

C'est la chose que je déteste le plus dans cette académie. La noirceur que nous nourrissons et inspirons ne fait que les encourager à terroriser ce pays. Ironiquement, j'ai fui ce genre de monde, incapable d'accepter l'immoralité du rôle que je devais jouer, pour finir par enseigner à ceux que je méprisais.

Je sors dans le couloir.

— Est-ce qu'Ainsley est en route ? demandé-je.

Melissa acquiesce, en nettoyant le sol de son vomi.

— Oui, il sera là dans cinq minutes.

— Bien. En attendant, ne laissez personne entrer.

Je m'éloigne.

— Où allez-vous ? me demande Melissa.

— Je retourne en classe. Ainsley s'en occupera.

Ainsley est notre réparateur, l'homme auquel nous faisons appel lors d'incidents comme celui-ci. Un homme dont l'expertise consiste à nettoyer et à cacher les dégâts pour qu'ils semblent ne jamais avoir eu lieu, ainsi qu'à s'occuper des parents.

Je retourne dans la classe. Dans ma tête, c'est le chaos.

Les parents d'Henley viendront dans la journée, et ils ne seront pas contents. Cela signifie que je devrai payer des dommages et intérêts, même s'ils ont signé l'accord qui précisait que l'AS et son personnel n'étaient pas responsables en cas de décès ou de blessure causés par des camarades de classe. Cependant, on ne peut pas raisonner avec des parents en deuil, même si souvent ils pleurent plutôt la perte d'un héritier que d'un enfant.

Je dirige une école pour la progéniture de monstres, et l'argent ne peut apaiser qu'un monstre de la perte d'un enfant.

Je passe une main dans mes cheveux et m'affale derrière mon bureau.

La classe est silencieuse et continue à travailler. Natalya se lève après mon retour et pose la rédaction sur mon bureau.

— Fini.

Je hoche la tête et fais un signe de la main.

— Tu peux y aller.

Le reste de la classe finit peu après jusqu'à ce qu'il ne reste plus qu'Eva. Elle est une distraction bienvenue après la merde dont je viens d'être témoin. Elle se lève une fois qu'on est seuls et se dirige vers le bureau, me souriant avec hésitation.

— Voilà, monsieur.

Je grogne, sachant qu'elle utilise le mot pour me narguer.

Eva se tourne vers la porte, mais je lui coupe la route avant qu'elle ne l'atteigne, en saisissant ses hanches et en la tirant contre moi.

— Où penses-tu aller ?

— À mon prochain cours, monsieur.

Elle me jette un coup d'œil par-dessus l'épaule, mais se cambre, de sorte que ses fesses fermes appuient sur mon érection tendue.

— J'ai cours d'éducation physique avec le professeur Daniels.

— C'est ça, oui, grogné-je en la poussant contre le mur près de la porte, pour que personne ne puisse nous voir.

Ma main atteint le store au-dessus de la fenêtre, et je le tire vers le bas.

— Je te donnerai un meilleur cours d'éducation physique, Eva, murmuré-je en laissant mes dents taquiner le contour de son oreille. Qu'est-ce que tu dis de ça ?

J'attrape le verrou de la porte de la classe et je le tourne afin de m'assurer que personne ne puisse entrer.

Cette classe est libre pendant cette période, mais je ne veux pas prendre de risques.

— Je vais avoir des ennuis à...

— Pas si je t'excuse, non.

Je saisis son poignet et la force à me faire face.

— J'ai besoin de vous maintenant, mademoiselle Carmichael.

Elle mouille ses lèvres avec sa langue.

— Vous n'avez pas un cours à donner ?

Je secoue la tête.

— Période libre, bébé.

Je laisse ma main glisser doucement sur sa cuisse avant de la serrer.

— Arrête de trop réfléchir et essaie plutôt de ressentir les choses.

J'embrasse ses lèvres, sachant qu'en ce moment, tout ce dont j'ai besoin est de me noyer en elle.

— Le problème, monsieur, c'est que je ne pense pas pouvoir être assez silencieuse.

Le timbre de sa voix a tourné au flirt, ce qui signifie qu'elle est partante.

Je l'embrasse à nouveau avant de la lâcher et de me diriger vers mon bureau pour en sortir un bâillon-boule.

— Ça devrait résoudre ce problème.

Ses yeux s'écarquillent, et elle se dirige vers la porte, la peur brillant dans ses iris.

— Qu'est-ce que vous prévoyez de faire avec ça ?

— Viens ici, lui ordonné-je.

Elle hésite, mais finit par se soumettre à ma demande. Ses pas sont lents alors qu'elle s'approche de moi.

Une fois qu'elle est à quelques centimètres de moi, je dis :

— Tourne-toi.

Elle se tourne de sorte que son dos soit face à moi.

— Mets la balle dans ta bouche, dis-je en la lui passant.

Elle le fait, et j'attache ensuite la sangle à l'arrière de sa tête.

— Si ça devient trop pour toi, claque des doigts. Ce sera notre geste de sécurité.

Eva frissonne lorsque je me déplace pour me mettre en face d'elle, en posant ma main sur son épaule.

— Penche-toi sur le bureau, lui ordonné-je.

Elle fait ce que je lui dis et se penche de sorte que sa jupe remonte à mi-hauteur de son cul. Ma bite saute dans mon pantalon à la vue de son corps mouillé et prêt pour moi, sans culotte.

— Si je ne te connaissais pas mieux, je dirais que tu as planifié tout ça, murmuré-je en attrapant sa jupe et en la remontant sur ses hanches. Je lui donne une fessée sur la fesse droite, puis sur la gauche.

— Tu as pensé à ma queue, bébé ?

Elle gémit derrière le bâillon, hochant la tête avec impatience en guise de réponse.

Je défais la fermeture Éclair de mon pantalon, sachant que malgré le fait que cette classe soit libre pour un certain temps, plus vite nous sortirons d'ici, mieux ça vaudra. Ma bite fuit de partout lorsque je la libère de mon caleçon et que j'aligne mon gland sur son entrée humide et dégoulinante. J'attrape sa hanche d'une main et je garde l'autre autour de ma bite tandis que je pousse en avant, empalant chaque centimètre à fond à l'intérieur d'elle.

Eva crie à travers le bâillon, mais celui-ci étouffe suffisamment le son.

Elle anéantit tout contrôle que j'ai sur mes actions ou mes sens alors que je la baise sur mon bureau, mes hanches poussant fort et vite alors que je prends Eva sans pitié.

J'attrape ses deux hanches et la tire vers moi, la baisant vite et fort sur mon bureau comme le monstre que je suis vraiment. On entend seulement le claquement de nos peaux, avec les gémissements étouffés d'Eva et mes grognements de plaisir étranglés.

Il serait impossible de se méprendre sur les sons provenant de cette pièce si quelqu'un se tenait à l'extérieur. Mais je n'en ai rien à foutre à ce moment-là. Tout ce qui m'importe, c'est de réclamer la femme étalée sur mon bureau, au bord de l'extase alors que je la pile sans pitié.

Je me penche sur son dos et taquine le contour de son oreille de mes lèvres.

— Tu es une si gentille fille qui prend trop bien ma queue, putain, murmuré-je en mordant la chair sensible. Je veux sentir ta chatte jouir sur ma queue, Eva. Ici même, au milieu de la classe.

Eva gémit derrière son bâillon, ce qui me rend fou.

Je m'arrête soudainement et me retire d'elle.

Elle gémit pour protester, mais je la retourne sur le dos et je me glisse à nouveau à l'intérieur.

Ses yeux se retournent dans leurs orbites alors que je

la baise avec plus de force et de vitesse, l'amenant tout droit vers la jouissance.

J'enroule une main autour de sa gorge et la serre, ce qui lui fait écarquiller les yeux lorsque j'arrête le flux d'air.

Au début, elle est tendue, mais la tension se relâche quand elle me regarde dans les yeux. Elle me lance un regard de confiance pure et intacte alors qu'elle me permet de dominer son corps, de le maîtriser complètement.

Ma queue gonfle à l'intérieur d'elle alors que je me rapproche de l'extase, mais je ne peux pas la lâcher avant qu'elle ne vienne pour moi.

— J'ai besoin que tu jouisses sur ma queue, bébé, murmuré-je de façon presque inaudible, mais la façon dont son dos se cambre me fait savoir qu'elle m'a entendu.

Un « putain » étouffé vient de derrière le bâillon alors qu'elle monte au septième ciel. Mes doigts se resserrent autour de sa gorge et je la pénètre deux fois de plus avant d'exploser au fond d'elle.

Je rugis contre mon poing libre, sachant qu'on ne peut pas être trop bruyants. Une fois que j'ai versé chaque goutte de semence à l'intérieur d'Eva, je libère sa gorge. Ma queue tressaille à la vue des hématomes violets qui apparaissent déjà à l'endroit où j'ai posé mes doigts.

J'attrape la main d'Eva et la soulève du bureau, l'attirant contre ma poitrine.

— Tu vas bien ? demandé-je en défaisant le bâillon dans sa bouche.

Eva s'effondre contre moi, à peine assez forte pour rester debout toute seule.

— Je crois que oui, dit-elle en secouant la tête. C'était...

— Intense ? suggéré-je.

Elle acquiesce et me regarde avec adoration.

Je l'embrasse, fouillant chaque centimètre de sa bouche comme si nous avions tout le temps du monde.

Eva gémit dans ma bouche et s'agrippe à moi alors qu'elle se redresse et cherche à se frotter contre ma bite qui s'épaissit.

— Putain, souffle-t-elle quand on se sépare. Je pense que j'en veux plus.

Je souris d'un air satisfait.

— Tu es parfaite, Eva.

La cloche sonne, c'est le signal que nous venons de passer une période entière à baiser et à nous embrasser dans la classe. Mon cœur bat la chamade quand je réalise qu'une autre classe va faire la queue dehors dans quelques minutes, et je force ma bite à moitié dure à retourner dans mon pantalon.

— Tu ferais mieux d'y aller. J'enseigne aux élèves de cinquième ici.

Les yeux d'Eva s'écarquillent, et elle acquiesce.

— Oui, monsieur. À plus tard.

Je la regarde se diriger vers la porte, tourner le verrou, et sortir de la classe avec audace. Sans se soucier du fait qu'on vient de baiser dans l'enceinte de l'école comme un couple de bêtes de sexe. En la regardant, je réalise à quel point je suis royalement baisé.

22

EVA

— J'ai bien entendu ? Elias t'emmène au bal d'hiver ? demande Adrianna, les yeux rivés sur Natalya.

Ses joues rougissent et elle acquiesce.

— Ouais, je ne suis pas sûre d'avoir le choix.

— Connard, marmonné-je en jetant un coup d'œil au salaud encré et arrogant qui a les yeux fixés sur notre table. Pourquoi tu le laisses te malmener ainsi ? demandé-je.

Natalya se contente de hausser les épaules.

— Avec qui est-ce que tu y vas, Eva ? demande Camilla.

Je secoue la tête.

— Personne. Je me fiche pas mal d'avoir un rencard.

Mon estomac se noue à l'idée d'assister au bal d'hiver, alors que je ne pense qu'à l'homme qui dirige cette école. L'homme qui m'a baisée dans la salle de classe il y a trois jours. C'était tellement risqué, surtout après avoir dû mentir comme un arracheur de dents à mes amis sur la raison de mon départ lors de notre soirée. Elles étaient folles d'inquiétude alors que moi, je baisais le principal.

— Et toi ? m'enquis-je.

Camilla secoue la tête.

— Alek m'a demandée en tant qu'ami, alors j'ai dit oui.

Alek est l'un des rares gars décents que j'ai rencontrés ici. Il vient de l'Indiana, et sa famille n'est pas exactement puissante, mais elle a une certaine influence.

— Tu devrais sortir avec lui, dit Natalya en secouant la tête. Vous feriez un très beau couple.

Camilla roule les yeux, un léger sourire sur les lèvres. Elle ne dit rien, mais je suis sûre que tout le monde sait qu'Alek n'aime pas les femmes de cette manière. Je vois comment il regarde Gavril, Archer et Oak, et c'est de la même façon que les filles.

— Tu as un rencard ? demandé-je à Adrianna.

Elle secoue la tête.

— Non, je ne veux pas de rencard.

Elle frémit.

— Le seul gars à m'avoir demandé est Hernandez.

Camilla et Natalya éclatent de rire.

— Sérieusement ? s'enquit Natalya.

Adrianna hoche la tête avec une expression grave.

Je reste assise là, à les regarder d'un air ébahi alors qu'elles ont du mal à contenir leur rire.

— C'est qui Hernandez ?

— Juste le gars le plus flippant de cette école.

Elles regardent une table de l'autre côté de la cafétéria où un type est assis.

Il a des cheveux noirs plus longs que ceux d'Adriana, et quand il lève les yeux, je peux voir qu'il a un monosourcil qui s'étend sur tout son visage. Ses yeux se dirigent vers nous, et il sourit du sourire le plus flippant que j'ai jamais vu, ce qui nous fait toutes détourner le regard.

— Oh mon Dieu, dis-je.

Camilla et Natalya éclatent de rire à nouveau.

— Il n'y a que toi pour être invitée au bal d'hiver par ce monstre, Ad, dit Camilla.

Dimitry, le garçon du cours de stratégie de leadership, s'approche de notre table. Il est beau, avec des cheveux foncés coupés court et des yeux marron foncé, et a un charme enfantin, mais il fait pâle figure comparé à Oak.

— Bonsoir, mesdames.

— Qu'est-ce que tu veux, Dimitry ? demande Camilla.

Ses yeux se posent sur moi.

— J'espérais demander à une femme exquise si elle voulait bien m'accompagner au bal d'hiver.

Mon estomac se noue lorsque je me rappelle comment Oak m'a parlé après avoir vu la main de Dimitry sur ma cuisse.

Je ne veux plus jamais voir ce putain de Dimitry Jakov près de toi.

Je me mordille la lèvre inférieure, me demandant à quel point il était sérieux. Dimitry peut être effronté, mais je ne ferais rien avec lui. Il est peut-être séduisant, mais je ne le désire pas. Oak ne peut pas me dire ce que je dois faire de ma vie.

— Alors, qu'en dis-tu, Eva ? demande Dimitry.

J'avale ma salive. Je réalise que puisque je n'ai pas de rencard, il serait bizarre de refuser, sans compter que hormis le fait que Dimitry soit un peu effronté, il semble être un bon gars.

— OK, pourquoi pas ?

Je ne peux pas vraiment emmener mon principal chaud comme la braise au bal d'hiver, de toute façon. Cet homme que j'ai déjà baisé deux fois, dont une fois après les cours vendredi dernier dans la salle de classe, je ne l'ai pas revu depuis.

Le sourire de Dimitry s'élargit.

— Super, j'ai hâte d'y être.

Il me fait un clin d'œil, ce qui me retourne l'estomac.

Une fois qu'il est hors de portée de voix, Natalya se tourne vers moi.

— Dimitry ? grommelle-t-elle.

Je me tourne vers elle.

— Quoi ? Il a l'air bien.

Elle roule les yeux.

— Ouais, pour un porc égoïste et misogyne.

Je rigole.

— Ne t'inquiète pas. Je peux me débrouiller toute seule.

À ce moment-là, je sens *ses* yeux sur moi. Oak se tient dans le coin de la cafétéria, adossé au mur, les bras croisés sur sa poitrine dure et musclée. Sa mâchoire est serrée et ses yeux brillent de ce que je ne peux décrire que comme de la rage, ce qui me retourne l'estomac.

Sera-t-il jaloux que j'aille au bal d'hiver avec Dimitry ?

Je secoue la tête et détourne les yeux d'Oak. J'écoute Adrianna expliquer pourquoi elle n'ira avec personne au bal d'hiver. Elle a l'air d'une fille qui aime rejeter les attentes de la société.

Oak n'a pas le droit d'être jaloux, puisqu'il ne peut pas m'emmener au bal. Ce n'est pas comme si j'avais accepté de coucher avec lui, d'aller à un bal avec lui. Cela fait une semaine qu'on a couché ensemble dans son cottage, une semaine qu'il a pris mon innocence. Depuis, il garde ses distances avec moi, ce qui fait mal. Tout ce qu'il fait, c'est me regarder de loin avec avidité.

— Je n'arrive pas à croire qu'il reste moins de deux semaines avant les vacances de Noël, dit Camilla en secouant la tête. Ce semestre est passé à toute vitesse.

— C'est clair. Qu'est-ce que je vais faire sans vous trois ? demande Natalya.

— On doit rentrer à la maison pour les vacances de Noël ?

C'est dingue, au début je ne voulais même pas aller dans cette école, mais maintenant la perspective de retourner chez mes parents pendant deux semaines me donne la nausée. Je ne peux pas imaginer quelque chose de pire que de rentrer à la maison pour les vacances de Noël.

Les trois filles me regardent comme si j'étais folle.

— Pourquoi, tu ne veux pas ? demande Natalya.

Je secoue la tête.

— Je déteste mes parents.

Elle sourit.

— Je n'aime pas vraiment ma mère non plus, mais je

rentre à la maison pour mon frère.

Ses yeux sont un peu embués par l'émotion.

— Je l'aime comme un père.

Ma gorge se noue quand je pense à Karl. Nous étions proches, et quand il est mort, ça a laissé un trou béant dans ma vie. Cela signifiait que j'étais seule avec eux, les deux personnes que je méprise le plus sur cette terre.

Camilla acquiesce.

— Mon père peut être un peu un cauchemar, mais mes frères me tueraient si je ne rentrais pas à la maison.

Ses sourcils se froncent.

— Je suis sûre qu'ils seraient contents que tu nous rejoignes à Chicago pour Noël.

Je lui souris.

— C'est gentil de ta part, mais je ne suis pas à l'aise avec les gens que je ne connais pas.

— De toute façon, tes parents se demanderaient où tu es, non ? demande Adrianna.

Je secoue la tête.

— Une année, ils m'ont oubliée et sont allés chez ma grand-mère, à deux heures au sud d'Atlanta. Ils ne s'en sont rendu compte qu'une fois arrivés, quand elle les a interrogés.

Natalya et Camilla en ont le souffle coupé.

— La vache, putain ! s'exclame Adrianna.

— Je sais, dis-je, sentant ma gorge se serrer à mesure que je me souviens. Mes parents m'ont appelée pour me dire que je devais me débrouiller seule pendant une semaine. C'était la même année que la mort de mon frère et mon premier Noël sans lui.

— Tu avais quel âge ? demande Camilla.

— Seize ans, réponds-je.

— Merde. Je veux dire, notre monde peut être dur, mais on dirait que tes parents sont de vrais connards.

Camilla secoue la tête.

— Sans vouloir t'offenser.

— Il n'y a pas de mal, dis-je.

Natalya secoue la tête.

— Si tu veux, tu peux me rejoindre à Boston. Je suis sûre que mon frère te ferait de la place.

Adrianna intervient.

— Ou chez moi.

Je secoue la tête.

— C'est gentil de votre part, mais je pense que je vais rester ici si c'est autorisé.

La dernière chose que je souhaite, c'est de m'immiscer dans le Noël d'une autre famille. Mon cœur bat la chamade et je tourne mon attention vers l'endroit où Oak se tenait, mais il n'est plus là. Je me demande ce qu'il fait pendant les vacances de Noël.

Natalya hausse les épaules.

— Je n'ai jamais entendu parler de gens qui restaient ici.

— Le problème, c'est que tu devras cuisiner toi-même, ajoute Adrianna en jetant un coup d'œil au personnel de la cafétéria. Je suis presque sûre que le personnel ne reste pas dans le coin.

— Tu devras demander la permission au principal Byrne, dit Camilla.

Je hoche la tête en guise de réponse, en jetant un nouveau coup d'œil à la cafétéria à sa recherche.

— Ouais, je suppose que je ferais mieux de le trouver et de lui demander si c'est possible.

— Tu veux que je vienne ? demande Natalya.

Je secoue la tête.

— Non, ça ira. Je vous rejoins en classe.

Elles acquiescent toutes et je quitte la cafétéria en direction du bureau d'Oak. Mon cœur bat la chamade dans ma poitrine à mesure que je m'approche, sachant que la seule autre fois où nous avons été seuls depuis la nuit dans le chalet, nous avons fini par baiser.

J'arrive à la porte de son bureau et je lève la main pour frapper, luttant contre les nerfs qui palpitent au creux de mon estomac. Je frappe trois coups à la porte et j'attends.

— Qui est-ce ? tonne sa voix de l'autre côté.

— Eva Carmichael, monsieur, réponds-je en faisant tourner mes pouces.

Des bruits de pas suivent quelques instants de silence, puis il apparaît dans l'embrasure de la porte. Il me lance un regard noir.

— Tu es ici pour t’excuser ? me demande-t-il.

Je fronce les sourcils.

— Quoi ?

— J'ai dit : tu es ici pour t'excuser ?

Je secoue la tête.

— M’excuser pour quoi ?

Oak jette un coup d'œil dans le couloir, comme pour vérifier qu'il est dégagé, avant de m'attraper violemment le poignet et de m’entraîner dans son bureau.

— Pour avoir parlé à Dimitry après que je t'ai explicitement dit que je ne voulais plus jamais voir Dimitry Jakov près de toi.

La porte se referme en claquant alors qu'il me lorgne.

— Vous ne pouvez pas me dire ce que je dois faire, dis-je en levant le menton. Vous ne m'avez pas parlé depuis ce qu'il s'est passé dans la salle de classe.

Je regarde fixement ses yeux bleus féroces.

— Dimitry m'a invitée au bal d'hiver, et j'ai dit oui, puisque...

Le grognement bestial d'Oak m'interrompt alors qu'il se précipite vers moi, m'attrape par les hanches et me pousse face contre la porte. Son corps s'est moulé contre le mien.

— Tu n'iras pas au bal d'hiver avec ce crétin, dit-il, d'une voix inhabituellement calme.

— C'est trop tard, j'ai accepté...

— Reviens immédiatement sur ta décision, aboie-t-il.

Je secoue la tête.

— C'est juste une danse. Je ne peux pas vraiment emmener mon directeur, alors vous préférez que j'y aille seule ?

— Oui, dit-il. Je ne vais pas rester là à te regarder danser avec lui.

Je serre les dents.

— Vous êtes ridicule. Il ne se passera rien. Je n'aime pas Dimitry.

— Bien, souffle-t-il en laissant ses lèvres effleurer doucement le contour de mon oreille. Alors ce ne sera pas difficile de lui dire que tu as changé d'avis.

J'essaie de me dégager de la poigne de fer d'Oak, mais c'est impossible.

— N'est-ce pas ? insiste-t-il.

— Je ne ferai rien de tel. Je vais aller au bal avec Dimitry, et vous pouvez soit agir comme le directeur adulte de cette école et l'accepter, soit agir comme un idiot jaloux et pubère. Je me fiche de savoir lequel des deux, mais j'irai avec Dimitry.

Oak grogne doucement.

— Tu es une fille si fougueuse. Je devrais peut-être te mettre sur mes genoux pour te donner une leçon, ronronne-t-il.

— Je suis venue ici parce que j'ai une question sérieuse à vous poser.

— Vraiment ? demande-t-il en remontant doucement l'ourlet de ma jupe jusqu'à ce qu'il puisse voir mon cul nu. Et il t'arrive souvent de ne pas porter de culotte quand tu veux poser des questions sérieuses ?

— Oak, s'il vous plaît, dis-je, sachant que si je ne l'arrête pas maintenant, j'oublierai la raison de ma présence ici.

Il lâche prise et fait un pas en arrière, me permettant de me tourner pour lui faire face alors qu'il passe une main dans ses épais cheveux noirs.

— Qu'est-ce qu'il y a, Eva ?

Je me mords l'intérieur de la joue.

— Les élèves ont-ils le droit de rester à l'école pendant les vacances de Noël ?

Il fronce les sourcils.

— Pas habituellement, non.

Mes épaules s'affaissent à sa réponse.

— Pourquoi tu demandes ça ?

Je soupire lourdement.

— Je ne veux pas rentrer à la maison.

Le coin de sa lèvre se retrousse en un presque sourire.

— Si je me souviens bien, tu ne voulais pas qu'on te laisse ici il y a six semaines.

Il incline la tête.

— Qu'est-ce qui a changé ?

Je roule les yeux vers lui.

— Si vous vous attendez à ce que je te dise que c'est à cause de vous, alors vous allez être déçu.

Je croise mes bras sur ma poitrine.

— Être loin de mes parents m'a fait réaliser à quel point je les hais.

— La haine est un mot fort, Eva.

Je secoue la tête.

— Pas pour eux, non.

Je me mords la lèvre inférieure.

— Je ne peux pas imaginer pire que de rentrer à la maison pour Noël.

Oak se redresse un peu.

— Pourquoi ça ?

Je sens mes joues chauffer à l'idée d'admettre à Oak à quel point mes parents se soucient peu de moi.

— Parce qu'ils ne veulent pas de moi là-bas, de toute façon.

Ses sourcils se froncent.

— Je suis sûr que ce n'est pas...

— Vous ne savez pas comment ils sont.

Je secoue la tête.

— L'année où mon frère est mort, notre premier Noël sans lui, ils ont fait deux heures de route pour aller chez ma grand-mère pour Noël. Ils ont juste oublié un détail insignifiant.

Je fais une pause pour l'effet.

— Moi.

Ma gorge se resserre lorsque je me rappelle combien j'ai pleuré ce Noël-là, combien ça m'a fait mal.

Les yeux d'Oak s'illuminent de colère.

— Ils sont revenus pour toi ?

J'en ris, seulement pour m'empêcher de pleurer.

— Non. Ils ont compris quand ma grand-mère a demandé où j'étais, alors ils m'ont appelée et m'ont dit que je devais me débrouiller toute seule pour les vacances.

Je déglutis.

— J'ai proposé de prendre un taxi, mais ils ont dit que ça n'en valait pas la peine.

Une larme rebelle s'échappe de mes yeux et coule sur ma joue.

Oak m'observe avec un regard étrange que je n'arrive pas à déterminer.

— Salauds, gronde-t-il, les poings serrés.

— Donc, je ne peux pas rester ici pour les vacances ? demandé-je, détestant le son pathétique de ma voix.

La mâchoire d'Oak est serrée et il me regarde attentivement.

— Tu pourrais rester avec moi, murmure-t-il.

Mon estomac se retourne, et l'espoir brûle dans mon cœur.

— Vous ne serez pas avec votre famille ? lui demandé-je.

Un muscle de sa mâchoire se tend à la mention de la famille, mais il secoue la tête.

— Non.

Il se lève de derrière son bureau et commence à faire les cent pas.

— Je serai dans mon chalet pour les vacances si tu veux me rejoindre.

Il arrête d'arpenter la pièce, un regard malicieux dans les yeux.

— Je ne peux pas imaginer un meilleur cadeau de Noël que de passer toutes les vacances avec toi nue dans mon lit, grogne-t-il presque.

Mes joues chauffent et mes cuisses se serrent à cette idée.

— Moi non plus, soufflé-je.

Il s'avance vers moi, les yeux brillants de cette étincelle dangereuse.

— Lève-toi, ordonne-t-il.

Je fais ce qu'il dit et me place devant lui.

Les yeux d'Oak fouillent les miens pendant un moment avant de me tirer contre lui. Ses lèvres couvrent les miennes et il force sa langue à traverser mes défenses, pillant ma bouche avec un tel désir que mes genoux faiblissent.

Je m'accroche à ses épaules puissantes, je veux me fondre en lui.

Il arrête de m'embrasser, nos respirations s'entrechoquent alors qu'il murmure :

— Viens dîner chez moi ce soir.

Je lève un sourcil.

— J'ai l'impression que mes amies vont le remarquer si je ne suis pas là pour dîner.

— Mange à peine et dis-leur que tu n'as pas faim.

Sa poigne se resserre douloureusement sur mes hanches.

— Dis-leur que tu vas te coucher tôt et sois à mon chalet à huit heures.

— D'accord, soufflé-je.

Oak sourit et m'embrasse encore une fois avant de s'éloigner.

— Maintenant, va en classe.

Je hoche la tête et me retourne.

Seulement pour qu'Oak me donne une fessée taquine, ce qui me fait glapir.

— C'était pour quoi ça ?

Il retourne à son bureau, les bras croisés sur sa poitrine.

— Parce que j'en avais envie.

Je secoue la tête mais je ne peux pas empêcher le sourire stupide qui se répand sur mes lèvres alors que je me dirige vers sa porte.

— À plus tard, dis-je en sortant dans le couloir sans me retourner.

La seule réponse que j'obtiens est un doux grognement derrière moi. Un grognement qui me fait vibrer jusqu'à la moelle et me fait languir de l'homme derrière moi.

L'après-midi va être très long.

23

OAK

Je ne suis pas un grand cuisinier, mais les gens m'ont souvent complimenté sur mes lasagnes, alors c'est ce que j'ai fait pour Eva, ainsi qu'une grande portion de pain à l'ail au fromage.

C'est fou que je sois nerveux.

C'est la première fois que je vais passer du temps avec Eva, en dehors d'une salle de classe ou pour la baiser, même si c'est comme ça que je veux que cette soirée se termine. J'ai besoin d'en apprendre davantage sur elle, de savoir si elle peut vouloir détruire ses parents autant que moi.

Il est clair que je ne peux pas m'empêcher de la toucher. Au lieu de lutter contre ça, il est temps que je découvre si nous pouvons devenir complices et achever ma quête de vengeance avec elle à mes côtés.

Le seul problème est que cela signifie que je dois lui révéler mes véritables intentions pour elle. Avant de connaître Eva, j'avais l'intention de la détruire, ainsi que sa famille. Ce n'est pas un sujet que j'ai envie d'aborder ce soir, mais il faudra que je m'explique pendant les deux semaines de vacances avec elle.

Je jette un coup d'œil à l'horloge et constate qu'il est huit heures et quart. Ma mâchoire se serre. Soit Eva est simplement en retard, soit elle a été surprise en train d'essayer de sortir en douce de l'école. Vu qu'elle était souvent en retard aux cours de discipline, je suppose que c'est la première hypothèse.

On frappe doucement à ma porte et la tension se fait sentir dans tout mon corps. Mes mains tremblent lorsque j'attrape la poignée de la porte. Je prends une profonde inspiration pour calmer mes nerfs, mais ça ne marche pas.

J'ouvre la porte, et elle est là, vêtue d'une magnifique robe fluide bleu pâle qui lui arrive juste sous les genoux.

— Tu es éblouissante, dis-je avant qu'elle ne puisse parler.

Je jette un coup d'œil aux alentours pour m'assurer que personne ne rôde dans les parages.

— Entre.

Je me mets sur le côté et la laisse passer devant moi.

— Quoi que vous cuisiniez, ça sent incroyablement bon, dit Eva en souriant et en me regardant.

Je serre la mâchoire alors qu'une idée stupide et fugace me vient à l'esprit.

Je pourrais m'habituer à ça.

— Je fais des lasagnes.

J'incline la tête vers le canapé.

— Assieds-toi. Qu'est-ce que je te sers ?

Elle incline légèrement la tête.

— La même chose que vous.

Je lève un sourcil.

— Je ne suis pas certain que tu aimeras le scotch.

Je me dirige vers mon frigo et j'en sors une bouteille de vin blanc.

— Que dirais-tu d'un chardonnay ?

Eva sourit et acquiesce.

— C'est très bien.

Je ne devrais pas offrir à boire à une élève mineure, mais je ne devrais pas non plus la recevoir dans mon chalet. Avec Eva, je fais tout ce que je ne suis pas censé faire. Je lui verse un grand verre et le lui apporte, en le posant sur la table basse.

— Le repas est dans le four. Je te rejoins dans un instant, dis-je en allant me chercher un verre de scotch.

Lorsque je reviens de mon bureau, où je garde le scotch, Eva est debout près de la bibliothèque de mon salon, et ses doigts parcourent doucement le dos des livres de première édition. Elle sursaute lorsqu'elle m'entend derrière elle.

— Je ne vous avais pas entendu revenir, dit-elle, l'air un peu penaud. Vous avez beaucoup de livres anciens.

Je souris et j'acquiesce.

— Oui, je les collectionne.

Je fronce les sourcils.

— Je le fais depuis que je suis jeune.

Elle porte son verre à ses lèvres et en boit une petite gorgée avant de retourner vers le canapé.

— Vous aimez lire ?

Je m'avance vers elle en luttant pour chasser de ma tête l'image d'elle à genoux avec ma bite dans la bouche.

— Oui, mais pas autant que j'aime collectionner les livres rares.

Je jette un coup d'œil à un tableau sur le mur.

— Ainsi que les peintures.

J'incline mon verre vers le mur, et les yeux d'Eva s'écarquillent.

— C'est un original ? demande-t-elle, bouche bée, devant le tableau *La Nuit étoilée* de Van Gogh.

J'acquiesce, porte mon verre à mes lèvres et avale d'une traite mon whisky.

— Oui, bien que le musée d'art moderne pense avoir l'original.

Elle lève un sourcil.

— Je ne veux pas savoir comment vous avez eu ce tableau.

Je ris.

— Non, en effet, tu ne le veux pas.

Elle sourit en portant son verre de vin à ses lèvres et en prenant une gorgée.

— Où sont vos peintures ?

Je grince des dents en me rappelant que je lui ai dit que j'aimais peindre. Personne n'a jamais vu mes tableaux, et l'idée de les montrer à Eva me rend anxieux comme jamais auparavant.

— Cachées quelque part dans le grenier, dis-je en agitant la main.

Elle fronce les sourcils.

— Pourquoi ? J'aimerais les voir.

Je me dirige vers elle et m'assois à côté d'elle sur le canapé.

— Je ne les ai jamais montrées à personne.

— Oh, dit-elle en faisant tourner ses doigts sur ses genoux. Vous pourriez peut-être me peindre maintenant, puisque vous m'avez déjà vue nue.

Je grogne en secouant la tête.

— Il y aurait peu de chances que je parvienne à finir cette peinture.

Je pose mon verre de whisky sur la table basse, éloigne ses cheveux dorés qui flottent sur son cou et presse mes lèvres contre sa peau.

— Je ne serais pas capable de me retenir de te baiser.

Eva glousse et secoue la tête.

— Vous pourriez essayer.

Je vois qu'elle a hâte que je la peigne, mais je sais que ça ne marchera pas. À la place, je change de sujet.

— Dis-moi, Eva, tu connais ma passion... Quelle est la tienne ?

— Les animaux, dit-elle.

Je fronce les sourcils.

— C'est pour ça que tu veux être vétérinaire ?

Je passe une main sur ma nuque.

— Mais qu'est-ce qui te rend si passionnée par les animaux ?

— Prendre soin d'eux me procure de la joie.

Un large sourire aux lèvres, elle fouille dans sa poche pour en sortir son téléphone.

— Là où nous vivons à Atlanta, nous sommes tout près d'une réserve naturelle boisée.

Elle fait défiler des photos qui représentent surtout des animaux.

— Ces deux écureuils étaient blessés, et je les ai soignés.

Eva sourit fièrement et me tend le téléphone.

— Il n'y a pas de meilleur sentiment au monde que d'aider les moins fortunés.

Je déglutis, une boule se forme dans ma gorge. Eva a raison, et pourtant je fais exactement le contraire. Il ne fait aucun doute que la nouvelle du meurtre d'Henley s'est répandue dans l'école. C'est le comportement que je facilite.

— C'est sûrement vrai, mais je ne peux pas le savoir.

Je me lève et me dirige vers la cuisine, je saisis la bouteille de scotch et me verse un autre grand verre.

— Malheureusement, mon travail est tout sauf gratifiant.

Eva incline la tête et me regarde.

— Je ne sais pas si c'est vrai. Vous donnez à ces gens un lieu d'appartenance et leur enseignez la discipline, même s'ils sortent dans le monde et font de mauvaises choses. Ce n'est pas votre faute.

— Pas ma faute ? demandé-je, la voix plus criarde que prévu.

Eva ne se dégonfle pas pour autant. Au lieu de cela, elle secoue la tête.

— Non, quelqu'un doit leur enseigner. Peut-être que les élèves qui passent par ici ne seront pas aussi brutaux que les autres.

Je lève un sourcil.

— Tu n'as pas entendu ce qui est arrivé à Henley Anderson aujourd'hui ?

Ses sourcils se froncent, et elle secoue la tête.

— Je ne sais même pas qui c'est.

— Ce matin, quand j'ai quitté la classe...

Je passe une main dans mes cheveux alors que les images horribles défilent dans ma tête.

— Un autre élève a brutalement assassiné Henley Anderson.

Eva en a le souffle coupé. Elle secoue la tête.

— Vous êtes sérieux ?

— Je suis surpris que tu n'en aies pas entendu parler vu la façon dont les ragots circulent dans l'école.

Je retourne vers elle et m'assois sur le canapé.

— C'est un dommage collatéral d'une guerre à laquelle participe son père.

Je rencontre le regard écarquillé d'Eva.

— Ne te méprends pas. Cet endroit est tout aussi sombre, dérangé et brutal que le monde auquel ils appartiennent en dehors de cette enceinte.

Eva pose son verre de vin sur la table basse et prend mes mains, en les serrant.

— Pourquoi faites-vous ça alors, si ça vous rend malheureux ?

— Faire quoi ? demandé-je.

— Diriger cette école.

Mon estomac se retourne quand je la regarde dans les yeux. Je ne peux pas m'abaisser à répondre à cette question. Pas encore, pas avant que je sache que je peux faire confiance à Eva.

— Je ne sais pas, dis-je en retirant mes mains des siennes.

C'est fou comme elle me connaît bien. Suis-je si facile à lire ?

— Je dois aller vérifier le repas.

Je jette un coup d'œil à Eva pour constater qu'elle me regarde avec de la déception dans les yeux. Le fait est qu'elle ne peut pas encore connaître la vérité. Pas tant que je n'aurai pas déterminé jusqu'où va sa haine pour ses parents.

— C'est prêt, dis-je en souriant. Assieds-toi à table.

Elle fait ce que je dis, se lève et s'assoit sur la chaise à côté de la mienne.

— C'est bien ici ?

— Parfait, dis-je en posant le plat de lasagnes sur le chauffe-plat au centre. Un moment. Je ne peux pas oublier le pain à l'ail.

Son estomac gargouille.

— Tout ça sent délicieusement bon.

Quand je reviens à table, je lui sers une bonne portion, puis je me sers moi-même.

— Attaque, dis-je.

Elle s'exécute. Elle émet de petits gémissements en mangeant.

— Waouh, ces lasagnes sont incroyables. Quel est votre secret ?

— Du sang italien, dis-je en riant.

Elle fronce les sourcils.

— Vraiment ? Oakley Byrne ne semble pas être un nom très italien.

Mon cœur bat la chamade quand je réalise que je viens de faire ma première erreur vitale. Personne ne connaît mes origines italiennes, pas même mes deux meilleurs amis. Avant que je ne m'installe à Atlanta, la vie que j'ai laissée n'existait plus depuis longtemps, elle était profondément enterrée.

— Oui, du côté de ma mère. À moitié italienne, mens-je.

— Oh, je vois.

Elle hoche la tête.

— C'est sa recette ?

— La recette de sa mère. Ma grand-mère.

— Est-ce qu'elles vivent ici dans le Maine ? demande Eva.

Je déglutis en secouant la tête.

— Non, ma famille est morte.

Du moins, pour moi. Je ne sais pas ce qu'est devenue la famille que j'ai abandonnée il y a tant d'années. Une partie de moi regrette mes frères et sœurs et mes parents qui me manquent, mais la plupart du temps je suis soulagé d'avoir échappé à la tyrannie du monde dans lequel je suis né.

— Je suis vraiment désolée, Oak, dit Eva en plaçant une main sur la mienne. Je ne voulais pas...

— Ce n'est rien, dis-je en agitant dédaigneusement la main. Mange.

Eva fait ce qu'on lui dit, elle mange et émet de petits bruits de satisfaction qui font bander ma bite et battre mon cœur. Nous mangeons dans un silence amical jusqu'à ce que nous ayons mangé la moitié des lasagnes et qu'il ne reste qu'un pain à l'ail.

Eva se penche en arrière sur la chaise et pose une main sur son ventre.

— J'ai beaucoup trop mangé.

Je lève un sourcil.

— Ça veut dire que tu n'as pas de place pour le dessert ?

Eva se redresse et sourit.

— J'ai toujours de la place pour le dessert.

Je ris, car j'utilise la même réplique.

— Tant mieux, parce que c'est délicieux.

Je me lève et me dirige vers la cuisine pour prendre la tarte que j'ai faite plus tôt.

— Tarte aux noix de pécan.

— Ma préférée. Vous saviez que c'était très populaire en Géorgie ? s'exclame Eva.

Je le savais en effet, d'où la raison pour laquelle je l'ai préparée pour elle.

— C'est possible, dis-je en souriant d'un air satisfait.

Elle incline la tête.

— Essayez-vous de m'impressionner, monsieur ?

Sa voix s'est mise à flirter, et j'en oublie la tarte que j'ai dans les mains.

— Peut-être, dis-je en la posant au centre de la table et en la découpant en portions généreuses. Je sers d'abord une portion à Eva avant d'en prendre une pour moi.

Elle goûte la tarte, et ses yeux se ferment en gémissant.

— Vous êtes un sacré cuisinier.

Je secoue la tête en riant.

— Pas vraiment. J'ai plus ou moins épuisé toutes mes compétences ce soir.

Eva me regarde intensément.

— Difficile à croire.

Elle sourit.

— C'est tellement délicieux.

Je déglutis, détestant la sensation de palpitation que je ressens dans mes tripes quand elle me sourit. C'est comme si mon monde était sens dessus dessous à chaque fois. Ignorant ses compliments sur ma nourriture, je mange le reste de ma tarte en silence, sachant que je pourrais dire quelque chose que je regretterais.

Je sais que j'ai peur de ce que mes sentiments pour Eva signifient, et si je me sens comme ça après un seul dîner, deux semaines ensemble à Noël seront encore plus difficiles.

— À quoi pensez-vous ? me demande Eva en me regardant tandis qu'elle porte sa dernière part de tarte à la bouche.

Je lève un sourcil.

— Que j'ai hâte de t'avoir dans mon lit, mens-je.

Ses yeux noisette brillent d'une chaleur qui fait durcir ma queue tandis que je m'ajuste sous la table.

— C'est vrai, monsieur ?

Elle laisse tomber sa cuillère dans le bol, se lève et se dirige vers mon côté de la table. Doucement, elle pose ses mains sur mes épaules et les masse.

— Moi aussi j'ai hâte, murmure-t-elle.

Je grogne et attrape sa main, la tirant sur mes genoux.

Eva halète lorsque je la place dos à moi, lui permettant de sentir la lourde pression de ma bite entre nous.

— Oak, gémit-elle en cambrant son dos.

— Je vais peut-être te baiser ici, dans cette position, murmuré-je en laissant ma langue courir sur le contour de son oreille. Je vais peut-être te baiser partout dans mon chalet, sauf dans le lit.

Eva frissonne, sa tête retombe contre ma gorge.

— Tu aimerais ça ?

Eva se cambre en guise de réponse.

— Beaucoup, monsieur.

Je remonte sa robe pour la trouver toute nue en dessous avant de libérer rapidement ma queue de mon caleçon et de mon pantalon.

Eva gémit au moment où mon gland se frotte à son entrée.

— Baisez-moi, monsieur, s'il vous plaît.

Je place mon gland au niveau de son entrée humide avant de la faire glisser sur ma bite en un seul mouvement rapide.

Le son qui sort des belles lèvres d'Eva est celui d'un plaisir pur et simple dès que je suis en elle. Je saisis ses hanches avec force et la fais monter et descendre, l'empalant sans cesse sur ma queue. J'empoigne fermement ses hanches. Je sais que cela va la meurtrir, mais une partie malade de moi veut laisser ma marque sur sa peau, la marquer, afin qu'aucun autre homme ne puisse jamais toucher ce qui est à moi.

Je la pousse vers l'avant, la forçant à se pencher sur la table et à arquer son dos, ce qui m'offre une vue aguichante de son parfait petit trou du cul lorsque j'écarte ses fesses.

— Un si beau cul, gémis-je, en la soulevant toujours de haut en bas de ma queue. J'ai hâte de le baiser, grogné-je.

Eva se raidit avant de gémir doucement.

— Il n'y a pas moyen que ça rentre, proteste-t-elle.

— Je la ferai rentrer, grogné-je en regardant sa chatte dévorer ma queue encore et encore. J'aime regarder ma bite disparaître à l'intérieur de toi.

Je lui donne une fessée, ce qui la fait gémir.

— Oak, je pense que je vais...

Je la tiens toujours, je ne suis pas encore prêt à ce qu'elle vienne.

— Trop tôt, bébé. Si je te laisse déjà jouir, tu ne pourras pas supporter le nombre de fois où j'ai l'intention de te baiser ce soir.

Je m'approche de ses seins et les prends dans mes mains, jouant doucement avec ses tétons.

— Je vais te baiser toute la nuit, murmuré-je à son oreille en la ramenant contre moi. Tu as compris ?

Eva hoche la tête en guise de réponse.

— Oui, monsieur.

Elle se tortille sur mes genoux, cherchant la friction sur son clitoris.

Je la maintiens en place, déplaçant mes doigts vers son clito et massant les faisceaux de fibres nerveuses.

— Si vous ne voulez pas que je vienne tout de suite, vous ne m'aidez pas, m'avertit-elle.

— Malheureusement, je suis déchiré, dis-je en passant mes doigts sur son clitoris. J'adore sentir cette chatte jouir sur ma queue, et pourtant je sais que si je te laisse jouir maintenant, tu seras trop épuisée quand j'en aurai fini avec toi.

Eva gémit, arquant le dos et essayant de monter et descendre le long de ma queue.

Je ne bouge pas, je garde le contrôle de la situation.

— Laissez-moi jouir. Je me fiche de savoir si je serai fatiguée quand vous en aurez fini avec moi, s'il vous plaît, supplie Eva.

— Je ne peux rien te refuser, bébé.

J'accélère la caresse de mes doigts sur son clitoris.

— Chevauche-moi jusqu'à ce que tu exploses, lui ordonné-je.

Elle gémit et bouge ses hanches, s'écrasant sur ma queue avec des mouvements frénétiques. J'utilise mon autre main libre pour jouer avec ses tétons froncés l'un après l'autre, la faisant gémir alors qu'elle se dirige vers l'extase, m'utilisant pour son plaisir.

— Oh putain, Oak, oui, crie-t-elle, si fort que je suis heureux de ne pas avoir de voisins à proximité.

La chatte chaude d'Eva jaillit autour de ma queue, m'imbibant de son jus. Ses muscles s'agitent autour de l'érection massive et palpitante enfouie en elle, et je suis au bord de la jouissance.

Je retire ma queue d'elle et saisis ses fesses, positionne ma queue brillante entre elles et utilise ses fesses fermes pour la frotter de haut en bas.

— Qu'est-ce que vous faites ?

Je lui donne une fessée, j'aime la façon dont sa peau se teinte de rouge sous mon assaut.

— Si je ne peux pas baiser ce petit trou du cul tout de suite, je m'y frotte à la place.

Eva gémit, et rapproche son cul.

— Je vous veux encore en moi, gémit-elle.

J'attrape sa gorge et la serre doucement.

— Quelle petite gourmande, ronronné-je, léchant un tracé sur le côté de son cou. Tu m'auras à l'intérieur de toi toute cette putain de nuit.

Eva frissonne lorsque je la soulève de mes genoux et la porte dans mes bras, la déposant sur le dos sur mon canapé.

— Écarte tes cuisses pour moi et tiens tes mains au-dessus de ta tête, lui ordonné-je.

Elle fait ce que je lui dis. Je m'abaisse entre ses cuisses, et la pousse à s'ouvrir davantage avec mon genou.

— Cette soirée vient à peine de commencer, dis-je avant de m'enfoncer en elle d'un coup sec.

Quand j'en aurai fini avec elle, ce sera un miracle si elle peut marcher droit.

24

EVA

Je me réveille le lendemain matin et me redresse en sursaut quand je vois la lumière traverser les rideaux.

— Merde.

Oak se redresse et se frotte les yeux.

— Qu'est-ce qu'il y a ?

— Je me suis endormie et il est…

Je jette un coup d'œil à l'horloge sur la table de nuit, en sautant du lit.

— Il est huit heures et demie.

J'attrape mes vêtements éparpillés sur le sol de la chambre et m'habille rapidement.

— Natalya, Camilla et Adrianna vont se demander où j'étais passée.

Oak me regarde, l'air incroyablement calme pendant que je m'habille.

— Tu es adorable quand tu paniques.

Il agite sa main dédaigneusement.

— Dis-leur que tu es malade. Envoie-leur un SMS maintenant.

Oak s'assied sur le bord du lit, et passe une main dans ses cheveux en bataille.

— Je vais nous faire des crêpes, et ensuite tu pourras monter ma bite comme une gentille fille.

Il hausse les épaules.

— Après tout, j'ai une période libre ce matin.

J'ai des papillons dans le ventre à la simple mention de coucher à nouveau avec lui. Ça ne peut pas durer. En fin de compte, quelqu'un finira par nous surprendre.

— Eh bien, moi je n'ai pas de période libre.

Il sourit d'un air suffisant.

— Je confirmerai que je t'ai inscrite au cours particulier de ce matin.

Oak soupire.

— Je pense qu'il serait plus prudent d'attendre les vacances de Noël pour nous remettre ensemble.

Son visage est empreint de douleur.

— Ce n'est pas ce que je veux, mais nous prenons un peu trop de risques.

Il incline la tête.

— Surtout quand on a baisé dans la classe, mais j'ai besoin de toi encore une fois.

Il se lève et se dirige vers moi, m'arrache ma jupe des mains et la jette au sol.

— Et ensuite, pendant deux semaines, on pourra baiser jour et nuit.

Je gémis quand ses mains se déplacent vers mes

hanches meurtries et abusées, et il me tire doucement contre son corps puissant.

— Crêpes et sexe ensuite, ou sexe et crêpes ensuite ? demande-t-il.

Je sens la pression dure et exigeante de sa bite contre ma cuisse, et je ne peux pas envisager de manger.

— Que diriez-vous de sexe et de sexe ensuite ?

Oak sourit d'un air satisfait et acquiesce.

— J'aime ta façon de penser, bébé.

Ses lèvres couvrent les miennes, et sa langue pille avidement ma bouche, alimentant ce brasier en moi alors qu'il m'abaisse sur le lit et couvre mon corps avec le sien.

Je gémis lorsqu'il ouvre mes cuisses et qu'il y pénètre, étirant ma chair déjà malmenée autour de son large membre.

— Oh mon Dieu, c'est trop grand, gémis-je.

Il m'embrasse vivement, et sa langue entre et sort de ma bouche avec insistance, alimentant une douleur avide entre mes cuisses. C'est hallucinant de voir qu'une minute, je peux trouver sa queue trop large, et la suivante, j'ai envie qu'il m'étire davantage et qu'il me baise plus fort.

Oak ne se retient pas cette fois, il me pénètre brutalement et prend tout ce qu'il veut de moi sans pitié.

J'arque mon dos, l'attirant plus profondément.

— Putain, haleté-je, luttant pour avoir les idées claires. Peu importe le nombre de fois qu'il me prend. Je ne peux pas me passer de cet homme. Nos corps s'enlacent dans un choc effréné de peaux alors qu'Oak me pousse vers l'extase, sans aucune provocation.

— Putain, crié-je alors que mon orgasme arrive et que

j'explose sur sa queue tandis que ma chatte jaillit autour de lui, mouillant les draps.

— Je ne me lasserai jamais de te faire jouir, grogne-t-il en enfonçant sa bite en moi trois fois de plus. Il grogne contre ma peau à la troisième poussée, et recouvre mes entrailles de sa semence. Je tremble sous lui. L'intensité de mes émotions à ce moment-là me dépasse.

Oak est devenu tout mon monde, et ça me fait peur. C'est impossible que nous soyons ensemble, et pourtant c'est comme si nous étions faits l'un pour l'autre.

— Tu vas bien ? demande Oak en balayant un cheveu de mon visage.

Je hoche la tête en guise de réponse.

— Oui.

Ses sourcils se froncent, mais il ne me pose pas de question. Il se lève et s'affale sur le lit à côté de moi, saisit ma main et me tire contre sa poitrine.

Je reste dans son étreinte, l'appréciant plus longtemps que je ne le devrais. Quand je jette un coup d'œil à l'horloge, je sursaute presque.

— Merde. Il est neuf heures et demie. Mon prochain cours commence dans une demi-heure.

Oak me tire contre lui et m'embrasse paresseusement.

— Vas-y alors. Je suppose que je dois me préparer, moi aussi.

Je me lève et m'habille en un temps record, sortant de la chambre avant même qu'il ait enfilé son caleçon.

Oak me poursuit, à poil.

— Où cours-tu si vite ?

Je le regarde, bouche bée.

— À mon dortoir pour me préparer pour les cours.

— Sans m'embrasser pour me dire au revoir ? me reproche-t-il en faisant la moue.

Je ferme les yeux.

— Il vaut probablement mieux que nous restions à une distance convenable, surtout quand vous êtes si nu.

Il rit et réduit l'écart entre nous.

— Embrasse-moi, Eva.

Je déglutis et me dirige vers lui, me hisse sur la pointe des pieds et presse mes lèvres contre les siennes dans un baiser chaste et rapide.

Comme j'essaie de m'éloigner, il attrape une poignée de mes cheveux et ramène ma bouche vers la sienne. Oak m'embrasse comme un homme possédé, sa langue s'enfonce dans ma bouche comme s'il voulait me baiser avec.

Je gémis en serrant mes cuisses l'une contre l'autre.

— Ça ne va pas se reproduire pendant presque deux semaines ?

Il fait un sourire triste et incline sa tête sur le côté.

— J'ai bien peur que non.

Il lâche mes cheveux et fait un signe de tête vers la porte.

J'atteins la porte et commence à l'ouvrir quand Oak attrape mon poignet et me tire en arrière.

— Donne-moi ton numéro, exige-t-il.

Je lève un sourcil.

— Pourquoi ?

Il me prend mon portable des mains.

— Si on ne peut pas baiser, on peut au moins s'envoyer des sextos.

Je ris alors qu'il met son numéro dans mon téléphone et le fait sonner pour qu'il ait aussi le mien.

— Je n'ai jamais envoyé de sextos avant.

Je bats des cils.

— Vous allez devoir m'apprendre.

— Avec plaisir, murmure-t-il en pressant ses lèvres contre les miennes. Maintenant, va, dit-il, en me donnant une fessée alors que je me retourne pour me glisser hors de son chalet. Je marche sur un nuage alors que je me faufile sur l'allée du chalet en direction de l'imposante école, en espérant ne pas être vue.

Cinq jours plus tard, je me prépare pour le bal d'hiver. Ç'a été super difficile de garder mes distances avec Oak, de ne pouvoir lui adresser que des regards furtifs en classe et de ne pas pouvoir lui parler. Les sextos que nous nous envoyons tous les soirs m'ont permis de garder le moral.

J'ai des papillons dans le ventre lorsque j'entends mon téléphone sonner et je me précipite pour le vérifier.

Oak : Tu ferais mieux d'être une gentille fille ce soir. Si je vois Dimitry essayer de te toucher de manière inappropriée, il va perdre sa putain de main.

Je déglutis et tape ma réponse.

Je suis toujours une gentille fille. Je ne peux pas être tenue responsable des actions de ce garçon. Sachez juste que je n'ai aucune envie

d'être touchée de manière inappropriée par qui que ce soit d'autre que vous.

Je jette mon téléphone, sachant que Dimitry va probablement me faire des avances ce soir. Il flirte avec moi depuis le jour où je l'ai rencontré. Il ne voulait pas garder ses mains loin de moi au bar la nuit où Oak et moi nous sommes esquivés et où il m'a baisée pour la première fois.

Mon téléphone sonne à nouveau, et je le prends.

Bien. Envoie-moi une photo de toi dans ta robe.

Je tape ma réponse.

Qu'est-ce que j'obtiens en retour ?

Il réplique en un mot.

Maintenant.

Je virevolte en regardant ma robe de soirée dans le miroir. Natalya m'a laissée l'emprunter, et elle est vraiment ravissante. Elle est bleu pâle, les épaules sont dénudées et il y a des appliques en dentelle sur le jupon.

Malheureusement, je n'avais aucune robe adaptée au bal d'hiver, et mes parents ne voulaient même pas me parler pour que je leur demande d'acheter une robe. Je suis arrivée ici il y a un peu plus de cinq semaines et ils ne m'ont pas parlé une seule fois.

Je prends une photo dans le miroir et la lui envoie avant de poser mon téléphone sur la commode.

Il sonne rapidement, et je le prends.

Belle.

Et puis une photo arrive, et mon cœur se bloque dans ma poitrine. C'est Oak devant le miroir, habillé en smoking, avec son énorme queue qui saille fièrement de son pantalon noir. Je serre les cuisses l'une contre l'autre et gémis, sachant que je n'ai pas le temps de me donner du plaisir maintenant. Camilla va arriver d'une minute à l'autre.

Cruel. Je n'ai pas le temps de jouir, et maintenant je suis chaude et en manque.

Je peux voir les bulles tandis qu'Oak répond.

Bien. Exactement comme j'aime que tu sois.

On frappe à ma porte, j'éteins mon téléphone et le place dans ma pochette argentée avant d'ouvrir la porte à Camilla.

— Tu es toute belle, dit-elle en souriant. Tu es prête ?

— Oui, tu es magnifique, dis-je en essayant d'être polie.

Depuis que Natalya m'a parlé de la spécialité de sa famille, je n'ai pas réussi à voir Camilla sous un jour favorable. Je sais que ce n'est pas elle qui participe à la traite des femmes, mais elle fait partie de la famille. C'est difficile de croire qu'elle ne s'élève pas contre ces pratiques barbares.

— Merci, gazouille-t-elle avant de passer son bras dans le mien et de me traîner hors de ma chambre. Viens, sinon on sera les dernières à la fête.

— Où sont Natalya et Adrianna ? demandé-je.

Camilla fait un signe de tête en direction d'Adrianna, qui s'attarde l'air mal à l'aise dans le couloir.

— Adrianna nous attend, mais Natalya est partie à la rencontre d'Elias.

Elle fronce les sourcils.

— Où as-tu rendez-vous avec Dimitry ?

— Au bal, il a dit qu'il me retrouverait là-bas.

Camilla hoche la tête.

— Alek aussi.

— Adrianna n'a pas de rendez-vous ? demandé-je.

Camilla hausse les épaules.

— Non, elle n'en voulait pas, et Adrianna peut être la fille la plus têtue que je connaisse.

Adrianna fait signe quand elle nous voit arriver.

— Salut, les gars. Eva, tu es éblouissante.

Je lui souris.

— Merci, j'adore ta robe, dis-je en admirant sa magnifique robe de soirée vert émeraude qui complimente sa peau bronzée. Tu aurais été ravissante au bras d'Hernandez, dis-je.

Adrianna me donne un coup de poing.

— Aïe, qu'est-ce que j'ai dit ?

— Connasse, dit-elle en riant. Hernandez est la dernière personne avec qui j'irais au bal.

Adrianna prend mon autre bras.

— Descendons dans la salle sinon on sera les dernières.

J'acquiesce et laisse mes deux amies me guider vers le bal d'hiver. Je ne suis pas excitée par cette fête. Il y a de l'effervescence dans l'air, ce qui donne à l'école souvent froide et sérieuse une atmosphère palpitante.

— Jusqu'à quelle heure cette fête dure-t-elle généralement ? demandé-je.

Camilla me lance un regard bizarre.

— Avec celle-là, on s'éclipse normalement vers dix heures.

Un large sourire en coin se dessine sur ses lèvres.

— C'est là que le vrai plaisir commence dans les vieilles ruines. L'*after* loin des yeux des professeurs.

J'avale ma salive, sachant que je n'ai pas l'intention de m'y rendre en douce. Tout ce que je veux, c'est que cette fête soit terminée et que les vacances de Noël soient là, pour que je puisse arrêter d'éviter l'homme pour lequel je me consume. L'homme que j'ai envie d'embrasser à nouveau. Ça ne fait que cinq jours, mais ça pourrait aussi bien faire des semaines.

Au moment où je franchis les grandes portes en acajou de la salle des fêtes au centre de l'école, je le sens. Ses yeux me suivent instantanément du coin de la pièce, ce qui attire mon attention sur lui.

Oak est avec le professeur Daniels et le professeur Jameson, magnifique dans son smoking sombre, mais je ne pense qu'à l'aspect qu'il avait avec sa queue saillant de la fermeture Éclair. Je n'aurais jamais cru qu'il pouvait être encore plus beau qu'il ne l'était déjà, mais dans ce smoking, son charme est dévastateur.

Ses yeux descendent le long de ma robe, et quand ils reviennent sur mon visage, ils brûlent de désir.

— Tu m'as entendue ? demande Adrianna, me faisant sursauter.

— Désolée, qu'est-ce que tu as dit ? demandé-je, mon attention se reportant sur mes deux amies.

— J'ai dit que Dimitry était là-bas.

Elle me le montre du doigt.

— Quelqu'un a dit qu'il te cherchait.

Je soupire profondément.

— Est-ce que je vais regretter d'avoir accepté d'être sa cavalière ?

— Probablement, dit Adrianna en riant. Mais n'est-ce pas le but du bal ?

Je gémis.

— Je ne sais pas. Il vient par ici.

Dimitry s'approche, un sourire arrogant sur le visage.

— Tu es magnifique, dit-il en prenant ma main et en l'embrassant.

— Merci.

Je jette un coup d'œil à son smoking, qui est d'une coupe impeccable.

— Tu es élégant, dis-je, en essayant de ne pas être trop effrontée.

Je peux sentir les yeux d'Oak dans mon dos, qui font des trous dans ma peau.

— Que dirais-tu d'une danse ? demande Dimitry.

Je déglutis, sachant que malgré mon envie de repousser l'échéance, je ne pourrai pas le faire toute la nuit.

— Peut-être un verre d'abord ?

Il acquiesce.

— Bien sûr, qu'est-ce que tu veux ? Je vais te chercher un verre.

— Je vais prendre un verre de vin blanc, s'il te plaît, dis-je.

Adrianna s'éclaircit la gorge.

— Un deuxième pour moi.

Il sourit, bien qu'il ait l'air contrarié d'être devenu notre serveur à toutes les deux.

— J'arrive tout de suite.

— Il te veut dans son lit. Sinon, il n'irait pas te chercher à boire, dit Adrianna en secouant la tête. Il vaut mieux lui dire que tu n'es pas intéressée par autre chose que l'amitié, le plus tôt sera le mieux.

— Tu as probablement raison.

Je déglutis.

— Mon Dieu, ça me manque d'aller dans une école de filles. On n'a pas à faire face à ce genre de conneries.

Adrianna lève un sourcil.

— C'est vrai, mais ce serait beaucoup moins amusant, n'est-ce pas ?

Dimitry revient rapidement avec nos deux boissons.

— Voici, mesdames.

Je souris et prends le verre.

— Merci.

Je le sirote, en souhaitant que ses yeux ne soient pas fixés sur moi. Je n'ai pas osé regarder dans la direction d'Oak depuis que nous sommes entrées, sachant qu'il est plus que probable qu'il surveille tous les mouvements de Dimitry.

Quelque chose me dit que cette soirée va être douloureusement longue. J'ai hâte qu'elle se termine. J'ai hâte que ce soit les vacances de Noël et que je puisse passer deux merveilleuses semaines dans les bras de mon magnifique principal.

25

OAK

Je serre les poings sur mes flancs, j'observe Dimitry resserrer sa main autour de la hanche d'Eva et la tirer plus près de lui. Ça fait une heure qu'ils dansent sans arrêt, putain, je suis à deux doigts de le frapper devant tout le monde.

Eva essaie de me provoquer, car elle ne m'a pas regardé une seule fois. Je l'ai vue essayer de se soustraire à la danse il y a environ vingt minutes, mais ce rat de Dimitry ne la laisse pas sortir de ses griffes.

Elle est folle si elle pense que ça ne me dérange pas de le voir à fond sur elle comme ça. Je suis un putain de danger public, prêt à exploser à tout moment.

Archer pose une main sur mon épaule.

— Tu as l'air tendu, Oak. Qu'est-ce qu'il y a ?

Il me serre l'épaule.

— Mais oui, tu es tendu. Je devrais peut-être te présenter à ma masseuse.

Je lui fais les gros yeux et je fais un signe de tête vers Eva et Dimitry.

— Voilà ce qu'il y a, grogné-je.

Il me sourit.

— Jaloux, hé ?

Arch sait comment m'énerver comme personne d'autre.

— Attention, je suis sur le point de faire quelque chose que je regretterai, et le fait que tu te moques de moi ne va pas aider.

Archer rit.

— Relax. C'est pas comme s'il avait sa langue dans sa gorge.

Il lève un sourcil.

— Ils dansent, et c'est un bal.

Je grogne, ce qui fait reculer Archer d'un pas.

— Merde, Oak, dit-il en secouant la tête. Je crois que tu es trop impliqué, mon pote.

Je ferme les yeux et je lance un regard furieux à mon ami.

— Si cette fouine essaie ne serait-ce que de l'embrasser, je le tue. Tu m'entends ?

Arch passe une main dans ses cheveux.

— Je pense que tu as besoin d'un break. On ne peut pas se permettre que tu pètes les plombs sur un étudiant.

Gavril apparaît à ce moment-là, les sourcils froncés.

— Qui pète les plombs sur un étudiant ?

— Oak, il a perdu la tête avec la fille Carmichael.

Arch donne un coup de coude à Gav.

— Il est jaloux de son rencard.

Gav se tient devant moi.

— Regarde-moi, Oak.

Je fais ce qu'il dit, et rencontre le regard de mon ami. Gavril ne supportera aucune de mes sottises envieuses, mais je crains d'être impossible à raisonner en ce moment. J'ai Eva dans la peau.

— Tu ne foutras pas la merde.

Il croise ses bras sur sa poitrine.

— Ce garçon est son cavalier et rien de plus. Ressaisis-toi.

Je hoche la tête en guise de réponse.

— Putain, je suis dans la merde, n'est-ce pas ?

— On dirait que tu es éperdument amoureux de la fille que tu veux détruire, dit Arch, sans contourner la question. J'appellerais ça être dans la merde, ouais.

Je me tais, sachant qu'ils n'en ont aucune idée. Si je leur dis la vérité à propos d'Eva, que malgré le fait que je l'ai embrassée une fois, j'ai fini par la baiser trois fois depuis, ils interviendraient probablement. Je ne peux pas m'empêcher de penser à elle, et même si nous gardons une certaine distance physique, nous nous envoyons des sextos tous les soirs, des photos et des messages cochons.

J'ai l'impression d'être à nouveau un adolescent, même si nous n'avions pas de téléphones portables quand j'étais plus jeune. Je vais passer les vacances de Noël avec Eva, et ce n'est pas ces deux clowns qui m'en empêcheront.

Gav hoche la tête et approuve.

— Ouais, tu dois oublier Eva.

Oublier Eva ? Comme si c'était aussi simple.

Je ne peux pas l'oublier. Elle est ancrée dans mon âme, une partie de moi que je ne peux pas effacer. Les cinq derniers jours passés loin d'elle ont été une torture. Les autres étudiants partent dans six jours, ce qui veut dire que je serai déjà fou le temps que je mette enfin la main sur elle.

— Tu vas bien, Oak ? demande Gav en me regardant avec inquiétude. Tu as l'air un peu pâle.

— Je vais bien, dis-je, plus brusquement que je ne le voulais. J'ai besoin d'un verre.

Je m'éloigne de mes amis et me dirige vers le bar, qui est rempli d'alcool.

Après tout, le moindre des crimes de ces étudiants est de boire de l'alcool avant l'âge légal. Nous avons appris il y a quelques années qu'il était inutile d'essayer d'interdire l'alcool dans les soirées dansantes pour les élèves de terminale, car il y a toujours quelqu'un qui en verse dans le punch de toute façon, alors il est plus sûr de les laisser boire ce qu'ils veulent.

— Hé Melissa, dis-je en saluant ma secrétaire, qui a tiré à la courte paille la tâche de tenir le bar ce soir encore. Je peux avoir un scotch ?

Elle me sourit.

— Bien sûr, je vous fais ça tout de suite.

Je pianote des doigts sur le bar improvisé, concentrant mon esprit sur tout excepté la fille sur la piste de danse avec Dimitry Jakov.

— Voici.

Elle pose le verre.

— Vous vous amusez ?

Je lève un sourcil.

Pas particulièrement. Chaperonner un tas d'étudiants ivres n'est pas une partie de plaisir.

Je pointe mon doigt vers elle.

— Essayez de ne pas en donner trop à tout le monde. Je ne veux pas avoir à nettoyer du vomi sur le sol à nouveau.

Elle rit en levant les mains.

— Bien sûr que non. J'ai appris ma leçon.

Quand je me retourne, mon cœur convulse dans ma poitrine en voyant qu'Eva n'est plus sur la piste de danse avec Dimitry. Je ne la trouve toujours pas après un rapide balayage de la pièce. Il n'y a aucun signe d'Eva dans la salle. Mes pensées s'emballent, mon cœur bat à mille à l'heure et je retourne vers Archer.

— Tu as vu où ils sont allés ?

Il fronce les sourcils et se tourne vers moi.

— Qui ?

— Eva et Dimitry, grogné-je.

Archer hausse les épaules.

— Comment je pourrais le savoir ?

Il attrape mon poignet alors que je suis sur le point de m'éloigner.

— Tu as l'intention de détruire sa famille, ou tu as l'intention de l'épouser, putain ? Pour l'instant, tu te comportes comme son amant fou.

Je lui réponds par un grognement, et il me lâche, lisant

les signaux d'alarme. Je dois trouver Eva, pas me disputer avec lui.

Gavril parle à un étudiant. Je ne veux pas lui demander s'il a vu où ils sont allés. Il est toujours plus chiant qu'Archer, alors je sais qu'il est inutile de lui demander de l'aide. Les étudiants sont censés rester dans la salle pendant l'événement, mais aucun de ces putain d'idiots ne respecte les règles.

Alors que je suis à mi-chemin du couloir vers la bibliothèque, mon téléphone vibre, et je fouille dans ma poche pour trouver un message d'Eva.

Dimitry m'a emmenée à une *after*, et je n'aime pas ça. Pouvez-vous venir me sauver ?

Un brasier s'enflamme en moi alors que je marche dans le couloir à leur recherche. Je réponds par une question.

Où est cette fête ?

Les bulles apparaissent, suggérant qu'elle répond à mon texto. Et puis elles disparaissent.

— Putain, grogné-je en secouant la tête.

Où peut se trouver l'after ?

Je vais avoir besoin de renfort pour interrompre une putain de fête. Les ruines sont le seul endroit pour une *after*. Je fais sonner le numéro d'Archer, sachant que je n'ai pas le temps de revenir en arrière et de le traîner dehors.

— Oak, quoi de neuf ?

— Il y a une *after* sur le campus. Je vais la faire cesser et je pourrais avoir besoin de renfort.

Il parle à l'autre bout.

— Ne te dérange pas pour ça. Il y en a une chaque année.

— Quoi ? grogné-je.

— Ramène Eva et laisse tomber.

Il raccroche.

Comment savait-il pour cette after ?

Je me précipite vers les ruines, qui, comme je m'en doutais, résonnent de musique à fond de balle. Mon cœur bat fort et rapidement dans ma poitrine alors que je me rapproche.

Quand j'y arrive, mon estomac se noue.

Il y a des centaines d'étudiants rassemblés dans la clairière, et pas seulement des élèves de terminale. La plupart d'entre eux sont trop ivres pour me remarquer alors que je me fraie un chemin dans la foule, à la recherche d'Eva.

Je sors mon portable de ma poche.

Je suis dans les ruines. Où es-tu ?

Je la vois lire mon message, mais elle ne répond pas. Si Dimitry l'empêche de répondre à son téléphone, il aura de la chance de survivre à cette nuit.

— Principal Byrne.

Deux filles ivres s'approchent de moi en battant des cils. L'une d'entre elles pose sa main sur mon bras.

— Vous êtes ici pour faire la fête avec nous ?

Je la dégage en secouant mon bras.

— Non, hors de mon chemin.

Je les dépasse et cherche dans la foule les amies d'Eva. Il n'y a aucun signe de Natalya, Adrianna, ou Camilla à cette putain de fête.

Je sens ma patience arriver au bout quand soudain mon téléphone sonne.

Désolée. Je n'ai pas eu le temps de répondre. Je suis près de la fontaine. Venez vite.

Je me fraie un chemin à travers la foule en direction de la fontaine, et mon estomac se noue quand je vois une centaine d'étudiants, la plupart se roulant des pelles ou pire.

Dimitry Jakov l'a ramenée ici pour profiter d'elle. Je sens mon corps trembler alors que je cherche Eva et le garçon Jakov, irrité de ne toujours pas les voir.

Et puis je l'entends.

— Non, Dimitry. S'il te plaît, arrête, crie-t-elle, sa voix venant du coin le plus éloigné.

Je me précipite vers elle, l'adrénaline battant dans mes veines.

— J'ai dit stop, crie-t-elle.

Ils arrivent dans mon champ de vision juste à temps pour que je le voie remonter avec force la jupe de sa belle robe bleue jusqu'à ses hanches et attraper sa culotte contre son gré.

Je vois rouge, et avant de réaliser ce que je fais, je plante mon poing fermement entre ses yeux, l'assommant avant même qu'il ne me voie.

Les yeux d'Eva s'écarquillent, puis le soulagement s'empare de ses épaules, elle baisse l'ourlet de sa jupe et s'affale sur un rocher, les larmes aux yeux.

Je reste immobile, fixant mon élève assommé au sol. Le directeur de l'école ne devrait pas assommer ses élèves. Et pourtant, je n'arrive pas à trouver en moi la force de le regretter un seul instant. Dimitry l'agressait contre son gré, et j'ai fait ce que tout homme viril et sain d'esprit aurait fait pour protéger sa meuf.

Je gémis intérieurement au moment où cette pensée entre dans ma tête. Eva ne peut pas être ma meuf. C'est une putain d'étudiante, pour l'amour de Dieu.

Quand est-ce que tout est devenu si compliqué ?

26

EVA

Mon cœur bondit dans ma poitrine lorsque je regarde Dimitry, qu'Oak a assommé d'un violent crochet du droit.

Les gens sont tellement ivres et absorbés par ce qu'ils font qu'ils n'ont pas remarqué que le directeur de l'école est arrivé et m'a sauvée. Ses yeux bleus brillent d'une rage à peine contenue, ce qui m'effraie.

Je m'approche de lui, mais il fait un pas en arrière.

— Pas ici.

Il passe une main dans ses cheveux.

— Quitte cette fête et retrouve-moi dans la classe où nous avons cours de stratégie de leadership.

Il se retourne et s'éloigne de la fête, ignorant le fait que des étudiants boivent et se droguent en sa présence.

Une fois Oak hors de vue, je me précipite dans une autre direction, vers le bâtiment principal de l'école, laissant Dimitry assommé sur le sol. Je déglutis et jette un coup d'œil à Dimitriy, qui est toujours inconscient.

Heureusement, personne n'a remarqué que le principal Byrne s'est précipité comme mon preux chevalier.

Mon cœur bat si fort que j'en ai la nausée alors que je me précipite dans un sentier et que je prends une porte latérale pour rentrer dans l'école. Une faible musique provient encore de la salle principale, mais la plupart des élèves ont rejoint les ruines.

Je me dirige vers la salle de classe où Oak et moi avons couché ensemble. J'ai les mains moites et mon estomac se tord d'anxiété lorsque j'arrive à la porte, remarquant une faible lumière provenant de dessous.

Oak est déjà là. J'envisage de frapper mais je décide de ne pas le faire.

Au lieu de cela, j'attrape la poignée de porte et la pousse pour l'ouvrir. Je le trouve debout au centre de la pièce, dos à moi. Ses épaules puissantes se soulèvent et s'abaissent au rythme de ses respirations saccadées.

— Oak, l'appelé-je.

Il se tourne.

Il y a un mélange si dangereux d'émotions dans ses yeux que je n'ose pas prononcer un autre mot. Au lieu de cela, je ferme la porte derrière moi et je tourne le verrou.

Il se précipite vers moi, me rentre dedans et me tire contre lui.

— Tu sais à quel point j'avais peur, bébé ? demande-t-il, les narines dilatées. Tu étais entre les mains d'un putain d'héritier de la Bratva, et je ne pouvais pas te trouver. S'il avait...

Je me lève et je prends son visage dans mes mains, pour qu'il me regarde dans les yeux.

— Ne parlez pas de si et de mais. Il ne l'a pas fait, et c'est tout ce qui compte parce que vous m'avez sauvée.

— C'était tout juste, murmure-t-il en attrapant une de mes mains et en la plaçant sur sa poitrine. Tu sens à quelle vitesse mon cœur s'emballe ?

Je hoche la tête en guise de réponse, sentant le galop de son cœur tambouriner contre mes doigts.

— Je ne sais pas ce que j'aurais fait si je n'étais pas arrivé à temps.

Il y a de l'angoisse pure dans ses yeux.

— Tu es tout pour moi, Eva.

Mon cœur saigne à l'écoute de ces mots.

— Oak, je suis désolée.

— Tu aurais dû m'écouter quand je t'ai dit de ne pas y aller avec lui.

Il me serre plus fort contre lui, enroule ses doigts dans mes cheveux et tire ma tête en arrière.

— Sais-tu à quel point ça m'a tué de te voir dans ses bras ?

Sa mâchoire se serre.

— J'avais envie de venir le trouver et de l'étrangler.

Mes yeux s'écarquillent.

— Vous ne feriez pas...

— Je ferais tout pour toi, grogne-t-il avant de m'embrasser.

J'ai l'impression de fondre au moment où ses lèvres sont sur moi. Mes genoux vacillent alors que je m'accroche à ses épaules musclées, essayant de trouver un point d'ancrage.

Oak me soulève du sol, me forçant à enrouler mes

jambes autour de lui. Il m'emmène jusqu'à mon bureau à l'avant de la classe et me place sur le bord, se tenant entre mes cuisses.

— Je vais te baiser ici, sur ton bureau, comme j'en ai eu envie depuis le premier cours auquel tu as assisté.

Ses yeux brillent de puissance et de détermination.

— Sais-tu ce que j'ai fait ce jour-là quand nous étions seuls ici et que tu finissais ta rédaction ? demande Oak, en déposant de doux baisers dans mon cou.

Je secoue la tête.

— Non, monsieur.

— J'ai sorti ma bite sous mon bureau et je me suis branlé pendant que je te regardais travailler, souffle-t-il, faisant durcir mes tétons à l'image mentale cochonne qu'il peint. J'ai joui sur le dessous de mon bureau en pensant à te baiser.

— Vous êtes sérieux ? demandé-je, mes cuisses se resserrant autour de lui à la simple idée qu'il avait déjà tellement envie de moi à l'époque qu'il ne pouvait pas se contrôler.

— On ne peut plus sérieux.

Il mord le lobe de mon oreille, et cette sensation me fait sursauter.

— Si je me souviens bien, tu t'es approchée quand j'étais en train de jouir et tu m'as demandé si j'allais bien. Mon sperme recouvrait le dessous de mon bureau, et tu te tenais au-dessus de moi, les sourcils froncés. J'ai su alors que j'étais royalement baisé.

Il lèche un tracé le long de mon cou.

— Je savais que tu serais à moi.

Il tripote la fermeture Éclair de ma robe et la fait descendre, tirant le tissu sous ma poitrine.

— Si parfaite, souffle-t-il avant de fermer ses lèvres autour de mes tétons froncés, l'un après l'autre.

Je gémis, le laissant dévorer ma peau comme un animal sauvage.

— Dès que j'ai posé les yeux sur vous, j'ai su que vous étiez l'homme le plus beau que j'aie jamais rencontré.

Oak rit.

— Il y a beaucoup de mots que tu pourrais utiliser pour me décrire, mais beau n'en fait pas partie.

Il s'empare du tissu de mon string sous ma robe et le déchire, me faisant haleter.

— Je suis corrompu, sombre et dangereux, Eva, murmure-t-il à mon oreille, la fermeture Éclair de son pantalon faisant écho. Le genre d'homme que ta mère te déconseillerait d'approcher.

— J'emmerde ma mère, grogné-je, plus furieuse que je ne le voudrais, en attrapant sa chemise et en la déchirant au niveau des boutons. Elle n'en a jamais rien eu à foutre de moi.

Je cherche les yeux d'Oak, qui sont pleins de surprise devant mon emportement.

— Vous êtes peut-être sombre, corrompu, et toutes ces choses que vous dites, mais pour moi, vous êtes beau.

Je remarque le médaillon en or que je vois à chaque fois autour de son cou. J'avais l'intention de lui demander de quoi il s'agissait, mais que je n'en ai jamais eu le courage.

Oak grommelle et ajuste sa position entre mes cuisses. Son gland repose sur mon entrée trempée.

Je ne pense qu'à la façon dont il a volé à mon secours dans ces ruines. Mon preux chevalier, malgré le danger que cela représentait pour lui s'il était pris.

— Je n'en aurai jamais assez de toi, dit Oak avant de s'enfoncer profondément en moi.

J'enfonce le bout de mes doigts dans son dos, en essayant de trouver l'équilibre sur le bord du petit bureau en bois. C'est difficile de croire que cet homme me veut.

Oak grogne férocement alors qu'il augmente la cadence. Ses mains énormes et puissantes agrippent mes hanches d'une manière qui, je le sais, laissera des traces. Chaque fois que cet homme me prend, il laisse sur ma peau des marques qui me font penser à lui. Elles restent gravées dans mon corps pendant des jours.

— J'aimerais qu'on puisse rester comme ça pour toujours, soufflé-je, alors que le corps d'Oak s'enfonce dans le mien à plusieurs reprises. Je veux votre queue en moi toute la journée, tous les jours.

Il grommelle et appuie son front sur le mien.

— Moi aussi, bébé.

Il enfonce le bout de ses doigts dans mes hanches, répandant une douleur mordante dans mon corps.

— Ces cinq derniers jours ont été une putain de torture, même avec toutes ces photos sexy que tu m'as envoyées.

Il capture mes lèvres et m'embrasse avec une passion qui me prive d'oxygène.

— Je me suis branlé plus de fois qu'un putain d'adolescent pubère.

Je gémis, en cambrant mon dos.

— Combien de fois ?

Oak se mord la lèvre.

— Trois ou quatre fois par jour.

Il secoue la tête.

— Quoique... cinq aujourd'hui après que tu m'as envoyé la photo de toi dans cette robe.

Je gémis, comblée par l'intensité de son désir. C'est difficile de croire que j'ai le pouvoir d'exciter autant un homme comme Oak.

— Je pensais que trois fois par jour, c'était beaucoup.

Il effleure de ses dents la colonne de mon cou.

— C'est le nombre de fois par jour où tu t'es fait jouir pour moi ?

— Oui, monsieur, haleté-je, alors qu'il se tient à l'intérieur de moi. Je ne peux pas m'empêcher de penser à votre queue.

Oak se retire presque complètement, puis, quand je pense qu'il est sur le point de partir, il enfonce brusquement chaque centimètre à l'intérieur.

Il grogne.

— Mon gentil bébé a une putain de sale bouche.

— Putain, crié-je en le griffant alors qu'il me prend sur mon bureau.

— J'ai imaginé te baiser à cet endroit précis tellement de fois.

Ses lèvres se déplacent vers ma clavicule, et il me mord fort, ce qui me fait pousser un gémissement.

— La moitié du temps, quand j'enseigne, je ne fais que penser à cette petite chatte serrée autour de ma queue, gronde-t-il.

Ses mots cochons ne font que me rapprocher de l'extase.

— Plus fort, monsieur, s'il vous plaît, supplié-je en arquant le dos.

Oak se met à grogner avec une telle férocité que je suis à deux doigts de grimper aux rideaux. Il m'attrape par les hanches et me soulève sur mes pieds, puis me penche sur mon bureau la tête en avant.

— Tu es si parfaite, putain.

La grande paume d'Oak atterrit sur ma fesse gauche avec un claquement brutal de peau contre peau, suivie d'un autre sur ma droite.

Je sens l'humidité dégouliner sur mes cuisses alors que mon excitation augmente.

Il pousse chaque centimètre à l'intérieur de moi et reste immobile, enfoncé si profondément qu'on dirait qu'il essaie de me briser.

Je frissonne lorsqu'il saisit chacune de mes fesses et les écarte.

— Je ne me lasserai jamais de regarder ton petit corps avide prendre chaque centimètre.

Son doigt taquine ce trou arrière interdit comme il l'a fait la première fois qu'il a pris ma virginité.

— Mais je dois avouer que j'ai pensé à regarder ma queue disparaître dans ce petit cul serré des centaines de fois.

Je me crispe car ce n'est pas la première fois qu'il en

parle, et la simple idée de faire entrer un truc aussi énorme dans un espace aussi restreint me fait grimacer.

— Relax, bébé. Je ne vais pas t'enfoncer ma bite dans le cul.

Je me détends à cette garantie.

— Pour l'instant, du moins.

Je lui jette un coup d'œil par-dessus l'épaule.

— Que voulez-vous dire ?

— Quand je prendrai ton trou de cul, tu me supplieras de le faire.

Il m'attrape par la nuque et me force à m'appuyer contre le bois.

— Tu en mourras tellement d'envie d'ici à ce que j'aie préparé ton cul que tu t'assiéras sur ma queue et que tu me chevaucheras jusqu'à ce que je verse chaque goutte de mon sperme au fond de toi.

Il me frappe les fesses et déplace sa bite douloureusement et lentement hors de ma chatte avant de l'enfoncer brusquement à l'intérieur.

— Tu me chevaucheras jusqu'à ce que tu jouisses avec ma queue logée au fond de ce joli petit trou.

Il crache sur mon trou du cul et frotte sa salive autour de mon trou avant d'enfoncer doucement le bout de son doigt dans mon sphincter serré.

— Je veux te posséder, Eva. Chaque trou m'appartient.

— Oak.

Je gémis son nom alors qu'il me pousse vers la félicité. Malgré mes réserves sur l'anal, c'est tellement cochon que ça me fait mouiller encore plus.

— Je vais venir.

La sensation de son doigt à un endroit si sensible ne fait que me rapprocher de la jouissance.

— Bien, grogne-t-il, en se jetant sur moi avec la même lenteur irritante. Je veux sentir cette chatte jouir pendant que mon doigt est dans ton cul.

Il l'enfonce un peu plus profondément et me baise avec.

— Prouve que tu aimes la sensation d'un truc qui baise ton étroit trou du cul vierge.

Ses mots cochons sont tout ce qu'il faut pour me faire venir. Je crie, ce qui l'oblige à me tirer brusquement vers lui avec sa main libre qu'il referme sur ma bouche pour étouffer le son. Mon corps tout entier tremble et s'agite sous son emprise puissante, tandis qu'il garde son doigt enfoncé dans mon cul et que sa bite entre et sort lentement de moi, me baisant jusqu'à l'orgasme. Ma vision se brouille lorsque je lâche prise, un flot de liquide chaud coulant le long de mes jambes.

— Putain, bébé, halète Oak, en poussant brusquement. Tu as giclé sur ma queue.

Je gémis, incertaine de ce que cela signifie.

Il mord mon épaule alors qu'il vient à son tour. Il grogne en recouvrant mes entrailles de son sperme chaud.

Je m'effondre sur mon bureau, et Oak fait de même, couvrant mon dos.

— C'était complètement dingue, murmuré-je.

Il se détache de moi, me soulevant avec lui. Oak se laisse tomber au sol et me tient sur ses genoux, sa bite semi-dure pressée contre mon cul.

— Je crois que je ne me lasserai jamais de toi, souffle-t-il en m'embrassant doucement. J'ai besoin d'être en toi vingt-quatre heures sur vingt-quatre, sept jours sur sept, et ce n'est pas suffisant.

Je gémis en le sentant durcir sous moi. Nous ne sommes pas près de sortir de cette classe.

27

OAK

Mes yeux s'ouvrent et je trouve Eva dans mes bras, qui dort paisiblement. Je ne peux m'empêcher de sourire en la voyant, j'aimerais que nous puissions nous réveiller ensemble comme ça tous les jours. Un fantasme stupide, car Eva et moi ne pouvons pas être ensemble.

Depuis que je la connais, il est clair qu'elle n'a rien à voir avec ses parents, ce qui signifie que je ne peux pas envisager de l'utiliser comme je le voulais.

Pour la première fois depuis longtemps, la vengeance me semble sans importance, alors que je regarde Eva. Mon désir de détruire les gens qui m'ont détruit, et qui ont assassiné une femme innocente à laquelle je tenais, était tout ce que j'avais à un moment donné.

Mon téléphone vibre, je le prends sur la table de nuit, et découvre un message multimédia d'un numéro inconnu. Quand je l'ouvre, mon estomac se retourne.

C'est une photo d'Eva et moi, à moitié nus et en train

de se déchirer les vêtements dans la salle de classe hier soir.

— Merde, marmonné-je.

Eva remue dans mes bras mais ne se réveille pas. J'enlève mon bras qui est sous elle et me glisse hors du lit. Je commence à faire les cent pas hors de la chambre. Je ne veux pas l'inquiéter à ce sujet, car elle paniquerait.

Je tape ma réponse.

Qu'est-ce que tu veux ?

Mon cœur bat la chamade tandis que j'attends, espérant une réponse rapide. Comme je ne l'obtiens pas, je frappe le téléphone sur la table de la cuisine et je m'affale sur une de mes chaises de cuisine, la tête entre les mains.

C'est peut-être le destin. Les Carmichael voulaient détruire mon monde. Maintenant, j'ai entrepris de les détruire, mais je me suis peut-être embarqué dans un scandale dont je ne pourrai pas me remettre. Sans oublier que mes sentiments pour Eva sont tout sauf faux.

Il est clair que je suis amoureux de mon élève depuis un moment. Elle me rappelle le garçon qui a choisi une autre voie, comme elle le veut. Il y a des années, le garçon s'est échappé des griffes de ses parents pour renoncer à son droit de naissance et régner sur un empire criminel corrompu.

J'ai fui l'Italie à 18 ans, pris ma nouvelle identité de Brett Oakley Archer, et construit Archer data corp à partir de rien. Tout ça pour que les parents d'Eva détruisent tout en moins de deux jours.

Le téléphone portable vibre, et je le prends.

De l'argent. Beaucoup. Ou cette photo va à la presse.

Je sais que les menaces comme celle-ci ne disparaissent jamais. Si je paie ce connard, il ne tardera pas à demander davantage.

Je compose le numéro d'Ainsley, sachant qu'il connaît un petit prodige de technologie en numérotation abrégée pour ce genre de merde. C'est un étudiant derrière tout ça, donc avec un peu de chance, son contact pourra tracer le numéro et me donner son identité.

— Oak, que puis-je faire pour vous ?

— Ce jeune prodige qui nous aide... Une chance qu'il puisse aider pour une affaire personnelle ? demandé-je.

— Je suis sûr qu'il pourrait. Pourquoi avez-vous besoin d'aide exactement ?

Je passe une main dans mes cheveux.

— J'ai besoin que vous traciez un numéro jusqu'à son propriétaire. Un gamin essaie de me faire chanter, et je veux savoir qui.

Il y a un bruissement à l'autre bout du téléphone.

— Donnez-moi le numéro, et je vais lui demander de le tracer.

— Je ne peux pas vous envoyer le numéro par SMS ? suggéré-je.

Il exprime sa désapprobation :

— C'est très imprudent. N'importe qui pourrait avoir accès à vos messages. C'est quoi le numéro ?

Je fais apparaître le numéro et lui indique les chiffres.

— Parfait. J'aurai une réponse pour vous dans les vingt-quatre heures.

Il raccroche. Je me lève et me retourne pour trouver Eva qui me regarde d'un air renfrogné.

— Qui vous fait chanter ? me demande-t-elle.

Je soupire et m'enfonce dans le fauteuil.

— Je vais te le dire, mais je ne veux pas que tu paniques.

Je lui lance un regard perçant.

— Je suis en train de régler ça.

Puis je lui fais signe d'approcher.

Elle s'approche, je prends sa main, et l'attire sur mes genoux.

— Ce message multimédia est arrivé ce matin. Je ne sais pas qui l'a envoyé.

Je place le téléphone dans sa main, et Eva en a le souffle coupé. Elle essaie de se dégager de ma prise.

Je la serre plus fort.

— Eva, je t'ai dit de ne pas paniquer. Je m'en occupe.

Ses yeux sont grands ouverts et elle me regarde comme si j'étais fou.

— Oak, quelqu'un dans cette école nous a vus baiser dans une classe du campus.

— Elle secoue la tête.

— La seule réaction normale est de paniquer.

J'embrasse tendrement ses lèvres.

— Je peux trouver qui est derrière tout ça. Il ne s'en tirera pas comme ça.

Eva se crispe contre moi.

— Que ferez-vous si vous découvrez qui est derrière tout ça ?

— J'obligerai cet enfoiré à effacer les photos et je

confisquerai tous ses médias jusqu'à ce que je sois sûr qu'il n'y a plus de preuve compromettante.

— Et s'il parle ? demande Eva.

Je hausse les épaules.

— Ce serait une rumeur stupide, sans aucune preuve à l'appui.

Eva n'a pas l'air très convaincue. Elle croise ses bras sur sa poitrine.

— Les rumeurs ont du pouvoir.

Elle secoue la tête.

— Et ce serait une rumeur avec une part de vérité.

Elle soupire lourdement.

— Mes parents seraient là en un clin d'œil.

— Si ça arrive, alors je m'en occuperai.

Même si c'était mon plan initial, je devrai m'en occuper si ça arrive.

— Une fois qu'on saura qui c'est, je pourrai peut-être trouver des choses qu'il ne veut pas qui se sachent.

Eva soupire lourdement et pose son front sur mon épaule.

— Peut-être que c'est une mauvaise idée de rester avec vous pour les vacances de Noël.

Je grogne doucement et resserre mes bras autour d'elle.

— Tu ne t'en sortiras pas comme ça. Il n'y aura personne aux alentours pour nous attraper, murmuré-je en pressant mes lèvres contre les siennes.

Les yeux d'Eva se dirigent vers la petite fenêtre au-dessus de l'évier de la cuisine du chalet.

— Et si on nous observe ?

— C'est exactement la raison pour laquelle j'aurais dû rester loin de toi jusqu'aux vacances de Noël.

Mes bras se resserrent autour d'elle.

— Mais si j'étais resté loin, qui sait ce que Dimitry aurait fait hier soir ? Ça me rend dingue rien que d'y penser.

Eva frissonne contre moi.

— Moi aussi.

— Le type que je connais estime qu'il aura une réponse pour moi dans vingt-quatre heures.

Je libère Eva de mes bras.

— Je suppose qu'en attendant, nous devrions nous tenir éloignés l'un de l'autre.

Les épaules d'Eva s'affaissent, mais elle acquiesce.

— Encore cinq jours, c'est ça ?

J'acquiesce et je me lève, réduisant l'écart entre nous.

— D'abord, je vais te faire des crêpes.

Je dépose un baiser sur son front.

— Et ensuite, on prendra une douche.

Eva frissonne dans mes bras, les yeux dilatés.

Je suppose qu'on ne va pas juste se laver ?

J'embrasse doucement ses lèvres coussinées, appréciant leur sensation contre les miennes.

— Bien sûr que non.

Je m'éloigne d'elle et attrape les ingrédients dont j'ai besoin pour les crêpes.

— Mais d'abord, nous avons besoin de nourriture. Nous devons faire le plein après la nuit dernière.

Les joues d'Eva deviennent roses, se rappelant visiblement à quel point nous étions fous hier soir. Je l'ai prise sur toutes les surfaces de ce chalet après l'avoir baisée trois fois dans la salle de classe. Je l'ai baisée sur son bureau, une deuxième fois sur le mien et une troisième fois sur celui de Dimitry, comme un « va te faire foutre » au bâtard qui a essayé de toucher ma femme.

Je grogne doucement quand ce mot refait surface. Eva n'est pas à moi, et pourtant, rien que d'y penser, mon corps tout entier recule en signe de désaccord.

Les crêpes sont faciles à faire.

Eva me regarde, l'air épuisé, comme si elle pouvait passer le reste de la journée à dormir. Nous n'avons pas assez dormi la nuit dernière.

Une fois les crêpes prêtes, je les dispose dans deux assiettes avec une bonne portion de myrtilles et de sirop d'érable, et je passe une assiette à Eva.

— J'ai tellement faim, dit-elle, impatiente d'en prendre une.

Je souris.

— Tu vas avoir besoin de tes forces, car je vais profiter au maximum de nos dernières heures ensemble.

Cela la fait sourire et elle continue à manger. Le téléphone d'Eva vibre et elle le prend.

— Merde. Natalya demande où je suis.

— Dis-lui que tu es allée te promener dans les bois, lui suggéré-je.

Elle avale difficilement sa salive.

— Je ne peux quand même pas trop tarder. Elle va se demander pourquoi je marche seule dans le froid.

Elle tape sa réponse et l'envoie à Natalya.

— J'ai fini mes crêpes. On va prendre une douche ?

Je lève un sourcil.

— Je ne sais pas si je dois être offensé ou content.

Je me lève et m'approche d'Eva, la surplombant.

— Je suis content que tu aies hâte de m'avoir en toi, mais je suis presque sûr que c'est parce que tu as hâte de rentrer avant que tes amies se demandent où tu es.

— Vous devriez être les deux, dit-elle, se tenant devant moi, pressant ses seins fermes contre mon torse nu.

Tout ce qui se trouve entre nos peaux est ma chemise d'hier soir, vaguement boutonnée jusqu'à son sternum.

— Passez devant, monsieur, dit-elle.

Je grogne et attrape sa main, la traînant à travers la chambre jusqu'à la salle de bain attenante.

— Déshabille-toi, lui ordonné-je.

Elle déboutonne lentement la chemise, en me lançant un regard si coquin que je sens ma bite saillir dans mon caleçon.

Je ne la quitte pas des yeux pendant que je me dirige vers la douche et que j'ouvre le robinet. Et puis je laisse tomber mon caleçon au sol.

Je ne me lasserai jamais de voir le plaisir absolu dans les yeux d'Eva chaque fois qu'elle me voit nu.

— Viens ici, lui dis-je alors qu'elle laisse tomber sa chemise au sol.

Elle s'avance vers moi et se tient docilement devant moi, en me fixant de ses yeux noisette brillants.

— Quel est votre ordre, monsieur ?

Je grogne et saisis une poignée de ses cheveux, la poussant avec force sur ses genoux.

— Suce-la, bébé.

Ses yeux se dilatent alors qu'elle l'attrape avec sa main, que je repousse d'un coup sec.

— Juste la bouche.

— Oui, monsieur, dit-elle avant d'ouvrir sa bouche et d'avaler avidement toute ma queue au fond de sa gorge.

— Putain, haleté-je, choqué de voir à quel point elle est devenue bonne depuis la première fois où elle m'a dit que j'avais failli la tuer en lui baisant la gorge.

— C'est ça, bébé, prends-la à fond.

Elle s'étouffe légèrement, mais elle contrôle sa respiration, remuant doucement la tête pour que ma queue entre et sorte de sa gorge. Le liquide préséminal chaud se déverse dans sa gorge alors qu'elle s'active sur moi comme une putain de pro.

Je perds le contrôle et resserre ma prise dans ses cheveux.

Eva me regarde avec une lueur coquine dans les yeux, comme si elle m'incitait à prendre le contrôle. Et c'est ce que je fais. Je bouge mes hanches d'avant en arrière tout en plongeant dans sa gorge serrée, gémissant alors que le liquide préséminal s'écoule de ma queue.

Il est difficile de résister au désir de répandre ma semence. Je retire ma bite de la bouche d'Eva et la tire d'un coup sec sur ses pieds, en attrapant son menton.

— Ouvre ta bouche, lui ordonné-je.

Elle le fait, et je crache dedans, ce qui la fait gémir.

Et puis je lèche sa langue.

— Tu es une sale fille. Ma parfaite petite suceuse de bite, murmuré-je, glissant ma langue contre la sienne dans des caresses cochonnes. Maintenant, il est temps pour moi de sentir cette jolie petite chatte enroulée autour de ma bite.

Je la pousse sous le jet de la douche, et elle place ses mains sur le mur pour s'arc-bouter, en arquant son dos.

Avant d'entrer, j'ouvre l'armoire de ma salle de bains et j'y prends un petit plug anal, ainsi qu'une bouteille de lubrifiant. Je me déplace sous l'eau, saisis ses fesses fermes dans mes mains et les écarte. La voir scintiller et mouiller pour moi me rend fou, tout comme le magnifique anneau de muscles dans lequel j'ai l'intention d'enfoncer ma bite un jour. Je dois l'étirer et l'entraîner à supporter quelque chose de plus gros.

Je positionne ma bite entre ses fesses et frotte contre son trou arrière sensible, la faisant trembler. Je verse le lubrifiant sur son cul, ce qui la fait se crisper.

— Qu'est-ce que vous...

Je lui donne une fessée.

— Pas de questions.

Eva gémit lorsque je glisse doucement mon doigt dans son trou de cul, sentant les muscles céder. Après avoir fait entrer et sortir mon doigt plusieurs fois, je mets du lubrifiant sur le plug et positionne l'extrémité à son entrée.

— Détends-toi, ce n'est qu'un petit jouet, murmuré-je en lui caressant le dos de mes mains tandis qu'elle reste penchée pour moi.

Eva fait ce que je lui dis, et reste détendue alors que j'exerce une pression douce sur le plug, le faisant pénétrer dans son cul serré et virginal. Elle gémit, se tortille un peu alors qu'il est à mi-chemin en elle.

— C'est bizarre, se plaint-elle.

— Essaie un peu, murmuré-je, en tendant mon autre main pour jouer avec son clitoris gonflé.

Elle gémit alors que je m'active sur elle avec frénésie avant d'appliquer plus de pression.

Soudain, le plug disparaît dans son cul, et Eva halète, se redressant un peu.

— Oh, dit-elle en s'adaptant à la sensation.

— Qu'est-ce que ça fait, bébé ? demandé-je.

Elle se cambre.

— C'est bon, dit-elle en me regardant par-dessus son épaule. Je pense quand même que ce serait meilleur si votre queue était dans ma chatte.

Je grogne et attrape violemment ses hanches, positionnant mon gland sur son entrée humide et luisante.

— Comme tu veux.

Mes hanches s'élancent vers l'avant et je m'enfonce en elle, grognant à cause de l'étroitesse de l'ajustement avec le plug enfoncé dans son cul. Ce n'est pas exactement un gros plug, mais c'est toujours étroit à l'intérieur d'elle.

— Oh putain, gémit Eva, les yeux révulsés de plaisir tandis que je la baise. C'est tellement... s'exclame-t-elle, apparemment incapable de trouver les mots alors qu'elle s'agrippe au panneau de verre en face d'elle.

Je grommelle en regardant l'image vaporeuse d'elle dans le miroir en face de la douche. Ses cheveux blonds sont éparpillés sur son visage, et son regard se perd dans le vide pendant que je la baise. Je ne me suis jamais senti aussi impressionné par un autre humain avant. En regardant Eva, j'ai du mal à croire qu'elle n'est pas un putain d'ange tombé du ciel.

— Oh, Oak, crie-t-elle, son corps secoué de spasmes autour du mien avec plus de force que je n'en ai jamais ressentie. Un jet de liquide chaud gicle sur ma queue, ce qui la fait gonfler alors que je me décharge aussi. Chaque fois qu'Eva a quelque chose dans le cul, elle gicle, et c'est la chose la plus sexy que j'aie jamais vue.

— C'est ça, bébé, gicle sur ma bite, grogné-je en libérant mon sperme au fond d’elle.

Eva frémit alors que je la baise, m'assurant que chaque goutte de ma semence est bien au fond d'elle.

— Que voulez-vous dire par gicler ? demande-t-elle, la voix si innocente qu'elle me rend fou.

Je la force à se redresser et retire ma bite d'elle, ce qui la fait gémir. Elle se tourne vers moi.

— Chaque fois que tu as quelque chose dans le cul, tu gicles quand tu jouis, dis-je en fronçant les sourcils. C'est un peu comme quand un homme jouit, tu fais jaillir un liquide de ta petite chatte étroite.

J'embrasse ses lèvres.

— C'est tellement *hot*, putain.

Eva gémit dans ma bouche et on s'embrasse comme si on avait tout le temps du monde.

J'aimerais que ce soit le cas, car à chaque fois qu'on se sépare, ça me tue. Cinq jours avant que les étudiants se cassent pour les vacances de Noël, et alors je l'aurai tout le temps.

28

EVA

— Où étais-tu passée ? me demande Natalya dès que j'entre dans la cafétéria ce soir-là.

La chaleur inonde mes joues alors que je m'assois à ma place habituelle.

— J'étudiais à la bibliothèque. J'ai beaucoup de travail.

Elle fronce les sourcils, mais je suis soulagée qu'elle n'insiste pas.

— Bon, d'accord.

Camilla s'éclaircit la gorge.

— On pensait faire une soirée cinéma dans la chambre d'Adrianna puisqu'elle a une télé. T'es partante ?

Je hoche la tête en guise de réponse.

— Ça marche.

J'ai besoin de ne pas penser au fait que quelqu'un dans cette cafétéria a des images d'Oak et moi en train de baiser la nuit dernière.

— Tu vas bien ? demande Adrianna en me donnant un coup de coude.

— Ouais, pourquoi ça n'irait pas ?

Elle hausse les épaules.

— Tu as l'air un peu à l'ouest.

Je mets une fourchette pleine de macaroni au fromage dans ma bouche et j'ignore son commentaire. J'aimerais pouvoir discuter avec mes amies des trucs dingues qui se sont passés, mais je sais que je ne pourrais jamais leur parler d'Oak.

Une fois que j'ai fini de manger, Camilla se dirige vers le comptoir pour prendre quelques en-cas pour le film.

— On va regarder quel film ? demandé-je.

Natalya hausse les épaules.

— On va choisir quelque chose sur Netflix.

Adrianna acquiesce.

— Un film de gonzesses, bien sûr.

Je grommelle intérieurement, car je ne suis pas fan de ce genre de films superficiels, mais je ne dis rien. Mon genre préféré est le thriller psychologique ou le drame, quelque chose auquel je dois réfléchir.

Camilla revient avec un grand sac.

— Allons-nous-en.

Je me lève et je suis mes amies, mais Jeanie Doyle se met en travers de mon chemin.

Elle me regarde fixement, les bras croisés sur la poitrine.

J'essaie de faire un pas de côté, mais elle suit mes mouvements.

— Dégage de mon chemin.

— Ou quoi ? demande-t-elle, ses yeux plongeant vers

la jambe qu'elles ont poignardée, complètement guérie à présent.

Je me dirige vers elle et me redresse, pour être plus grande qu'elle.

— Ou je m'assurerai que cette fois, c'est toi qui seras poignardée.

Je ne la poignarderais pas, mais elle pâlit devant la menace.

— J'aimerais bien voir ça, dit-elle.

À ce moment-là, mes amies réalisent que Jeanie m'a arrêtée et reviennent avec des regards furieux.

Natalya parle la première.

— Dégage de son chemin, Jeanie.

Elle jette un coup d'œil aux trois filles qui se liguent contre elle, puis reporte son attention sur moi.

— Peu importe. Tu n'en vaux pas la peine, de toute façon.

Elle s'écarte du chemin en me regardant fixement.

— Non, ça ne vaut pas le risque d'être envoyée chez Nitkin à nouveau, hein ? demandé-je en souriant alors que son visage pâlit. Je me dirige vers mes amies, soulagée que la situation ne se soit pas aggravée.

Camilla prend mon bras sous le sien en souriant.

— Bien dit. Ce n'est qu'une brute jalouse et pathétique.

— C'est ce qu'on devrait regarder, dit Adrianna, attirant notre attention sur elle.

— Quoi ? demande Nat.

— *Lolita malgré moi*, dit-elle, l'air content d'elle.

Les deux autres rient et hochent la tête en signe d'accord.

— Marché conclu, dit Camilla.

Cela semble être une mauvaise idée, mais je ne peux pas le dire puisque je n'ai jamais regardé le film.

— Tu l'as déjà vu ?

Adrianna lève un sourcil.

— Bien sûr, comme tout le monde.

Je lève la main.

— Pas moi.

— Pas possible, dit Camilla en lâchant mon bras et en me regardant fixement.

— Comment as-tu pu ne pas le voir ? demande Natalya.

— Les films de gonzesses, ce n'est pas trop mon genre.

À en croire l'expression sur leur visage, je viens d'offenser toute leur famille.

— *Challenge accepted*, dit Camilla, en prenant mon bras à nouveau. On va te convertir ce soir, je te le garantis.

Je ris alors que nous nous dirigeons vers l'aile des dortoirs et descendons le couloir vers la chambre d'Adrianna. Sa chambre est la plus grande de nous quatre et décorée de façon extravagante avec une énorme télévision de soixante pouces au mur.

— Comment ça se fait que ta chambre soit si grande ? demandé-je.

Adrianna a l'air un peu penaude et hausse les épaules.

— Je suppose que c'est parce que mes parents ont payé plus cher.

Natalya soupire.

— Ouais, elle a la famille la plus riche de nous tous. Après tout, elle fait partie du cartel.

Je déglutis fortement à ce mot, me demandant à quel point sa famille est vicieuse. Le cartel est réputé pour être un cran au-dessus des autres en matière de violence.

Adrianna agite ses mains en l'air.

— Assez parlé de ça. Il est temps de convertir Eva en fan de films de gonzesses.

— Je ne pense pas que ça arrivera un jour, dis-je alors que les filles s'installent sur l'énorme canapé d'Adrianna. J'enroule mes jambes sous moi, je m'assois au bout et je m'installe confortablement pendant qu'Adrianna trouve le film sur Netflix.

— Prépare-toi. Tu vas vivre un truc de fou, dit Camilla en me faisant un clin d'œil.

Je secoue la tête et me mets à l'aise, en me souriant à moi-même. Quand mes parents m'ont envoyée ici, j'étais sûre que je n'aurais pas d'amis parce que je n'avais pas ma place dans le monde de ces filles. Elles savent que la vie dans la mafia ne m'intéresse pas, mais elles m'acceptent. C'est plus que ce que je peux dire de la plupart des filles de mon ancienne école.

Je ne me suis jamais sentie à ma place nulle part, et le dernier endroit où je m'attendais à être à ma place était une école pour héritiers de criminels. Peut-être que le dicton « ne pas juger un livre à sa couverture » s'applique à cette école.

Je suis heureuse que les cinq jours suivants se déroulent sans incident, même si le contact d'Oak n'a pas réussi à démasquer le mystérieux maître chanteur. Il aura apparemment besoin de plus de temps pour trouver le coupable puisqu'il a utilisé un téléphone prépayé. C'était idiot de penser qu'il ne savait pas ce qu'il faisait. Cette école est pleine de criminels.

Nous avons gardé nos distances l'un de l'autre, même si cela semblait impossible par moments. Alors que je suis dans le hall principal de l'école, attendant de voir mes trois amies partir pour les vacances de Noël, mon cœur bat la chamade. Dans quelques heures, Oak et moi serons seuls ici, dans son chalet, pour deux semaines.

Natalya apparaît et se précipite vers moi.

— Tu vas me manquer, dit-elle en me serrant très fort dans ses bras.

Je ris, en secouant la tête.

— Ce n'est que deux semaines.

— Quand même, il faut qu'on s'écrive tous les jours, dit-elle en serrant ma main. Je n'arrive pas à croire que tu restes ici toute seule pour Noël.

Je hausse les épaules.

— Il faut vraiment que j'étudie pour les examens de l'an prochain.

— Chiant.

Elle roule les yeux.

— Si tu t'ennuies, prends un taxi pour Boston et appelle-moi.

— Je ne m'ennuierai pas, dis-je, sachant cela avec plus de certitude qu'elle ne pourrait le comprendre.

Je ne peux rien imaginer de mieux que de passer deux semaines avec Oak, seuls dans son cottage.

Camilla apparaît dans l'embrasure de la porte et s'approche de nous.

— Dieu merci, je ne t'ai pas manquée, Nat. Je pensais que tu serais déjà partie.

Elle m'offre un regard triste.

— Tu es sûre que ça va aller ?

Je hoche la tête.

— Certaine.

Adrianna s'approche par-derrière, nous surprenant toutes.

— Elle est aussi sûre que les dix autres fois où tu le lui as demandé.

Je ris.

— En effet. Vous êtes toutes prêtes ?

Adrianna hoche la tête.

— Oui, mon chauffeur m'attend dehors pour m'emmener à l'aéroport. J'envie le fait que vous puissiez rentrer en voiture.

Adrianna vit de l'autre côté de la frontière, au Mexique, donc elle doit rentrer en avion. Elle me serre dans ses bras, puis les deux autres.

— On se voit toutes dans deux semaines.

Elle se tourne et part, traînant deux énormes valises derrière elle.

Je n'aurais jamais pensé trouver trois merveilleuses amies dans cet endroit, même si elles ne me ressemblent en rien. J'ai dû chasser de mon esprit le fait qu'elles appartiennent à de puissantes familles criminelles. C'est peut-être pour cela que nous nous entendons si bien, car nous sommes toutes très différentes.

Camilla soupire.

— Mon chauffeur est là aussi. Je ferais mieux d'y aller.

Elle nous sourit à Natalya et moi.

— À dans deux semaines, les pétasses.

Elle attrape un grand fourre-tout et traîne une valise derrière elle en sortant du hall.

— Ton chauffeur est déjà là ? demandé-je à Natalya.

Elle secoue la tête.

— Il m'a envoyé un message pour me dire qu'il avait un peu de retard.

Mon estomac se noue lorsque je remarque qu'Elias s'approche de nous, les yeux rivés sur Natalya.

— Problèmes en vue, préviens-je.

Natalya jette un coup d'œil derrière elle et gémit, ses épaules se crispent.

— Donc je suppose que je dois vous souhaiter de bonnes vacances de Noël.

Il pose sa main sur le dos de Natalya, et l'attire près de lui.

— J'ai entendu dire que c'était charmant à Boston à cette époque de l'année.

Il se penche pour lui murmurer quelque chose à l'oreille.

Je serre les poings quand je la vois se crisper, sachant qu'il vient de la menacer. Après l'avertissement plutôt brutal d'Elias dans le couloir, j'ai essayé de rester en dehors de ça, mais je déteste le voir la tourmenter.

— Dégage, Elias, dis-je, en le regardant fixement.

Il sourit et se redresse en se plaçant face à moi.

— Tu as oublié mon avertissement, Carmichael ?

Je plisse mes yeux sur lui.

— Tu m'as dit de rester en dehors de ton chemin et de celui de Natalya. Ça ne veut pas dire que je ne peux pas te dire de dégager quand toi, tu es sur mon chemin.

Je lève le menton haut, même si je sais que ce psychopathe pourrait m'arracher la vie à mains nues s'il le décidait.

Il glousse et secoue la tête.

— Je t'aime bien, Carmichael.

Sur ce, il passe devant moi et s'éloigne dans le couloir.

Les épaules de Natalya se détendent, et elle soupire de soulagement.

— Qu'est-ce que ce connard t'a dit ? demandé-je.

Natalya secoue la tête.

— Rien. Ça n'a pas d'importance.

Elle croise ses bras sur sa poitrine et s'affale sur une chaise.

— Je le déteste tellement.

Je m'assois à côté d'elle.

— Tu devrais lui tenir tête.

Je croise son regard.

— Pourquoi tu le laisses te malmener ?

— C'est compliqué, dit Natalya, en baissant les yeux vers le sol. Je ne veux pas en parler.

Il semble que Camilla et Adrianna aient raison. Chaque fois que le sujet d'Elias est abordé, elle se ferme. Je hoche la tête en guise de réponse, et nous restons toutes deux silencieuses en attendant que le chauffeur de Natalya arrive. Le hall se vide au fur et à mesure que les étudiants partent, principalement avec les chauffeurs, bien que j'aie vu quelques parents venir chercher leurs enfants. Quelqu'un dans cette école fait chanter Oak à propos de notre relation, et le fait que je reste ici à l'Académie pour les vacances de Noël ne fera qu'aggraver le problème.

Oak m'assure qu'il peut arranger ça, mais je n'en suis pas certaine. Ça semble un peu stupide que je reste ici. J'aurais peut-être dû accepter l'invitation de Natalya à passer Noël à Boston. Mais maintenant, c'est trop tard.

Le téléphone de Natalya sonne, et elle se lève.

— Il est là. Tu m'accompagnes ? me demande-t-elle.

Je souris et j'acquiesce.

— Bien sûr, j'imagine que tu as besoin d'aide pour tes bagages.

Des trois filles, c'est elle qui a le plus de bagages pour une pause de deux semaines.

— Je n'ai jamais vu quelqu'un faire autant de bagages pour deux semaines.

Elle hausse les épaules.

— Je ne sais pas à quels événements je participerai quand je serai à la maison, alors j'ai dû envisager toutes les possibilités et faire mes bagages en conséquence.

Je ris en portant un sac à dos et en attrapant la poignée d'une de ses lourdes valises, la laissant prendre les deux autres.

— Passe devant.

Je suis Natalya jusqu'à sa voiture tandis que les derniers étudiants montent dans les voitures. Le chauffeur nous débarrasse rapidement des sacs et les place dans le coffre.

Natalya se tourne vers moi.

— Je suis sérieuse. Si tu t'ennuies, tu m'appelles et tu viens à Boston.

Je hoche la tête.

— Je te le promets, dis-je, même si je sais que ça n'arrivera jamais.

— Bien, maintenant serre-moi encore une fois dans tes bras.

Elle m'entoure de ses bras et me serre très fort avant de se retourner et de se glisser à l'arrière de la citadine noire. Je me lève et lui fais un signe d'au revoir, sentant un frisson d'excitation me parcourir l'échine à l'idée de me rendre plus tard au chalet d'Oak.

Nous sommes tous deux d'accord pour dire qu'il est plus sûr d'attendre la nuit pour s'assurer que tous les étudiants sont partis. Je fais demi-tour pour retourner dans le bâtiment et je tombe sur Dimitry sur mon chemin. Son nez est encore en mauvais état après qu'Oak l'a pratiquement cassé.

— Dimitry, qu'est-ce que tu...

— J'ai entendu dire que tu restais ici pour les vacances. C'est vrai ? demande-t-il en levant un sourcil.

Je hoche la tête en guise de réponse.

— Ouais, mes parents ne veulent pas de moi à la maison.

Il se rapproche de moi en souriant.

— Pourquoi est-ce que tu ne viens pas chez moi ?

Je frémis à cette idée, me rappelant la façon dont il m'a touchée sans ma permission à la fête dans les ruines.

— Il faudra me passer sur le corps.

Un éclair passe dans ses yeux, mais il me sourit d'un air suffisant.

— Tu peux le nier autant que tu veux, mais j'ai vu la façon dont tu me regardes.

Sa voix se fait plus basse, et il se rapproche.

— Je sais qu'au fond de toi, tu es une sale petite pute.

Je me redresse et lui donne une gifle, ce qui le stupéfie.

Une voiture s'arrête derrière nous, et le conducteur en sort.

— Ce sont vos sacs, Dimitry ?

Dimitry a l'air irrité par cette interruption, les poings serrés sur les flancs comme s'il allait me frapper.

Je m'écarte de lui.

— Passe de bonnes vacances, connard, dis-je en retournant dans l'école.

Il marmonne quelque chose, mais je me fiche de savoir quoi. Ce sont les vacances de Noël, et je vais passer deux merveilleuses semaines avec Oak, et même Dimitry Jakov ne peut pas me les gâcher.

29

OAK

Eva est assise dans mon salon, elle lit un livre, les jambes repliées sous elle. C'est le réveillon de Noël, et je suis surpris de constater que ses parents n'ont pas demandé une seule fois où elle se trouvait. Elle n'a reçu aucun SMS ou appel téléphonique de leur part.

Mon instinct était bon dès le début. Eva est autant victime de la cruauté de ses parents que moi, c'est pourquoi je ne peux qu'espérer qu'elle comprendra quand je lui dirai la vérité, mais cela peut attendre après Noël.

Je déglutis en réalisant que je ne me suis jamais senti aussi à l'aise avec une autre personne. Avec Eva, chaque interaction est si naturelle, si facile.

Elle me remarque et place un marque-page dans le livre qu'elle lisait, le pose sur la table basse et me regarde.

— Des nouvelles ?

Je déglutis difficilement, je sais que le mystère du maître chanteur la ronge. Malheureusement, celui qui a envoyé le message n'est pas un idiot. Il a utilisé un téléphone prépayé, et le contact d'Ainsley essaie toujours de retrouver le propriétaire. Il m'assure que c'est possible mais que ça va prendre quelques semaines.

— Pas encore. C'est Noël, et je ne m'attends pas à avoir de ses nouvelles avant le Nouvel An.

Eva soupire.

— Et de celui qui vous fait chanter ?

Je secoue la tête.

— Non, j'ai fait un premier versement. Je suis sûr qu'il restera tranquille jusqu'au début du prochain semestre.

Eva se détend légèrement mais secoue la tête.

— Tout cela est de ma faute. Si je vous avais écouté et dit non à Dimitry, peut-être...

— Ce n'est pas ta faute.

Je m'assieds à côté d'elle sur le canapé, et enroule un bras autour de ses épaules.

— C'est la faute du connard qui a pris des photos de nous.

Elle pose sa tête contre ma poitrine, enroule ses bras autour de mon cou et me serre.

— Je suis si heureuse d'être ici avec vous pour les vacances de Noël.

Je souris car je pensais la même chose.

— Que veux-tu faire ce soir ? lui demandé-je.

Elle se redresse et cherche mon regard.

— Je ne sais pas. Que faites-vous d'habitude pour le réveillon de Noël ?

— Franchement, rien, dis-je en haussant les épaules. Je n'ai jamais été très porté sur Noël.

Elle fronce les sourcils.

— Qu'est-il arrivé à votre famille ?

Je déglutis, sachant que je ne peux pas répondre à cette question. Il n'est rien arrivé à ma famille, et quand je lui ai dit qu'ils étaient morts, c'était un mensonge. Pour autant que je sache, ils vivent tous heureux de l'autre côté de l'Atlantique à Naples, mutilant, tuant, et faisant grandir un empire de sang et de chagrin.

J'ai travaillé dur pour me débarrasser de mon accent italien et me fondre dans la société américaine du mieux que je pouvais.

— Je ne souhaite pas m'attarder sur ce sujet pour le moment.

Je lui souris et lui serre la cuisse.

— Et si je nous préparais une pizza, et qu'on regardait un film ?

Eva penche la tête sur le côté.

— Vous allez faire une pizza complètement ?

Je souris.

— J'ai sorti du congélateur de la pâte que j'avais faite plus tôt. Alors oui.

— Encore une des recettes de votre mère ? demande-t-elle.

J'acquiesce et me lève en silence, me dirigeant vers la cuisine. C'était la recette de ma grand-mère du côté de mon père, car il était originaire de Naples, la patrie de la meilleure pizza du monde.

Bien que j'aie effacé pratiquement tous les liens que j'avais avec mon pays natal, la nourriture est quelque chose que j'apprécie toujours. Je n'ai pas prononcé un mot d'italien en quinze ans, mais il m'arrive encore d'avoir des phrases qui tournent dans ma tête.

— Votre mère vous a appris l'italien ? demande Eva, ce qui me surprend car je n'avais pas réalisé qu'elle m'avait suivi dans la cuisine.

Je me retourne et m'appuie contre le comptoir.

— Oui, je le parle couramment.

Les sourcils d'Eva se froncent.

— Vraiment, dites quelque chose.

Je déglutis en réalisant que je suis en train de faire connaître à cette fille des parties de moi que j'ai longtemps cachées.

— Da quando ti conosco la mia vita è un paradiso. Dammi un bacio.

Eva s'avance vers moi et pose sa main sur ma poitrine.

— Qu'est-ce que ça veut dire ?

Je me penche près de son oreille et lui murmure :

— Depuis que je t'ai rencontrée, ma vie est un paradis. Embrasse-moi.

La poitrine d'Eva se soulève et elle s'éloigne un peu pour me regarder dans les yeux.

— J'aime que vous parliez italien.

Elle se lève sur la pointe des pieds et presse ses lèvres contre les miennes, me tirant vers le bas pour la rencontrer.

Le baiser s'intensifie rapidement et je la soulève sur l'îlot de cuisine, écartant ses cuisses. Ma queue est dure et palpitante entre nous tandis que je soulève l'ourlet de sa jupe.

— Je ne pense pas pouvoir m'empêcher de te dévorer.

J'embrasse ses lèvres.

— Mais la pizza ne se fera pas toute seule.

Eva gémit et me rapproche d'elle alors que j'enfonce ma langue dans sa bouche comme un monstre vorace, affamé de sexe. Peu importe le nombre de fois où je prends Eva, le désir, le besoin, ne fait qu'augmenter la fois suivante. Elle me rend insatiable, et c'est un sentiment dangereux.

Je me force à arrêter de l'embrasser et à la remettre sur ses pieds.

— Retourne dans le salon et lis. J'ai besoin de me concentrer sur le dîner.

Je souris à la moue de déception sur son visage.

— On aura tout le temps de batifoler après.

J'embrasse doucement ses lèvres, en frottant mon nez contre le sien.

— Maintenant, fais ce que je dis.

Elle soupire lourdement et se retourne.

— Oui, monsieur.

Je grommelle, sachant qu'elle utilise ce mot juste pour me provoquer. Au lieu de répondre à sa provocation, je tourne mon attention vers la pâte à pizza sur le comptoir. J'ai déjà chauffé mon four à la température la plus élevée possible ainsi que la pierre à pizza, alors je me mets au travail pour étirer la pâte.

Une fois étirée, je la recouvre de garnitures et la place sur ma plaque à pizza. Je transfère ensuite la pizza dans le four. Pendant qu'elle cuit, j'ouvre une bouteille de vin blanc Catalanesca de la région d'Italie où j'ai grandi et je nous verse deux verres.

Je les apporte dans le salon et m'éclaircis la gorge.

— Du vin ? demandé-je.

Elle sourit et acquiesce, en se redressant.

— Oui, merci.

Je passe le verre dans sa main et m'assois à côté d'elle.

— La pizza sera prête dans quelques minutes.

J'attrape la télécommande de la télévision et l'allume, passant directement à Netflix.

— Quel genre de film allons-nous regarder ?

Eva hausse les épaules.

— Tout sauf un film de gonzesses.

Je fronce les sourcils.

— Pourquoi ça ?

Elle roule les yeux.

— Natalya, Camilla, et Adrianna ont essayé de me convertir en me forçant à regarder *Lolita malgré moi*.

Le regard qu'elle me lance suggère que la conversion n'a pas fonctionné.

— Et c'était une torture. Ce n'est pas mon genre de films.

— Quel genre de films aimes-tu ? demandé-je.

— Les thrillers surtout.

Eva incline la tête.

— Et vous ?

Le minuteur du four sonne à ce moment-là.

— Un instant, sinon la pizza va être brûlée.

Je m'extirpe du canapé et retourne à la cuisine, où je retire rapidement la pizza de la pierre. Je la pose sur un grand plateau à pizza et la coupe en dix parts. J'attrape deux serviettes de table, puis j'emporte la pizza, que je pose sur la table basse.

Les yeux d'Eva s'écarquillent.

— Waouh, ça a l'air délicieux.

— Tu ne l'as pas encore goûtée.

Je lui passe une serviette.

— Attaque.

Elle prend une part et s'assoit sur le canapé, la tenant au-dessus de la serviette.

Je ne peux m'empêcher de la regarder prendre une lente bouchée, les yeux fermés au fur et à mesure qu'elle la goûte.

— C'est aussi bon que ça en avait l'air.

Je rigole.

— Tu es juste polie.

Elle secoue la tête.

— Non, c'est l'une des meilleures pizzas que j'aie jamais goûtées.

— Tu devrais aller à Naples, alors. Les pizzas là-bas sont à tomber par terre.

Elle hausse les sourcils.

— Vous êtes allé en Italie ?

Je hoche la tête en guise de réponse mais ne dis rien d'autre. Je suis né là-bas, mais je ne peux pas le lui dire. Pas encore, peut-être jamais. Il est trop dangereux que quelqu'un connaisse ma véritable identité.

Eva soupire.

— J'aimerais bien y aller. On pourrait peut-être y aller ensemble un jour, propose-t-elle.

Je déglutis, sachant que je ne devrais pas retourner

dans mon pays natal. Quinze ans se sont peut-être écoulés depuis mon départ, et il est probable que personne ne me reconnaisse, mais ce serait risqué.

— Peut-être, murmuré-je sans réfléchir.

Eva a l'air un peu déçue par ma réponse peu enthousiaste.

— Alors, quel film allons-nous regarder ? demandé-je pour changer de sujet.

Eva hausse les épaules.

— Vous n'avez pas répondu à ma question de savoir quels films vous aimiez regarder.

Je souris à ce propos.

— Non, c'est vrai.

Je lui lance un regard perçant.

— J'aime les films de gonzesses.

Ses sourcils se froncent, et elle me regarde fixement.

— Vous vous moquez de moi ?

Je ris.

— Oui, je les déteste.

Elle soupire de soulagement et s'affaisse sur le canapé.

— Dieu merci. J'en ai eu assez avec mes amies.

— J'aime les thrillers et les films d'action, réponds-je.

— C'est parti pour un thriller, alors. Vous avez vu *Gone Girl* ?

Je secoue la tête.

— Non, c'est bien ?

— Génial.

Elle me prend la télécommande et le trouve sur Netflix.

— Regardons-le.

— OK, dis-je en prenant une autre part de pizza. N'oublie pas la pizza, sinon elle va refroidir.

Eva sourit et prend une autre part, en s'asseyant alors que le film commence.

Je ne peux pas m'empêcher de la regarder pendant qu'elle mange. Elle est exquise. D'une certaine manière, elle rend tout ce qu'elle fait élégant.

— Qu'est-ce que vous regardez ? demande-t-elle.

Je souris d'un air satisfait.

— Toi.

Elle me pousse.

— Vous êtes censé regarder le film, gronde-t-elle.

Je rigole.

— Désolé, je te trouve juste infiniment plus intéressante.

Elle me fixe intensément.

— Arrêtez ça. Vous devez vous concentrer, sinon vous ne saurez pas ce qui se passe.

Je lève les mains en signe de reddition.

— D'accord, ne t'emballe pas ma petite chatte.

Elle plisse les yeux sur moi.

— Vous savez que ma chatte n'est pas emballée.

J'attrape sa cuisse et je la tire vers moi.

— C'est vrai ça ? Il faut que je vérifie...

— Oak, grogne-t-elle en me repoussant. On regarde le film ou pas ?

Je soupire lourdement et je la lâche.

— Oui, désolé.

Eva attrape une autre part de pizza et me passe la dernière.

Je la tire contre moi, et m'installe confortablement avec elle dans mes bras. J'ai beau essayer de me concentrer sur ce film qu'elle aime tant, c'est presque impossible avec elle dans la pièce. J'ai envie d'elle chaque seconde où elle est là.

Doucement, je frotte mes doigts en cercle sur sa cuisse, appréciant la sensation de sa peau sous mes doigts calleux. Elle s'agite un peu, puis de plus en plus à mesure que je la touche. Au bout d'une vingtaine de minutes, elle pousse un soupir de défaite.

— Vous ne regardez pas le film, n'est-ce pas ?

Je presse mes lèvres contre son cou et respire profondément.

— C'est tellement difficile de se concentrer sur quoi que ce soit quand tu es près de moi.

Elle soupire et attrape la télécommande pour éteindre le film.

— Un dessert ?

J'incline la tête.

— J'ai de la glace Ben and Jerry's dans le congélateur.

— Quel genre ?

Elle me lance un regard sévère.

— Votre réponse pourrait changer mon opinion sur vous.

— C'est au caramel salé, dis-je en riant. Est-ce que je passe ton test ?

Son visage s'illumine.

— Oui, parce que c'est ma préférée.

Elle se lève d'un bond et se précipite vers la cuisine.

Je me lève et la suis, m'appuie sur le cadre de la porte

de la cuisine et la regarde fouiller dans mon congélateur. Sa chemise de nuit remonte le long de ses jambes, me donnant une vue aguichante de la partie de son corps que je préfère.

— Qu'est-ce que tu crois que tu fais ? lui demandé-je.

Elle jette un coup d'œil par-dessus son épaule et sourit.

— Je cherche la glace.

— Je t'ai donné la permission ? demandé-je, sentant un besoin de discipline remonter à la surface.

Depuis qu'elle est arrivée ici, j'ai essayé de contrôler mes pulsions les plus sombres, mais l'envie de lui infliger de la douleur est irrésistible.

Eva fait la moue.

— Je n'ai pas le droit d'aller dans le congélateur ?

— Tu n'as pas demandé avant de regarder.

Je fais craquer mon cou.

— Je dirais que tu dois être punie pour ça.

Elle trouve le pot de glace, se lève et se dirige vers moi.

— Je pensais que vous aviez fini de me punir.

Il y a un soupçon d'excitation dans ses yeux.

Je serre la mâchoire.

— Tu aimes être punie, bébé ?

La gorge d'Eva se noue, et elle a l'air un peu déchirée.

— Est-ce que ce serait bizarre si je disais oui ?

Je secoue la tête et la tire vers moi, en respirant son parfum floral.

— Non, ce n'est pas inhabituel de prendre du plaisir dans la douleur.

Je saisis ses hanches avec force, et enfonce le bout de mes doigts dans sa chair.

— Penche-toi sur la table pour moi, murmuré-je.

Elle frémit d'impatience, jetant un coup d'œil au pot dans sa main.

— Et la glace ?

Je la lui prends des mains et la pose sur la table.

— Laisse-moi m'occuper de ça.

Eva se tourne et se penche sur la table pour moi, en remontant sa chemise de nuit jusqu'aux hanches.

Ma bite grossit dans mon pantalon à cette vision et je m'avance vers elle, saisissant ses fesses et les écartant pour avoir une bonne vue de sa chatte humide entre ses cuisses. J'ai l'impression qu'elle avait autant envie de moi que moi d'elle en regardant le film.

J'abaisse ma main en une fessée énergique mais érotique, qui teinte instantanément sa peau en rose sous l'impact.

Eva gémit et cambre son dos comme une invitation à davantage de douleur.

Dans le passé, les femmes ne m'autorisaient à leur infliger de la douleur que parce que j'étais riche et que j'avais du succès. La moitié d'entre elles n'y prenaient aucun plaisir, et aucune n'en avait envie comme Eva.

Je frappe chaque fesse deux fois, puis je caresse la peau qui pique avant de recommencer, à plusieurs reprises, jusqu'à ce qu'elle halète et gémisse.

— Tu es une si gentille fille, Eva, dis-je en passant la main entre ses cuisses pour sentir à quel point elle est mouillée. Tellement gentille.

J'attrape le pot de glace et en dépose un peu sur sa peau rouge, ce qui la fait sursauter. Et avant qu'elle ne puisse me poser de question, je la lèche sur elle, ce qui la fait gémir.

— Oh mon Dieu, c'est incroyable, s'écrie-t-elle.

Je place une partie de la glace entre ses fesses, directement sur son trou de cul.

Les muscles d'Eva se tendent, mais elle se détend lorsque je lèche le tout et que je plonge ma langue en elle.

— Oak, halète-t-elle, en s'agrippant à la table.

J'en mets plus sur ses fesses et son trou du cul et je lèche tout d'un coup, savourant le goût et la façon dont ma femme frémit et tressaille. Je la contourne et me tiens devant elle.

— Ouvre la bouche, lui ordonné-je.

Elle fait ce que je dis.

J'en mets un peu dans sa bouche, ce qui la fait gémir. Elle l'avale comme une gentille fille.

— Vous m'excitez tellement, murmure-t-elle.

Je prends son menton entre mon doigt et mon pouce.

— Quelle sale bouche, dis-je en me penchant pour glisser ma langue dans sa bouche, la faisant glisser contre la sienne en des mouvements pleins de désir.

— Penche-toi en arrière, lui ordonné-je.

Elle fait ce que je dis, et je mets de la glace sur ses tétons durs, ce qui la fait gémir.

Je la lèche avant qu'elle ne fonde sur elle et sur la table.

— Putain, j'ai envie de vous, souffle-t-elle. S'il vous plaît, baisez-moi, monsieur.

— Tu penses que tu as été assez punie ? demandé-je.

Eva acquiesce, les yeux embrumés, alors qu'elle me regarde disparaître derrière elle.

— Oui, s'il vous plaît, monsieur, baisez-moi.

Ses supplications sont délicieuses, alors que je reviens derrière elle, que je sors ma queue palpitante de mon pantalon et que je l'enfonce d'un seul coup entre ses cuisses.

Eva hurle de surprise, car je ne l'ai pas prévenue. Son dos se cambre par instinct alors que je commence mon violent assaut sur sa chatte avide. Mes ongles s'enfoncent dans ses hanches et je la serre contre moi à chaque poussée, je la baise si fort que j'ai l'impression que je pourrais la briser si je ne fais pas attention.

Je perds tout sens des réalités, je la prends comme un homme possédé, comme une bête libérée de sa cage. Plus j'essaie de réprimer mon côté sombre et sadique avec Eva, plus il se manifeste, me forçant à perdre le contrôle.

Eva gémit, crie et gémit encore alors que je prends résolument ce que je veux.

Mon esprit répète deux mots encore et encore comme un chant tribal : à moi. C'est ce qu'elle est.

À moi de la briser. À moi de lui faire du mal. À moi de la baiser.

La noirceur obscurcit mon esprit, et dans ce moment de clarté, je réalise que même si elle me déteste quand je lui dirai la vérité, je ne serai pas capable de la laisser partir. Je ne la laisserai jamais partir, même si elle pense que ce qu'il se passe entre nous a une date d'expiration. La bête qui est en moi ne la laissera jamais s'échapper.

Cette pensée me pousse à la baiser plus brutalement.

Les ongles d'Eva s'enfoncent dans la table en bois tandis qu'elle crie mon nom dans une supplique. Je ne peux pas dire si elle me supplie d'arrêter ou si elle me supplie de la faire jouir. Tout ce que je sais, c'est qu'il n'y a pas moyen de s'arrêter maintenant.

Je lui donne une fessée en même temps que je m'enfonce en elle, mes boules frappent l'intérieur de ses cuisses. Ma voix est étrangère à mes oreilles quand je parle.

— Je veux que tu viennes pour moi.

Je lui donne une autre fessée.

— Je veux sentir ta chatte s'agripper à ma queue comme si elle ne voulait jamais que je parte, grondé-je.

Eva gémit, puis je sens ses muscles se contracter autour de ma queue, la serrant fort comme s'ils essayaient de la casser en deux.

— Oh mon Dieu, hurle-t-elle en se trémoussant sur la table de la cuisine alors que son orgasme la fait exploser.

Je l'attrape par le cou et la tire contre moi, plaquant mon torse contre son dos tout en restant profondément enfoui en elle. Eva frémit quand je glisse mon bras autour de sa gorge, bloquant ses voies respiratoires pendant que je la baise jusqu'à l'orgasme. Ma jouissance est puissante lorsqu'elle me frappe, et je grogne en enfonçant mes dents dans son épaule pour y laisser des marques.

Eva gémit à cause de la douleur, mais elle ne se retire pas. Elle me laisse la réclamer comme une putain de bête sauvage.

Nous nous effondrons tous les deux sur la table, haletant pour respirer alors que notre plaisir mutuel nous enveloppe. Je garde mes mains serrées autour des hanches d'Eva, ma bite au fond d'elle, souhaitant que nous puissions rester enveloppés dans notre bulle pour le restant de nos vies.

30

EVA

Je m'accroche au cadeau que j'ai acheté en ville pour Oak, détestant la façon dont mon ventre se noue de nervosité. Je ne le connais que depuis peu, alors je ne suis pas sûre qu'il l'appréciera. Samedi dernier, avant le bal d'hiver, je suis allée en ville et j'ai trouvé un petit magasin d'antiquités au fond d'une ruelle. Ce petit tableau a immédiatement attiré mon attention et j'ai su que je devais le lui offrir, mais après avoir vu les magnifiques œuvres d'art qu'il a sur les murs de sa maison, je ne suis pas sûre que ce soit à la hauteur.

De la musique de Noël joue doucement en arrière-plan alors que j'entre dans le salon et que je trouve Oak debout devant une cheminée déjà allumée. Le sapin de Noël est illuminé par des bougies clignotantes, et quelques cadeaux sont posés en dessous.

— Joyeux Noël, lui dis-je.

Il se retourne et me sourit.

— Joyeux Noël.

Il s'avance vers moi et se penche pour m'embrasser sur la joue.

— Je ne voulais pas te réveiller, tu avais l'air si paisible.

Mon estomac s'agite tandis que je lui tends mon cadeau, qui m'a coûté plus que je ne pouvais me permettre, mais je voulais lui offrir quelque chose de significatif.

— Je vous ai acheté un cadeau, mais si vous ne l'aimez pas, je ne serai pas offensée.

Oak prend le paquet et attrape ma main, me forçant à m'asseoir à côté de lui sur le canapé.

— Je suis sûr que je vais l'adorer.

Je le regarde libérer le tableau du papier d'emballage pour révéler une magnifique aquarelle d'un ruisseau traversant une jolie forêt en été, encadrée dans un cadre doré orné.

— C'est magnifique, Eva.

Le sourire qu'il m'adresse est le plus éblouissant que j'aie jamais vu.

— Je l'adore.

Il se lève et se dirige vers le mur du fond, qui est plutôt nu.

— Qu'est-ce que ça donnerait ici ? demande-t-il, en le tenant contre un clou nu sur le mur.

— Parfait, dis-je, même si j'ai l'impression qu'il n'est pas à sa place avec le Van Gogh sur le mur opposé. Bien qu'il ne soit pas aussi rare que vos autres tableaux.

Je fronce les sourcils.

— Je ne reconnais pas l'artiste.

Il secoue la tête.

— C'est parfait parce que tu l'as acheté pour moi.

Mes joues s'échauffent à son regard brûlant tandis qu'il accroche le tableau au clou, et prend un peu de recul pour l'admirer. Il a l'air contemplatif quand il me fait face.

— Je pensais que je pourrais peut-être commencer une peinture demain.

Il y a une lueur diabolique dans ses yeux.

— Je ne pense plus que ce soit si inapproprié de te peindre nue.

Je rigole.

— Tant que je peux lire, sinon je risque de m'ennuyer à rester assise.

— Marché conclu, dit-il en se dirigeant vers le sapin de Noël et en attrapant un cadeau.

— J'ai aussi quelque chose pour toi.

Il se dirige vers moi et le place dans ma main en s'asseyant sur le canapé.

Je libère soigneusement le papier pour révéler un livre d'apparence ancienne. Mon cœur fait un bond alors que je laisse mes doigts tracer le titre sur la couverture magnifiquement reliée. *Jane Eyre*.

— C'est une première édition de *Jane Eyre* ? demandé-je.

— Oui, je me suis souvenu que c'était ton livre préféré.

Je déglutis et secoue la tête.

— Ça a dû coûter une fortune.

Je regarde le tableau sur le mur.

— Maintenant, mon cadeau est vraiment pathétique.

Oak s'agenouille devant moi, prend mon visage dans ses mains et me fixe dans les yeux.

— Ne sois pas ridicule. J'adore le tableau.

Il se lève et appuie son front contre le mien.

— Je suis tombé dessus par hasard dans la librairie de livres rares de la ville et j'ai décidé de te l'offrir.

Il effleure doucement ses lèvres sur les miennes.

— Peu importe combien ça m'a coûté, car tu vaux tout ce que je possède.

Je sens ma gorge se nouer et je lutte contre les larmes qui coulent dans mes yeux. Le cadeau d'Oak est le cadeau le plus attentionné que quelqu'un ait jamais acheté pour moi. Mais le fait de penser à ce qu'il a dû lui coûter me rend un peu malade. La première édition de *Jane Eyre* doit valoir des dizaines de milliers de dollars.

Je lui rends son baiser, en souhaitant ne pas m'enfoncer de plus en plus dans ce fantasme avec lui. Lorsque nous nous séparons, je regarde dans ses beaux yeux et je sens une larme rebelle couler sur ma joue.

Il l'essuie.

— Pourquoi est-ce que tu pleures ?

Je secoue la tête.

— Que faisons-nous, Oak ?

— Que veux-tu dire ?

— Ce fantasme que nous vivons. Ça ne peut pas continuer éternellement.

De nouvelles larmes coulent sur mes joues.

— On ne peut pas continuer comme ça.

Oak embrasse mes larmes pour les effacer, ce qui rend ma poitrine plus douloureuse encore.

— Profitons de cette journée ensemble et ne pensons à rien d'autre. D'accord ?

Il se lève.

— C'est Noël, et la dinde est prête à être enfournée. On devrait aller se promener dans la neige.

— D'accord, dis-je en essuyant le reste de mes larmes. Je vais m'habiller.

Il sourit, mais son sourire n'atteint pas tout à fait ses yeux alors que je disparais dans la chambre pour me préparer. Il gèle dehors, alors j'opte pour un pantalon épais, une chemise et un pull, auxquels je rajoute mon manteau d'hiver le plus douillet et une épaisse écharpe, un bonnet et des gants assortis.

Oak apparaît, appuyé contre le cadre de la porte. Il est déjà vêtu de ses habits d'hiver.

— Prête ?

— Oui, dis-je en souriant et en essayant d'ignorer le tiraillement dans mes tripes.

Je sais que ce que nous avons en ce moment a une date d'expiration. Après les vacances de Noël, si nous continuons, quelqu'un finira par nous surprendre. Quand je suis avec Oak, je suis plus heureuse que je ne l'aie jamais été dans ma vie, et pourtant il y a toujours ce doute qui plane au-dessus de ma tête.

Oak prend ma main gantée dans la sienne et me conduit vers la porte d'entrée, en me gardant contre lui. Même avec toutes les couches, sa chaleur les traverse et aide à combattre le froid glacial.

— Où est-ce qu’on va se promener ? demandé-je.

Oak sourit.

— J'ai un endroit en tête que je veux te montrer. Ce sera magique à cette époque de l'année.

Il m'entraîne vers un chemin enneigé dans la forêt, et nous marchons pendant environ quinze minutes à travers le paysage enneigé en admirant à quel point tout est blanc. C'est absolument magnifique. Nous avons souvent de la neige à Atlanta, mais elle n'est pas aussi épaisse ou recouvrante que celle d'ici.

— Nous sommes presque arrivés, dit Oak en faisant un signe de tête vers l'avant.

— Presque arrivés où ? demandé-je.

Il sourit et c'est l'une des plus belles scènes que j'aie jamais vues.

— Tu vas voir.

— Waouh, fis-je, le souffle coupé alors que nous arrivons au bord d'un ruisseau avec une chute d'eau entièrement encastrée dans la glace. C'est l'une des choses les plus époustouflantes que j'aie jamais vues, figée dans le temps alors qu'elle coulait sur les rochers.

Oak acquiesce.

— C'est magnifique, n'est-ce pas ?

Je hoche la tête et je le regarde.

— Je croyais que vous n'aviez pas le temps de vous aventurer dans les bois. Alors, comment l'avez-vous trouvée ?

— J'ai peut-être dit un pieux mensonge.

Il y a une lueur dans ses yeux.

— Pour être honnête, tu me rendais tellement fou que je voulais juste que tu arrêtes de parler.

Je le frappe dans le bras.

— Ce n'est pas très gentil.

Il attrape mon poignet et me tire contre lui.

— Ce n'était pas parce que je ne voulais pas t'entendre parler, mais je bandais pour toi depuis le jour de notre putain de rencontre.

Son souffle chaud tombe sur mon visage alors qu'il réduit l'écart entre nous.

— Tout ce que tu faisais me donnait encore plus envie de toi, Eva, surtout après avoir dû t'aider à t'habiller dans ce putain d'hôpital.

Je gémis devant la force et la chaleur de son corps contre moi.

— J'avais tellement envie de toi ce jour-là, admis-je.

Le regard d'Oak se porte sur mes lèvres, puis il les couvre des siennes. Sa bouche est dure et exigeante et sa langue sonde mes lèvres, les forçant à s'ouvrir.

Je gémis en sentant sa queue durcir entre nos corps. C'est fou comme notre désir l'un pour l'autre semble impossible à étancher.

— Nous sommes censés admirer cette magnifique merveille naturelle, murmuré-je contre ses lèvres.

— C'est ce que je fais, souffle-t-il en déposant des baisers juste sous mon oreille.

— Oak, gémis-je, sentant le vent glacé refroidir ma peau alors que sa chaleur s'enfonce dans ma chair. Est-il possible d'avoir froid et chaud en même temps ?

Il glousse et retire ses lèvres de ma peau.

— On ne devrait probablement pas rester ici trop longtemps.

J'attrape sa main alors qu'il se retourne pour regarder à nouveau la cascade gelée.

— On devrait revenir ici quand elle aura dégelé, dis-je.

Oak approuve.

— Ouais, pour les vacances de printemps, je suppose.

Il y a un côté triste dans le timbre de sa voix, mais je sais qu'il veut mieux ne pas parler du dilemme dans lequel nous nous trouvons après qu'il a rejeté mes préoccupations.

— À moins que tu te lasses de moi d'ici là, plaisante-t-il.

Je secoue la tête.

— Je pense que c'est l'inverse.

L'air sérieux de son visage me surprend.

— Ça ne pourrait jamais arriver, Eva.

Il prend mon visage dans sa main gantée et frotte son nez contre le mien.

— Jamais, tu comprends ?

Je déglutis, j'aurais souhaité ne pas tomber si vite amoureuse de cet homme. Nous sommes maudits, notre relation est interdite, et pourtant mon cœur aspire à ce que ce soit permanent.

— Rentrons à pied, dis-je, la gorge douloureuse, car j'ai l'impression que chaque jour, je tombe encore plus amoureuse de lui.

Il serre ma main et acquiesce, me ramenant sur le chemin d'où nous venons. Une branche craque devant nous, ce qui nous fige tous les deux alors que nous cherchons la source du bruit. Mon cœur bondit dans ma poitrine quand je remarque un grand éclair noir de fourrure entre deux arbres et je tire doucement sur le bras d'Oak.

— Qu'est-ce que c'est ? demande-t-il.

Je fais un signe de tête vers le haut.

— Un ours noir.

Il fronce les sourcils.

— Normalement, ils ne s'aventurent pas si près de l'école.

Il essaie de me pousser derrière lui, mais je l'en empêche.

— Il ne nous a pas vus, murmuré-je en secouant la tête. On n’est pas en danger, tant qu’on ne l'effraie pas.

Oak se crispe à mes côtés tandis que l'ours s'éloigne de nous, mais c'est un spectacle à couper le souffle. J'ai toujours voulu voir des ours à l'état sauvage, et en voilà un qui vaque joyeusement à ses occupations dans la forêt.

— Allons lentement par là, murmuré-je en faisant un signe de tête dans la direction opposée à celle de l'ours.

Oak ouvre la voie, et nous retournons lentement vers le deuxième chemin, loin de l'ours, soulagés quand il disparaît.

— Merde, c'était juste, dit-il, les épaules relâchées en signe de soulagement.

J’incline la tête.

— Ne me dites pas que vous avez eu peur, dis-je en lui donnant un coup de coude.

Il lève un sourcil.

— Pas toi ?

— Non, il n'avait aucune raison de nous faire du mal, sauf si on le menaçait.

Nous parcourons le reste du chemin en silence jusqu'au cottage. Je frissonne en voyant la fumée qui s'échappe de la cheminée, aspirant à la chaleur du feu.

— Il fait si froid, dis-je en accélérant le pas vers la maison.

Il fait de même, introduit la clé dans la porte et l'ouvre pour moi.

Je frissonne au moment où l'air chaud me touche.

— Je vais vous dire ce dont j'ai besoin tout de suite.

— De quoi donc ?

— D'un chocolat chaud. Vous en voulez ?

Je me dirige vers la cuisine.

Il hoche la tête en guise de réponse.

Je sors le lait et le fais chauffer sur la cuisinière avant d'ajouter le cacao et le sucre. Oak me fixe d'un regard étrange.

— Vous pouvez me trouver deux tasses ? demandé-je en prenant la casserole sur la cuisinière.

Oak se lève et attrape deux tasses, qu'il pose sur le comptoir.

— Laisse-moi faire, dit-il, en prenant la casserole de ma main et en renversant son contenu dans les deux tasses.

Il allume également le four et y enfourne l'énorme dinde sur le comptoir.

— J'ai peut-être pris une trop grosse dinde pour deux personnes.

Il hausse les épaules.

— Ils n'avaient rien de plus petit.

Je lui passe sa tasse, dans laquelle j'ai ajouté de la crème sur le dessus et des granulés de chocolat.

— Merci, dit-il, en s'asseyant sur un tabouret et en me tirant pour me percher sur ses genoux.

Il pose son nez sur ma nuque et inspire profondément.

— Je pense que c'est déjà le meilleur Noël que j'ai eu depuis des années.

— Moi aussi, dis-je.

Je sens la douleur revenir au centre de ma poitrine tandis que je sirote mon chocolat chaud et que je profite de la chaleur de son corps contre le mien.

Ce sentiment d'être protégée, mais surtout, le sentiment d'appartenance qu'il me fait ressentir, c'est ce que j'ai désiré toute ma vie. Oak me donne tout. J'aimerais que le reste du monde s'évanouisse et nous laisse seuls dans cette fantaisie pour toujours.

— J'AI TROP MANGÉ, dis-je en posant mon couteau et ma fourchette, en m'adossant à la chaise.

Oak glousse.

— On va manger beaucoup de dinde pendant la semaine à venir.

Je retrousse le nez.

— Je pense ne plus pouvoir en supporter pour l'année à venir, dis-je en regardant la nourriture que nous venons de manger.

Il secoue la tête et se lève pour débarrasser la table et remplir le lave-vaisselle.

Je l'aide en attrapant les restes et en les portant sur le comptoir du fond.

— Où est-ce que vous rangez vos Tupperwares ? demandé-je.

Il me fait signe d'ouvrir un tiroir à ma droite, ce que je fais. Je les sors et emballe les restes pour les mettre dans le réfrigérateur. Une fois qu'on a tout débarrassé, il me regarde avec cette expression affamée trop familière.

— À quoi pensez-vous ? lui demandé-je.

Il s'avance vers moi, réduisant l'écart entre nous.

— Je me disais que cette journée était parfaite, mais qu'il y avait moyen de la rendre encore meilleure.

L'air s'échappe de mes poumons quand il me tire contre son torse dur et musclé.

— Comment ? demandé-je.

Il se penche et me murmure à l'oreille :

— En me laissant étirer ton petit cul avec ma queue.

Mes cuisses se serrent à cette idée, et je suis obligée de m'accrocher à ses bras pour me soutenir.

— Vous me déchireriez, soufflé-je, ne sachant pas pourquoi mes tétons durcissent dès que je dis ça.

— Je ne te ferais jamais de mal.

Il fait courir ses mains le long de mon dos, et je sens le désir jusqu'au fond de mes tripes.

— Mais si tu n'es pas prête, je comprends.

— Non, je suis prête, dis-je, me surprenant moi-même. Je veux que vous le fassiez.

Oak grogne, attrape une poignée de mes cheveux et me tire le cou en arrière. Ses lèvres se posent sur ma gorge exposée et il mord mon pouls, le faisant monter en flèche.

— Va dans la chambre et déshabille-toi pour moi, murmure-t-il, en mordant ma clavicule suffisamment pour que ça pique. Attends à quatre pattes sur le lit.

Je le regarde dans les yeux.

— Oui, monsieur, réponds-je en me tournant pour faire ce qu'il dit.

Il me donne une fessée en même temps, envoyant un désir cuisant dans mes entrailles.

— Une si gentille fille, ronronne-t-il derrière moi, faisant monter en moi un étrange sentiment de fierté.

Chaque fois qu'il me félicite, ça me rend folle, et il le sait.

Je me dirige vers la chambre et me débarrasse rapidement de mon pantalon et de mon chemisier, je jette mes vêtements sur une chaise à proximité. Une fois que je suis entièrement nue, je jette un coup d'œil au lit. Une idée me vient, mais je ne sais pas de combien de temps je dispose. Je me précipite dans la salle de bains pour prendre le plug anal qu'Oak a déjà utilisé sur moi et le lubrifiant avant de retourner dans la chambre.

Je me mets en position, en faisant pénétrer le plug anal dans mon cul. Une fois que j'ai terminé, je jette le lubrifiant sur la table de nuit et j'attends, me sentant plus en manque que jamais avec le plug anal dans mon cul, sans savoir quand il franchira cette porte.

Ses pas doux résonnent dans le chalet à son approche, et mon cœur s'emballe. Quand il arrive à la porte, j'entends un grognement féroce s'échapper de sa poitrine.

— Est-ce que je t'ai dit de mettre ce plug anal ? demande-t-il, d'une voix profonde et rauque.

Je regarde par-dessus mon épaule.

— Non, monsieur, mais j'ai pensé que ça pourrait aider pour commencer.

Ses yeux lancent des éclairs, et il s'avance vers moi, saisit mes fesses et les écarte largement.

Je halète lorsqu'il se met à genoux et aspire mon clito dans sa bouche, faisant tressaillir mes hanches.

— Oak, soufflé-je.

Il grogne en glissant sa langue entre mes jambes, me goûtant au passage.

— Putain, c'est si bon.

Je me pousse plus fort vers lui, ce qui le force à m'attraper et à me maintenir en place.

— Ne bouge pas.

Son ton dominant me fait trembler de désir.

Je ne parviens pas à croire que je suis sur le point de le laisser baiser mon cul. C'est tellement sale, tellement interdit, et pourtant ça m'excite plus que je n'aurais jamais pu l'imaginer.

Oak saisit mes hanches et tire sur le plug anal dans mon cul, le retirant doucement.

Je gémis à la sensation de vide soudain.

Oak glisse trois doigts à l'intérieur de moi, remplissant le trou en quelques secondes. L'étirement me pique car ils sont plus gros que le plug anal, mais je sens un profond désir s'enflammer dans mon ventre tandis qu'il les fait entrer et sortir, ajoutant du lubrifiant au fur et à mesure.

— Ce petit trou gourmand est pratiquement en train d'aspirer mes doigts à l'intérieur, grogne-t-il, en faisant couler plus de lubrifiant et en ajoutant un quatrième doigt.

— Putain, crié-je, remuant mes hanches pour m'habituer à la sensation d'être étirée si largement.

L'excitation et le lubrifiant dégoulinent de l'intérieur de mes cuisses sur le lit, le salissant bien.

Oak fait entrer et sortir ses quatre doigts jusqu'à ce que je m'agrippe aux draps en gémissant. Et puis il les enlève, me faisant geindre.

— Je pense que tu es prête, bébé.

Je déglutis, comprenant ce qu'il veut dire.

— Vous êtes sûr ?

Il me donne une claque sur les fesses.

— Ne me pose pas de questions.

— Désolée, monsieur, réponds-je.

Je sens la sensation froide et humide du lubrifiant qu'il verse sur mon trou étiré et abusé, alors qu'il utilise ses doigts pour le faire pénétrer à l'intérieur de moi. Et puis je le sens positionner son gland à mon entrée, et je me crispe instantanément.

— Détends-toi, Eva. Si tu te crispes, ça va faire mal.

Je fais oui de la tête et essaie de me détendre plutôt que de me focaliser sur l'image d'un truc aussi énorme fourré dans un espace aussi restreint.

— Tu es déjà suffisamment étirée. Tu as eu mes quatre doigts jusqu'à la jointure à l'intérieur de toi.

Je gémis à l'image mentale, en cambrant mon dos alors qu'il augmente la pression. Son gland glisse à travers l'anneau musculaire serré, et il s'arrête pour me permettre de m'habituer à la sensation. Après quelques instants, il appuie à nouveau et pousse en avant. Je le laisse entrer, en me détendant du mieux que je peux.

Au début, ça fait super mal, car sa bite est si dure qu'on a l'impression qu'il enfonce une barre de fer en moi.

— Putain, souffle-t-il d'une voix si rauque que mes cuisses tremblent. C'est tellement bon. Il avance d'un centimètre et grogne.

— C'est si beau.

Je le regarde par-dessus mon épaule, et il sourit.

— Tu as pris chaque putain de centimètre.

C'est difficile à croire alors que je profite de l'incroyable sensation d'avoir l'intérieur de mon corps rempli.

— C'est... bon, dis-je.

Il grommelle et attrape mes hanches.

— Dis-moi si ça fait trop mal, grince-t-il derrière des dents serrées avant de retirer sa queue très lentement.

— Putain, j'adore voir ton petit trou étroit s'accrocher à ma bite comme ça, bébé.

Je gémis alors qu'il pousse à nouveau à l'intérieur de mon cul, m'ouvrant à une toute nouvelle signification du plaisir.

— Baisez-moi, le supplié-je en le regardant par-dessus mon épaule.

La mâchoire d'Oak est serrée, et une veine sort de sa tempe gauche alors qu'il essaie désespérément de garder le contrôle. Je ne veux pas qu'il le garde. Le côté sombre et sale de lui veut tout prendre, tout posséder, et infliger de la douleur. Je veux que la bête sorte pour jouer.

— Arrêtez d'essayer de vous retenir et donnez-moi tout, le nargué-je.

Le regard bleu marine d'Oak se pose sur le mien et ses yeux se plissent.

— Ne me tente pas, grince-t-il.

Je lui souris.

— Baisez-moi si fort que je ne pourrai pas m'asseoir pendant une semaine, le supplié-je.

Il rugit et enfonce ses ongles dans mes hanches déjà meurtries, les tirant si fort contre lui qu'il s'enfonce encore plus profondément. Chaque poussée de sa queue glisse jusqu'au bout tandis que ses boules claquent contre mon clito palpitant. Puis il relâche la bête et ses hanches se retirent complètement, pour se jeter sur moi avec une telle force que je peux à peine respirer.

— Putain, monsieur, crié-je alors qu'il resserre son emprise, malmenant brutalement mon cul avec sa bite.

J'aime ça plus que je ne peux l'expliquer. C'est si brutal et si sale, putain.

— Oui, juste comme ça, dis-je, alors que je me sens proche du point de non-retour. Les sensations du sexe anal sont si différentes, si excitantes, que je sais que mon orgasme va être époustouflant.

— C'est ça, grogne-t-il, en me baisant encore plus fort. Je veux que tu jouisses pendant que ma bite est au fond de ton cul.

Il se baisse et attrape ma nuque, me tirant vers le haut pour que mon dos soit aligné avec son torse. Et puis il enroule son bras autour de ma gorge, coupant partiellement mes voies respiratoires.

— Je veux que tu gicles partout sur ce lit comme une gentille fille.

Un jet de liquide chaud jaillit de ma chatte, et trempe le lit alors qu'il continue de me baiser. Je crie, mais c'est silencieux car je ne peux pas faire de bruit avec son bras serré autour de ma gorge. Tout ce que je vois, ce sont des étoiles derrière mes yeux alors que mon orgasme me percute de plein fouet. Je déraille et sombre dans le néant.

Je tremble si violemment que je me demande si quelque chose ne va pas chez moi. Oak grogne, et je peux dire qu'il est sur le point de jouir aussi.

— Putain, tu es pratiquement en train de traire ma queue, grogne-t-il, alors qu'il déverse chaque goutte de son sperme au fond de mon cul.

Il me libère la gorge, et je suffoque, tombant à plat sur le lit. Oak retire doucement sa bite de moi, mais je sens alors quelque chose d'autre la remplacer.

— Qu'est-ce que c'est ?

Il sourit.

— Le plug anal. Je veux que tu gardes mon sperme en toi toute la nuit, souffle-t-il en s'effondrant à côté de moi.

Je secoue la tête.

— C'était putain de génial.

Ses narines se dilatent alors qu'il me tire contre son torse.

— Je ne sais pas ce que j'ai fait pour te mériter, Eva Carmichael.

Il dépose un baiser sur mon front et je blottis ma tête contre son torse, laissant les battements de son cœur me bercer.

31

OAK

Eva n'est pas dans le lit quand je me réveille, alors je pars à sa recherche. Mon cœur bat plus fort quand je ne la trouve pas dans la cuisine ni dans la petite bibliothèque. La lumière est allumée dans la véranda, où je garde mon ordinateur portable et mon journal.

— Eva, l'appelé-je en entrant.

— Qu'est-ce que c'est ? demande Eva, en faisant un signe de tête vers mon ordinateur portable ouvert sur l'image photoshopée d'elle embrassant le concierge.

J'ai dû laisser mon ordinateur portable allumé sans le verrouiller. Soit ça, soit elle a deviné mon mot de passe. Le regard qu'elle porte est empreint de pure angoisse, et ça me fait mal à la poitrine.

— C'est vous qui avez envoyé la photo à mes parents.

Elle secoue la tête.

— V... vous.

Sa voix se brise, et une larme s'échappe de ses yeux et

coule sur sa joue. Elle fait un signe de tête vers le journal ouvert sur la table aussi.

— Je sais tout.

Eva, écoute.

Je me dirige vers elle, mais elle fait un pas en arrière.

— Non, aboie-t-elle, plus fort que je ne l'ai jamais entendue parler. Ne vous approchez pas de moi. Natalya m'avait prévenue que quelqu'un voulait me voir ici.

Elle serre ses poings sur le côté.

— Elle a dit que quelqu'un avait trafiqué les images pour que mes parents m'envoient ici. J'aurais dû l'écouter.

J'arrête d'avancer vers elle, en levant les mains en signe de reddition.

— S'il te plaît, Eva, écoute-moi.

Elle secoue la tête.

— Tout ce temps, vous m'avez menti.

Ses yeux se plissent et elle me regarde avec un regard de haine.

— Vous m'avez punie pour ne pas vous avoir dit la vérité sur le concierge et tout ce temps...

Sa voix se brise alors que de nouvelles larmes coulent sur sa joue.

— Vous êtes malade, crache-t-elle en prenant le journal intime sur mon bureau et en me le balançant à la figure.

Je l'attrape et le pose sur la table à côté de moi.

— Je suppose que tu n'as pas lu depuis le début. La raison pour laquelle je fais ça.

— J'en ai rien à foutre de la raison pour laquelle vous le faites, Oak.

Elle serre ses poings le long de son corps.

— Vous m'avez utilisée. Vous...

Elle se détourne de moi, et se précipite hors de la véranda.

Je la suis, sachant que c'est la dernière chose que je veux. Mon intention de tout lui expliquer et de tâter le terrain s'est retournée contre moi.

Eva est dans la chambre, elle prépare son sac.

Je m'appuie sur la porte de la chambre.

— Qu'est-ce que tu fais ?

— Je m'éloigne le plus possible de vous.

Son regard est empreint de haine, de peur et d'une angoisse totale qui me touche au plus profond de moi-même.

Je m'avance vers elle et pose mes mains sur ses hanches avec douceur, la forçant à s'arrêter.

— S'il te plaît, Eva. Laisse-moi t'expliquer.

— Ne me touchez pas, grogne-t-elle en essayant de s'échapper.

Je ne peux pas la laisser partir, pas si facilement. Elle doit se calmer et écouter.

— Tu pourras partir dès que tu m'auras laissé t'expliquer.

Son corps devient rigide sous mes doigts.

— Vous ne méritez pas d'avoir la chance d'expliquer quoi que ce soit.

Je la lâche, et me dirige vers la porte de la chambre pour la verrouiller.

— Je ne te laisserai pas partir tant que tu ne m'auras pas écouté.

Eva me dévisage, jetant des coups d'œil à son sac à moitié emballé et à la porte verrouillée.

— Vous me retenez prisonnière ?

— Non, je te force à m'écouter.

Je fais un pas vers elle, mais elle s'éloigne.

— Vous n'avez pas besoin d'être près de moi pour que je vous écoute.

Eva croise ses bras sur sa poitrine et me regarde fixement.

— Asseyez-vous là-bas.

Elle me désigne une chaise dans le coin.

— Je vais m'asseoir ici.

Elle me montre le bord du lit.

Je soupire et fais ce qu'elle dit, m'asseyant sur la chaise loin d'elle. Tout ce que je veux, c'est la serrer dans mes bras, faire fondre sa détermination et lui dire que je n'ai jamais voulu lui faire du mal, pas depuis que j'ai appris à la connaître.

— Quelle partie de mon journal as-tu lue ? demandé-je.

La mâchoire d'Eva se serre.

— La partie où vous me faites venir ici sous un faux prétexte.

Je passe une main dans mes cheveux.

— J'ai un passé sordide avec tes parents.

Ses poings se serrent à la mention de ses parents.

— Qu'est-ce que ça a à voir avec moi ?

— Il y a cinq ans, ta mère et ton père ont détruit ma société de plusieurs milliards de dollars, tout ça parce que j'ai refusé de leur verser de l'argent pour qu'ils me protègent et de travailler pour leur entreprise véreuse à Atlanta.

Je me penche en avant, pose mes coudes sur mes jambes et croise mes doigts.

— Ils m'ont laissé un message sinistre deux nuits après que j'ai refusé, et je suis arrivé au bâtiment de ma société de données pour le trouver en train de brûler.

Je serre la mâchoire, les souvenirs de cette nuit me reviennent en mémoire.

— Ils n'ont pas seulement détruit ma société cette nuit-là.

Je croise le regard d'Eva, ça me fait un peu bizarre de lui parler de Jane.

— Ils ont tué ma responsable des ressources humaines dans l'incendie. Une femme qui m'aimait, et que j'aimais aussi, même si nous n'avons jamais rien fait de ces sentiments. Après tout, j'étais le PDG.

Je déglutis, essayant de jauger la réaction d'Eva à mon histoire.

Elle reste assise, le regard perdu, à assimiler les détails.

— Cette nuit-là, je suis mort en même temps que ma société. J'ai changé de nom et fui Atlanta. Je savais qu'il serait stupide de rester.

Je lance un regard perçant à Eva.

— On ne se remet pas d'avoir été du mauvais côté de tes parents.

Je déglutis.

— Donc, j'ai pris l'argent de l'assurance de la compagnie qui a été détruite et j'ai acheté l'Académie du Syndicat, avec l'intention de me venger par le biais d'un des enfants Carmichael.

Je serre la mâchoire, sachant qu'elle ne va pas aimer que ma cible initiale soit son frère.

— Initialement, je visais ton frère, mais ton père voulait qu'il soit impliqué dans l'entreprise familiale dès son plus jeune âge plutôt que d'étudier.

— Et que vouliez-vous faire exactement de lui ? demande-t-elle, la voix relativement calme compte tenu de ce que je lui dis.

— Le mêler à un scandale, forcer tes parents à revenir précipitamment à l'Académie du Syndicat et...

Je me frotte le visage, sachant que prononcer les deux prochains mots pourrait tout détruire avec Eva.

— Les tuer.

Eva a le souffle coupé, les yeux écarquillés.

— Vous voulez tuer mes parents ?

Je me lève, sentant une nouvelle panique me parcourir.

— Eva, tu dois comprendre qu'ils ont brisé mes rêves et tué la seule femme que j'avais jamais aimée, tout ça parce que je ne voulais pas travailler pour eux.

J'arpente la pièce.

— Il me semblait juste de tout leur prendre.

Je soupire lourdement.

— Jusqu'à ce que je te rencontre.

— Et vous auriez été capable de les assassiner ? demande Eva comme si elle essayait de savoir si je suis capable d'une telle violence.

— Eva, nous avons plus de choses en commun que tu ne le crois.

Je rencontre son regard.

— Je t'ai parlé de mes racines italiennes. Mon nom de naissance est Luca Moretti, et je viens de Naples.

Mon cœur bat très fort et très vite car je n'ai parlé à personne de mes véritables origines, pas même à mes deux amis les plus proches. Après tout, ma famille n'abandonnera jamais ses tentatives de me retrouver.

— J'étais leur premier fils, destiné à hériter et à diriger un empire criminel, mais je n'ai jamais voulu de cette vie.

Je fais les cent pas, sans regarder Eva pendant que je lui raconte mes secrets les plus profonds et les plus sombres.

— Je me suis donc enfui en Amérique à l'âge de dix-huit ans et j'ai pris une nouvelle identité. J'ai construit Archer Data Corp de mes propres mains à l'âge de vingt-huit ans.

Je regarde Eva à présent et je vois le choc dans ses yeux tandis qu'elle écoute.

— Ils m'ont élevé de la même manière que ton frère, en m'apprenant à être impitoyable, mais je n'ai jamais été fait pour une vie de crime. Mon petit frère était bien plus apte à faire le travail, et donc je me suis tenu à l'écart, mais quand tes parents ont tué Jane...

Je secoue la tête.

— Ça a déterré quelque chose de sombre en moi. Ce que tu dois comprendre, c'est que j'ai été élevé pour être un tueur, Eva.

Je la vois frémir.

— Donc vous alliez les tuer ?

Elle fronce les sourcils.

— Vous avez déjà tué auparavant ?

Je repense à mon enfance horrible. Mon père était un monstre, peut-être pire que ses parents.

— Mon père m'a forcé à tuer dès l'âge de treize ans.

— Treize ans ? répète Eva, le visage pâle.

— Oui.

J'acquiesce et rencontre son regard choqué.

— J'avais l'intention de me servir de toi pour atteindre tes parents jusqu'à ce que je te rencontre.

Eva s'assied un peu plus droite, ses yeux ne laissant rien transparaître.

— Que voulez-vous dire ?

— Je ne m’attendais pas du tout à ce que tu sois comme ça. Gentille, pure et innocente. L’exact opposé de tes parents, et j’ai compris que je ne pourrais pas t'utiliser comme je l'avais prévu.

— Comment vouliez-vous m'utiliser ? demande Eva dont la voix craque sous l'émotion.

Je m'avance vers elle, et cette fois, elle ne recule pas.

— J'avais l'intention de te mêler à un scandale.

Je hausse les épaules.

— J'avais l'intention de te jeter dans les bras du professeur Daniels.

Je m'assieds à côté d'elle.

— Mais je ne pouvais pas le laisser t'approcher. Je ne pouvais laisser personne s'approcher de toi.

Je prends sa main, elle se raidit, mais elle me permet de la tenir.

— Tu m'as fait comprendre qu'il n'y a pas que la vengeance dans la vie, et puis j'ai compris que tu détestais aussi tes parents.

Elle retire sa main.

— Je les déteste, mais je ne leur ferais jamais de mal comme vous le voulez.

C'est incroyable qu'une fille élevée toute sa vie par de telles gens ne soit pas affectée par le mal. Malheureusement, je ne peux pas en dire autant de moi. J'ai peut-être fui les ténèbres, mais une partie d'entre elles vit en moi.

— Je sais.

Je pose une main sur sa cuisse et la serre.

— C'est pourquoi j'ai concocté un nouveau plan. Un plan qui n'implique pas de tuer, mais qui fera tout autant de mal à tes parents.

Ses sourcils se froncent.

— Comment ça ?

Je lève un doigt.

— Attends ici un moment.

Je me dirige vers mon placard attenant et cherche la bague que ma grand-mère m'a donnée avant d'échapper à leurs griffes. C'est elle qui me manque le plus dans ma famille.

Elle comprenait pourquoi je ne voulais pas en faire partie. Quelques jours avant que je ne m'échappe, elle m'a pratiquement dit de partir et m'a donné sa bague de fiançailles comme cadeau en souvenir d'elle. Je prends la boîte, l'ouvre et regarde la bague, simple mais belle. Un diamant impeccable d'un carat et demi se trouve au centre d'un anneau en or blanc à couronne florale.

Eva va penser que je suis fou. Après tout, elle a dix-huit ans. Elle a toute sa vie devant elle, et pourtant je veux la revendiquer. Je veux avoir ma bague à son doigt et mon nom après le sien avant même que sa vie ne commence.

Je ferme la boîte et retourne dans la chambre pour découvrir qu'Eva est partie.

— Putain, grogné-je en voyant la porte ouverte. Je me précipite hors de la chambre, mais ne la trouve ni dans la cuisine ni dans le salon. Mon cœur bat la chamade lorsque j'ouvre la porte du chalet, l'air glacé me fouette et me fait frissonner alors que je me précipite dans la neige sans manteau.

Instantanément, la panique s'estompe lorsque je la vois assise sur un banc près de l'arche d'entrée de mon chalet, à donner des coups de pied avec ses bottes dans la neige épaisse. Elle est emmitouflée dans son épais manteau d'hiver et contemple avec nostalgie les scènes hivernales et magiques qui l'entourent.

— Eva, l'appelé-je.

Son regard se braque sur moi, et l'expression de pure angoisse dans ses yeux me touche au plus profond de moi-même.

— Je suis désolée.

Eva fronce les sourcils en regardant la neige.

— J'avais besoin d'air.

Je m'avance vers elle, sentant le sang se précipiter plus fort dans mes veines à l'idée de demander cette femme en mariage. Je ne la connais que depuis deux mois, mais je sais sans aucun doute que je ne peux pas vivre sans elle.

La question est de savoir si elle ressent la même chose que moi.

Je m'arrête devant elle, m'agenouillant à la hauteur de ses yeux. En la regardant, je sais avec certitude que je l'aime, et je ne peux pas la laisser partir sans me battre. Je croyais que j'aimais Jane, mais je ne ressentais pas ce que je ressens maintenant. Avec Jane, je gardais mes mains pour moi et je pouvais résister à mon attraction pour elle, mais il m'est impossible de résister à Eva.

Les yeux d'Eva s'écarquillent lorsque je sors la boîte en velours noir.

— Qu'est-ce que vous...

— Laisse-moi parler, dis-je en ouvrant le couvercle pour révéler la bague. Eva Carmichael, au cours des deux derniers mois, j'ai appris à te connaître, et tu es la personne la plus gentille et la plus belle que j'aie jamais connue.

Sa bouche s'ouvre, et elle jette des coups d'œil à la bague et moi.

— Je t'aime, et je ne suis pas prêt à te laisser partir.

Je cherche ses yeux noisette, essayant de trouver la réponse derrière les larmes non versées qui s'y forment maintenant.

— Veux-tu m'épouser ?

Elle secoue la tête, et mon cœur s'enfonce dans mon estomac.

— Oak, mes parents vont vous tuer.

Je penche ma tête sur le côté.

— Non, ils ne me tueront pas. On pouvait se débarrasser de moi avant, mais désormais j'ai beaucoup de pouvoir en tant que directeur de cette école. De nombreuses familles puissantes me doivent d'innombrables faveurs, et même tes parents ne peuvent pas s'en prendre à un homme comme moi.

J'attrape sa main et la serre.

— C'est ta porte de sortie. Une chance pour toi d'aller à l'université et d'obtenir tes qualifications pour devenir vétérinaire.

Je peux sentir la douleur dans ma poitrine.

— Je te protégerai et te garderai en sécurité pour le reste de nos vies.

Une larme coule sur sa joue.

— Oak.

— Oui, bébé ?

— Vous êtes sérieux ? Ça ne va pas ruiner votre réputation de directeur ?

Je secoue la tête.

— Ça fera un peu de bruit, mais rien que je ne puisse gérer. Après tout, si nous sommes mariés, ce n'est pas comme si je représentais une menace pour les autres filles présentes.

Je ne sais même pas si c'est vrai, mais je dois faire en sorte que ça marche.

Eva se met à sangloter et les larmes coulent rapidement sur son visage.

— Je ne voulais pas te faire de la peine, dis-je en m'asseyant à côté d'elle sur le banc et en l'attirant contre moi. Je veux que tu saches que je t'aime, Eva.

J'ai mal à la poitrine car je n'ai jamais aimé une autre personne de ma vie. Pas comme ça.

— Je ne suis pas peinée, je suis tellement...

Eva s'éloigne de moi et s'essuie le visage.

— Tellement heureuse. Oui, je veux bien vous épouser.

Elle prend mon visage dans ses mains.

— Moi aussi, je vous aime.

Ses lèvres s'écrasent sur les miennes et elle déverse tous ses sentiments dans le baiser, faisant chanter mon cœur.

Je n'en reviens pas d'avoir eu autant de chance de trouver mon âme sœur. On dirait que le destin a une façon de se jouer de moi, mais d'une manière ou d'une autre, tout va mieux se passer que ce que j'avais prévu. La vengeance est pour les gens qui n'ont rien, mais ma quête de vengeance m'a tout apporté et plus encore.

Eva est mon monde, et je suis impatient de passer le reste de ma vie avec elle.

32

EVA

J'arpente le chalet d'Oak de long en large, en attendant qu'il raccroche avec son contact.

Bien que notre nouvel arrangement signifie que le maître chanteur n'aura plus rien une fois que nous annoncerons que nous sommes mariés. Oak a l'intention que j'emménage avec lui au cottage pour le reste de l'année, car nous serons mari et femme.

Le prêtre a déjà été appelé pour nous marier avant la rentrée des classes. Si nous voulons embobiner mes parents, nous devons agir vite. Ils ne m'ont même pas contactée pendant la période de Noël, ce qui n'est pas surprenant. La moitié du temps, ils semblent oublier que j'existe, même s'ils pensent que je suis importante pour l'avenir de leur clan.

La trahison d'Oak m'a blessée plus que je ne peux l'expliquer. Je suis toujours en colère contre lui pour ce qu'il m'a fait et pour son intention de m'utiliser comme dommage collatéral dans sa quête de vengeance. Tout est cependant devenu sensé, une fois qu'il a tout expliqué. Mes parents ont détruit son monde, alors je suppose qu'il est naturel de vouloir les faire payer.

Il sort du bureau, un air grave sur le visage.

— Qu'est-ce qui ne va pas ? demandé-je.

— C'est Dimitry.

Mon estomac se noue car cela signifie qu'il a dû nous suivre après qu'Oak l'a assommé.

— Donc il faisait semblant d'être assommé ?

Il acquiesce.

— C'est la seule explication pour qu'il sache où nous étions.

Oak passe une main dans ses cheveux en bataille.

— Il veut me poursuivre pour agression.

— Comment vous savez ça ? demandé-je.

— Mon contact a mis son téléphone sous surveillance, et il a parlé à des avocats à propos de son *affaire*.

Je roule les yeux.

— Dimitry n'a pas d'affaire, puisqu'il m'a agressée sexuellement.

Je croise mes bras sur ma poitrine.

— Je pourrais le poursuivre en justice.

Oak acquiesce, mais il a toujours l'air préoccupé.

— C'est vrai, mais une fois que nous nous serons mariés, qui te croira ? On aura l'impression que tu essaies de couvrir ton mari.

Je soupire.

— On ne peut pas trouver des choses compromettantes sur Dimitry ?

— Mon homme est sur le coup, mais il n'a encore rien trouvé.

Oak se mord la lèvre inférieure.

— Qu'est-ce qu'il y a ? demandé-je.

— Est-ce que ce serait trop tôt de se marier demain ?

Trop tôt.

Je ne pense pas pouvoir épouser cet homme assez tôt, même si je suis irritée qu'il m'ait caché la vérité pendant si longtemps.

— Non.

Un sourire facile se répand sur ses lèvres.

— Bien, parce qu'Archer revient demain de ses vacances, et il a accepté d'être mon témoin et le témoin de notre mariage.

Je lève un sourcil.

— Le professeur Daniels ? répété-je.

— Oui, c'est mon ami le plus proche.

Il fait une pause, se mordillant l'intérieur de la joue.

— Il sait tout de ma quête de vengeance, tout comme Gavril. Ils savent que je t'ai embrassée, mais je ne leur ai jamais dit que c'était allé plus loin jusqu'à ce que j'appelle Archer tout à l'heure pour lui demander d'être mon témoin.

Il incline la tête.

— Tu veux que Natalya vienne ?

Je secoue la tête.

— Non, je préfère qu'il n'y ait que nous.

— Tu es une perle rare, tu sais ça ? La plupart des filles voudraient absolument le plus grand mariage possible.

— Eh bien, je ne suis pas la plupart des filles.

— Non, ça c’est sûr.

Il embrasse le dos de ma main, provoquant un frisson dans ma colonne vertébrale.

— À quelle heure on se marie demain ?

— Le prêtre est d'accord pour un mariage à midi dans la chapelle de l'école.

Je déglutis, car la dernière fois que je suis allée dans cette chapelle, il m'a forcée à nettoyer le sang sur le sol.

— Je suis toujours en colère contre vous, pour m'avoir imposé toutes ces punitions alors que vous saviez que je disais la vérité.

Je ferme les yeux sur lui.

— Pourquoi avez-vous fait ça ?

Oak passe sa main dans ses cheveux en désordre, en soupirant.

— Honnêtement, c'était une bonne excuse pour poser mes mains sur toi. C'est la seule raison.

Il attrape ma main et la serre.

— Je ne suis pas un saint, Eva. La noirceur fait partie de moi, et je lutte contre elle chaque jour.

Ses yeux cherchent les miens.

— C'est pourquoi j'aime te punir.

Il fait craquer son cou.

— J'aime t'infliger de la douleur, même si je veux te protéger de tous les autres.

Je prends sa main et je la serre.

— Vous avez de la chance que je semble aimer la douleur, n'est-ce pas ? demandé-je, comprenant que sa punition était un moyen d'assouvir son désir pour moi.

Même si je détestais qu'il ne m'écoute pas alors que je lui disais la vérité, au fond de moi, je voulais qu'il me punisse et me touche, car je me sentais plus proche de lui de cette façon.

Je remarque le médaillon qu'il porte autour du cou, qui pend à l'extérieur de sa chemise, et je fais glisser mes doigts sur le métal.

— C'est un héritage familial ?

Il jette un coup d'œil au médaillon, un regard triste dans les yeux.

— Il appartenait à mon grand-père, l'homme qui a donné cette bague à ma grand-mère.

Il fait un signe vers la bague de fiançailles à mon doigt.

— Il me l'a léguée dans son testament, et c'est la seule possession autre que la bague que j'ai gardée avec moi après m'être échappé de Naples.

— C'est beau.

Je le regarde de plus près, remarquant qu'il y a des mots gravés dessus.

— Qu'est-ce que ça veut dire ?

— C'est un slogan familial, et ça dit que le sang nous lie, le sang nous forge.

Il a l'air peiné en récitant ces mots.

— J'ai brisé ce lien au moment où j'ai fui l'Italie, mais je le referais si c'était à refaire.

Je peux sentir que ses émotions à propos de sa famille sont aussi perturbées que les miennes.

— Vous avez des frères et sœurs ?

Il hoche la tête.

— Deux, un frère et une sœur. Benito et Adria.

— Est-ce qu'ils vous manquent ?

Sa mâchoire se crispe.

— Bien sûr, mais j'ai fait ce que j'avais à faire en partant.

Il déglutit.

— Je ne veux plus parler de ma famille.

— Je comprends... Pourquoi ne pas regarder ce film qu'on a essayé de regarder le jour de Noël ? demandé-je.

Il glousse.

— Ça marche. Je promets que je ferai attention cette fois-ci.

J'attrape la télécommande, et je m'installe, enveloppée dans ses bras. Je lance le film, me sentant chanceuse de pouvoir appeler cet homme mon mari dans un jour.

Je passe mes doigts dans mes cheveux, et observe mon reflet dans le miroir. J'ai du mal à croire que je vais descendre l'allée aujourd'hui et épouser le directeur de mon école.

Le professeur Daniels sera présent à la cérémonie, ce qui semble un peu bizarre, mais apparemment, c'est l'ami le plus proche d'Oak.

C'est dingue. Je ne peux même pas imaginer ce que Natalya, Camilla et Adrianna diront quand je leur annoncerai la nouvelle au début du semestre prochain.

Une femme s'éclaircit la gorge derrière moi, me forçant à me retourner.

— Vous êtes prête ? demande-t-elle.

Je pense qu'il s'agit de la fleuriste, car elle tient dans ses mains un bouquet de roses blanches.

Je hoche la tête en guise de réponse, et elle entre dans le petit vestiaire à côté de la chapelle de l'école.

— Elles sont pour vous.

Je souris.

— Merci.

Elle acquiesce, puis ses sourcils se froncent.

— Où sont vos parents ?

Je plisse les yeux sur elle.

— Ils n'ont pas pu venir, mens-je.

— Je suis désolée pour vous.

Elle se tourne pour partir.

— Bonne chance.

Je ne réponds pas, et me regarde à nouveau dans le miroir. Je n'avais jamais pensé au mariage, et maintenant je vais me marier. Beaucoup de filles rêvent de leur mariage comme d'un événement grandiose et magique, mais je ne vois rien de pire. Un petit mariage en présence de l'homme que j'aime et d'un seul témoin, c'est le paradis.

Je me retourne, sors des vestiaires, et me dirige vers les portes entrouvertes de la chapelle.

Le prêtre attend dehors, et il sourit quand il me voit.

— Mademoiselle Carmichael, je présume ?

— Oui, mon père.

Il fait signe qu'on peut lancer la musique.

— Je vais entrer maintenant. Attendez une minute, puis vous pourrez entrer.

Il fait un signe de tête vers l'horloge sur le mur.

— Bien sûr, réponds-je en le regardant disparaître dans la chapelle.

Mon cœur bat la chamade lorsque je jette un coup d'œil dans la chapelle, et que j'aperçois Oak debout avec le professeur Daniels à ses côtés.

J'ai les mains moites en regardant l'homme que je suis sur le point d'épouser. Je n'y aurais jamais cru si on m'avait dit que je me marierais à dix-huit ans. Je jette un coup d'œil à l'horloge, et remarque qu'il s'est écoulé une minute depuis que le prêtre a franchi ces portes.

Je me glisse à travers les portes, et l'unique violoniste entame la marche nuptiale, attirant l'attention d'Oak au bout de l'allée.

Il sourit dès qu'il me voit, et le trac de l'avant-mariage disparaît. Dès qu'il me regarde, tout est parfait. J'accélère le pas, me précipitant à ses côtés alors que le prêtre attend près de l'autel.

Une fois qu'il est à portée de main, il me la tend, et je la prends, sentant toute ma nervosité disparaître au moment où sa peau est contre la mienne.

— Chers amis, nous sommes réunis ici aujourd'hui pour unir cet homme, Oakley Byrne, et cette femme, Eva Carmichael, par les liens sacrés du mariage.

Il jette un coup d'œil aux bancs vides, les sourcils froncés.

— Si quelqu'un a une objection à cette union, qu'il parle maintenant ou se taise à jamais.

Bien sûr, le silence suit, et le prêtre s'éclaircit la gorge.

— Maintenant, Oakley, veuillez prononcer vos vœux, et Archer, veuillez apporter les alliances.

Oak sort une carte de sa poche, et mon estomac se noue.

— Eva, depuis le premier jour où je t'ai rencontrée, j'ai su que ma vie telle je la connaissais avait changé. Tu es l'incarnation de tout ce qui est bon dans ce monde, une fille si peu touchée par la noirceur de ce monde que je me suis demandé si tu étais un ange.

Mes joues chauffent à ses mots.

— Je suis tombé amoureux de toi dès que je t'ai vue, et je jure de t'aimer, de te protéger et de te chérir pour le reste de ma vie. Tant que j'aurai un souffle dans mes poumons et un battement dans ma poitrine, je serai à tes côtés jusqu'à ma mort.

Il prend l'anneau des mains d'Archer et le glisse à mon annulaire.

Une larme coule sur ma joue alors que l'émotion dans sa voix me submerge.

— Et, Eva, vous pouvez prononcer vos vœux maintenant.

Je hoche la tête et dis les mots que j'ai récités dans ma tête.

— Oak, je n'ai jamais été intéressée par une histoire d'amour. Ça me semblait un peu trivial jusqu'à ce que je te rencontre. Au moment où nos regards se sont croisés, quelque chose en moi a changé.

Je lui souris.

— Tu m'as fait me sentir en sécurité pour la première fois de ma vie et tu m'as offert un lieu d'appartenance.

Je secoue la tête.

— Tu as écouté mes rêves et tu comprends ce qu'ils

représentent pour moi. Je t'aime tellement que ça fait mal, et je sais que je vais passer le reste de ma vie à t'aimer.

Alors que je fais glisser son anneau sur son doigt, j'ai du mal à croire que tout cela n'est pas un rêve fou.

Le prêtre fait un signe de tête de satisfaction et dit :

— Je vous prononce maintenant mari et femme.

Il jette un coup d'œil à Oak.

— Vous pouvez embrasser la mariée.

Oak m'attrape par la taille et m'embrasse fougueusement, sa langue glissant entre mes lèvres.

Ça ne me dérange pas, car il n'y a pas grand monde autour. Si c'était un grand mariage, j'aurais pu être gênée.

Cependant, le professeur Daniels nous sépare rapidement avant que nous ne nous emportions trop.

— Doucement, vous deux.

Il tape sur l'épaule d'Oak et lui fait un clin d'œil.

— Gardez ça pour la nuit de noces.

Oak lui jette un regard furieux mais approuve.

— Tu viens boire un verre avec nous au cottage pour célébrer ça ?

Archer acquiesce.

— Bien sûr, donnez-moi juste vingt minutes pour me changer, que je retire ce putain de truc.

Il fait un signe vers le smoking, dans lequel il est plutôt beau. J'ai tellement l'habitude de le voir en tenue de sport vu qu'il enseigne l'éducation physique et l'entraînement au combat.

— OK, on se voit là-bas, dit Oak en m'orientant dans la direction opposée vers la sortie extérieure de la chapelle. Rentrons au cottage.

Je lui souris en lui serrant la main.

— Je ne pense pas avoir jamais été aussi heureuse auparavant.

— Moi non plus.

Nous retournons au chalet dans un silence confortable, mais je sens que quelque chose ne va pas lorsque nous approchons de l'arche.

Je sais qu'Oak le sent aussi, car le sourire sur son visage disparaît.

— Quelqu'un est entré par effraction, murmure-t-il, les yeux rivés sur la serrure cassée de la porte d'entrée.

Je me sens mal et je me serre plus fort contre mon mari, me demandant qui a bien pu s'introduire dans la maison d'Oak. Et puis je remarque la voiture garée deux cents mètres plus haut sur la route.

— Mes parents, murmuré-je en la désignant d'un signe de tête.

C'est leur voiture. Une Range Rover noire avec des roues noires et une plaque d'immatriculation de l'État de Géorgie.

— Merde, souffle Oak, les muscles tendus. Comment l'ont-ils découvert ?

— Aucune idée.

Je secoue la tête.

— Ils ne m'ont même pas appelée pendant les vacances de Noël.

Il attrape ma main et la serre.

— Reste derrière moi, d'accord ?

Je déglutis, je ne veux pas qu'Oak ait à affronter mes parents, pas après tout ce qu'ils lui ont fait. Ce sont des monstres et ils ne veulent pas entendre raison.

— On ne devrait pas rentrer. C'est trop dangereux.

— Tout ira bien, je te le promets.

Il lâche ma main.

— Maintenant, reste derrière moi.

Je l'observe alors qu'il se dirige vers la porte défoncée du chalet, ses puissantes épaules pleines de tension. Les battements de mon cœur s'emballent comme des chevaux galopant à travers champs, alors que je reste près de lui et que je place mes doigts dans le tissu de sa chemise.

Oak ouvre la porte du cottage, mais nous sommes accueillis par mon père qui nous lance un regard haineux en pointant son arme sur le cœur de mon mari.

Je déglutis, sachant que mon père est un excellent tireur. Il ne rate jamais sa cible. Soudain, je me retrouve face à mon pire cauchemar. L'apparition de mes parents a ruiné le bonheur d'épouser mon âme sœur. Le fantasme a été brisé par les deux personnes qui devraient me soutenir quoi qu'il arrive.

33

OAK

Je fixe le canon de l'arme de Jamie Carmichaels, sachant que je ne peux pas le laisser gagner cette fois, pas quand j'ai tellement plus à perdre. Eva signifie plus pour moi que tout ce que j'ai jamais possédé.

— Posez votre arme, Jamie.

Je croise mes bras sur ma poitrine et je le regarde fixement.

— Si vous me tuez, vous pouvez aussi bien dire adieu pour de bon au clan.

Eva se rapproche de mon dos, en serrant ma chemise.

— Rendez-moi ma fille, et ensuite je partirai.

Il fait signe à Eva, qui se cache derrière moi.

— Eva, arrête ça tout de suite et viens ici, aboie-t-il.

— Je crains que vous n'arriviez trop tard, Jamie. Eva est déjà ma femme légitime, et elle n'a plus de comptes à vous rendre depuis environ une demi-heure.

— Ça ne se passera pas comme ça, grogne Jamie,

armant le pistolet. Eva est notre héritière, et elle épousera un mari convenable qui pourra diriger notre empire.

Eva sort de sa cachette derrière mon dos, le menton haut.

— Je ne ferai jamais ça parce qu'Oak est mon mari, et comme je te l'ai dit depuis le jour de la mort de Karl, je n'ai pas l'intention d'avoir quoi que ce soit à faire avec le clan.

Elle jette un regard noir à son père.

— Tu ne m'as jamais écoutée.

Elle incline la tête.

— Comment l'as-tu découvert ?

Je pensais à la même chose, et il n'y a qu'une seule explication possible.

Dimitry.

— Une photo, dit-il, le nez retroussé de dégoût. Je savais que tu étais une sale pute après avoir vu la photo de toi et du concierge, mais...

— Surveillez votre langage, grogné-je en serrant les poings le long de mon corps. C'est de ma femme que vous parlez.

Jamie me regarde fixement alors que la porte du salon s'ouvre et qu'Angela Carmichael entre.

— Eva, monte tout de suite dans la voiture, l'appelle-t-elle en faisant un signe de tête vers la porte par laquelle nous sommes passés.

— Je n'irai nulle part avec vous, crache-t-elle, en les regardant avec autant de haine que j'en ressens. Vous m'avez envoyée ici, alors c'est votre faute si je suis tombée amoureuse d'Oak et si je l'ai épousé.

— Épousé ? bafouille sa mère, les yeux écarquillés. Qu'est-ce que tu...

Elle s'interrompt quand elle voit la robe de mariée blanche d'Eva et la bague à son doigt.

— Espèce de salaud.

Elle me regarde fixement.

— Pourquoi vous avez fait ça, bordel ?

— J'ai mes raisons, dis-je en gardant mon sang-froid malgré le fait que Jamie tienne une arme et la pointe droit sur moi. Un jour, vous avez ruiné ma vie. Il semble juste que je vous rende la pareille.

Le nez d'Angela se plisse.

— De quoi est-ce que vous parlez ?

Je durcis mon regard, sachant que ces deux connards égocentriques et arrogants ne savent toujours pas qui je suis.

— Il y a cinq ans, j'ai laissé ma vie derrière moi et changé de nom.

Les yeux de Jamie se rétrécissent et il me regarde plus attentivement, essayant de comprendre qui je suis.

— Brett Archer, ça vous dit quelque chose ? demandé-je.

Ses yeux s'enflamment de fureur.

— Espèce de salaud.

— Vous me traitez de salaud ? grogné-je, choqué moi-même de la méchanceté de ma voix. Vous avez détruit mon monde, et tout ce que j'ai fait, c'est épouser votre fille. On est loin de ce que vous m'avez fait.

Mon attention se porte sur ma femme.

— Je ne l'ai pas épousée pour vous contrarier, de toute

façon. Mais c'est moi qui ai falsifié cette image. Comme Eva a essayé de vous le dire à maintes reprises, elle n'a jamais touché au concierge.

Je déglutis, sachant que les mots suivants pourraient se retourner contre moi.

— Eva est mon univers, et je la chérirai et la protégerai, si cela a une quelconque signification pour vous.

Eva se rapproche de moi, les bras croisés sur la poitrine.

— Vous êtes tous les deux morts pour moi. Vous pourriez aussi bien adopter un enfant qui veut faire partie de vos plans.

Sa mère en a le souffle coupé, elle a l'air scandalisée par les propos de sa fille.

À quoi s'attendait-elle ?

Vu la façon dont elle traite Eva, on peut difficilement la qualifier de mère. C'est une putain de honte.

Je m'éclaircis la gorge.

— Si vous me tirez dessus, vous devrez faire face à des retombées catastrophiques.

Les yeux de Jamie se rétrécissent.

— Si vous ne me rendez pas ma fille, je n'aurai pas le choix.

Il fait un pas en avant, ce qui me crispe.

— Vous avez beaucoup de pouvoir, Oak, mais moi aussi.

Archer passe la porte à ce moment-là, ce qui fait sursauter Angela et Jamie. Ce dernier pointe son arme sur lui plutôt que sur moi.

— Putain, qu'est-ce qui se passe ici ? demande-t-il.

Il lève les mains en l'air quand il voit Jamie pointer son arme sur lui.

Sa distraction n'aurait pas pu venir à un meilleur moment, car je me jette en avant et arrache le pistolet des mains de Jamie. L'impact le projette au sol et je pointe l'arme sur son visage.

— Ne bougez pas, bordel, grogné-je.

Un pistolet s'arme derrière moi, et je me fige, jetant un coup d'œil par-dessus mon épaule.

Angela tient un petit pistolet et le pointe dans mon dos.

— Posez votre arme, Oak, ordonne-t-elle.

Je secoue la tête.

— Nous sommes dans une impasse. Je peux tirer dans le visage de votre mari et je ne risque pas de le rater. La question est, est-ce que votre tir me tuera ?

Eva halète.

— Non, Oak, ne t'abaisse pas à leur niveau.

Je déteste qu'elle ait raison. Mon père m'a peut-être forcé à tuer à un jeune âge, mais je n'ai rien fait de tel depuis que j'ai quitté l'Italie. Je recule pour mieux la voir. Si j'appuie sur la détente, alors je ne vaux pas mieux que ses parents.

— Angela, posez votre arme, et je poserai la mienne, dis-je en faisant un signe vers l'arme.

— Maman, fais ce qu'il dit, insiste Eva, ce qui semble seulement faire enrager sa mère.

— Espèce de sale petite morveuse !

Elle gifle Eva avec sa main libre, ce qui me met hors de moi.

— Ne touchez pas à ma femme, grogné-je, en la regardant fixement. Vous voulez que je tire sur votre mari ?

Eva s'éloigne de sa mère, la haine brillant dans ses yeux.

— Tu ne vaux rien comme mère, murmure-t-elle.

Angela la regarde fixement.

— Je n'aurais pas pu avoir pire comme fille.

Elle pointe son doigt vers elle.

— J'aurais aimé que tu meures à la place de ton frère.

Le visage d'Eva se tord d'angoisse. Elle a beau détester ses parents, ils peuvent encore lui faire du mal, lui retourner le couteau dans la plaie. Des larmes se forment dans ses yeux.

— Angela, je vous ai dit de baisser votre arme, répété-je, en gardant ma voix calme. Parlons de ça en adultes.

— Des adultes !, hurle-t-elle, clairement hystérique. Vous avez trente-deux ans, et vous venez d'épouser une fille de dix-huit ans.

Ses yeux se plissent.

— Vous êtes un putain de pervers malade qui doit être arrêté dans son élan.

— Tais-toi, mère, grogne Eva en s'avançant vers elle. Pose ton arme et arrête d'être une putain de salope.

— Comment oses-tu me parler de la sorte ?

Elle se tourne et vise Eva au lieu de moi avec son arme, ce qui me fait voir rouge.

— Je t'ai donné la vie, je peux très bien la reprendre.

Son doigt survole la détente, l'arme entière tremble dans sa main.

— Angela, ne sois pas si stupide, dit Jamie, une peur réelle dans les yeux.

Je peux repérer quelqu'un qui pète un câble à un kilomètre, et Angela a l'intention de tuer sa fille, j'en suis sûr. Avant qu'elle n'ait une chance, je me précipite sur elle, attirant son attention sur moi.

— Je mourrai avant que vous ne tiriez sur ma femme, grondé-je.

Un coup de feu résonne alors qu'elle appuie sur la détente et me vise. La douleur déchire mon épaule gauche et je tombe au sol à l'agonie.

Deux balles partent un instant plus tard, mais je ne sais pas qui les a tirées.

— Oak, crie Eva, qui se précipite à mes côtés.

Je m'assois.

— Je vais bien.

Je jette un coup d'œil autour de moi pour voir qu'Angela baigne dans une mare de sang, une balle en plein front.

— Qui a tiré sur ta mère ?

— Archer, dit Eva en faisant un signe de tête vers mon meilleur ami, qui tient son arme.

Ses yeux s'écarquillent quand il voit que nous le fixons, et il se précipite pour aider.

— Oak, je suis désolé, j'ai juste...

Il tremble.

— J'ai réagi par instinct.

Mes sourcils se froncent.

— Pourquoi est-ce que tu t'excuses ?

Il jette un coup d'œil au corps mort d'Angela.

— Je n’avais encore jamais tué quelqu'un.

— Vous visez pourtant super bien, dit Eva.

Il acquiesce.

— Je vais à l'entraînement au tir.

— Elle m'a tiré dessus, Arch. Je n'en attendais pas moins de toi, mais tu devrais peut-être t'excuser auprès d'Eva. C'est sa mère que tu as abattue.

Les yeux d'Arch s'élargissent.

— Angela Carmichael ? répète-t-il, aussi blanc qu'un linge.

— Ne vous excusez pas auprès de moi, dit Eva. J'étais prête à la tuer moi-même après qu'elle a tiré sur Oak.

Les larmes coulent encore dans ses yeux.

— Je suis quasiment sûre qu'elle m'aurait tiré dessus si tu n'avais pas...

Elle serre ma main.

— Tu es sûr que tu vas bien ?

Ses yeux se déplacent à nouveau vers la blessure par balle, et elle se penche sur moi.

— Oui, je vais bien.

Je serre sa main en retour.

— C'est une blessure superficielle.

Eva jette un regard à son père, qui pleure sur le corps de sa femme, mais je doute que ses larmes soient sincères.

Archer déchire ma chemise et vérifie la blessure, ce qui me fait grimacer.

— Est-ce qu’Elaine est déjà rentrée de vacances ?

Je hausse les épaules, geste que je regrette immédiatement.

— Je ne sais pas. Appelle-la.

Archer sort son téléphone portable de sa poche et compose son numéro.

— Hé, Elaine. Est-ce que par hasard vous êtes de retour à l'académie ?

Il hoche la tête.

— Parfait. Eh bien, Oak a eu un petit accident. Pouvez-vous nous rejoindre à son chalet ?

Il y a quelques instants de silence de son côté.

— Excellent, à tout de suite.

Il croise mon regard.

— Elle est en route. Elle sera là dans cinq minutes.

Je grommelle et me déplace pour jeter un coup d'œil au père d'Eva.

— Demandez à la sécurité de le faire évacuer des lieux.

Jamie se lève d'un bond, les poings le long de son corps.

— Ayez un peu de respect. Votre singe a assassiné ma femme.

Archer grogne et s'approche de lui.

— Qui est-ce que vous traitez de singe ?

— Papa, va-t'en, dit Eva en le regardant fixement. Prends le corps de maman mais va-t'en.

Il la regarde dans les yeux, et je peux y voir une pointe de regret.

— Bien, sache que je ne voulais rien de tout ça, Eva. Je voulais que tu réussisses dans la vie, que tu sois mariée à un homme qui puisse diriger notre empire.

Il déglutit.

— Et je ne partage pas les sentiments de ta mère, pour ce que ça vaut.

La gorge d'Eva se noue alors qu'elle avale sa salive, des larmes non versées brillent dans ses yeux.

— Je n'ai jamais voulu faire partie de ton empire, et tu le sais. C'est tout ce qui compte puisque c'est ma vie.

Il soupire et sort son téléphone portable, probablement pour appeler son chauffeur pour qu'il vienne l'aider à déplacer le corps de la mère d'Eva du sol de mon salon. Un de ses hommes apparaît un instant plus tard, les yeux écarquillés devant la scène chaotique qui se déroule devant lui.

— Aide-moi à la déplacer, ordonne Jamie.

Il fait ce qu'il dit, lui prend les jambes tandis que Jamie lui prend les bras, puis la transporte sans ménagement hors du chalet vers la voiture.

L'infirmière Jasper apparaît quelques instants plus tard, un peu essoufflée.

— Oh mon dieu, que s'est-il passé ici ?

— Oak a reçu une balle dans l'épaule, dit Archer en secouant la tête. Je ne pense pas que ce soit trop grave.

Archer et Eva s'écartent de son chemin pour qu'elle puisse vérifier ma blessure. Elaine la touche du doigt en faisant douloureusement bouger mon bras.

— Ça va aller, annonce l'infirmière Jasper. Nous allons vous emmener à l'infirmerie pour quelques points de suture, mais la balle est sortie, vous aurez juste besoin d'aspirine et d'une écharpe pour reposer votre bras.

Elle me lance un regard perçant.

— Mais vous avez eu beaucoup de chance.

Elle fronce les sourcils.

— Que fais-tu ici, Eva ?

Je m'éclaircis la gorge.

— Eva et moi nous sommes mariés cet après-midi.

Les yeux d'Elaine s'écarquillent.

— Pardon ? raille-t-elle.

— Oui, nous nous sommes mariés, répète Eva. Ce n'est pas important pour l'instant.

Elle s'approche et m'aide à me lever, en me soutenant.

— Nous devons faire soigner mon mari.

Elle lance un regard perçant à Elaine.

Elaine a l'air un peu dégoûtée.

— Bien sûr, suivez-moi.

Je m'accroche à Eva pour qu'elle me soutienne, et Archer m'offre également son bras alors que nous nous dirigeons vers le bâtiment principal de l'école.

Ce n'est pas comme ça que j'imaginais que le jour de notre mariage allait se terminer, mais tout ce que je peux dire, c'est que je suis soulagé que nous soyons tous les deux en vie et que Jamie ait cédé. Le fait qu'il soit parti avec le corps de sa femme suggère qu'il n'a pas l'intention de se battre.

Eva est enfin libre, et je peux la protéger du monde auquel elle ne veut pas appartenir.

34

EVA

Mon cœur bat si fort que je peux à peine entendre les élèves de l'autre côté du rideau.

Oak a l'intention d'annoncer notre mariage à toute l'école lors de la réunion de rentrée dans la salle aujourd'hui, dans cinq minutes exactement.

Il m'a dit que je n'étais pas obligée d'être là, mais je ne me sentais pas bien de le laisser l'annoncer seul à tout le monde. Natalya, Camilla, et Adrianna sont toutes revenues ici hier à ma demande pour que je puisse leur annoncer la nouvelle personnellement.

Au début, elles étaient toutes sans voix, mais quand elles ont finalement commencé à parler, j'ai expliqué toutes les choses folles et sordides qui se sont passées pendant les vacances de Noël. Une fois le choc passé, elles étaient heureuses pour moi.

Oak l'a dit à tout le personnel, qui, à part Gavril et, bien sûr, Archer, a été très choqué. Quelques-uns ont protesté en disant que c'était immoral. Oak a toutefois soutenu que cette école en elle-même était immorale, donc il ne pense pas que leur argument tienne la route.

Je m'attends à ce que l'on me regarde bizarrement et que l'on plaisante à mes dépens lorsque cela sera connu du public, mais je m'en moque. Je suis marié à mon âme sœur et j'ai trois super amies pour me soutenir.

Oak s'éclaircit la gorge dans le micro, et je sais que c'est le moment.

Putain.

C'est dingue.

Nous nous attendons à une certaine réaction de la part des parents d'élèves, une fois que tout le monde sera au courant, mais Oak pense que ce ne sera pas aussi grave que je le pense.

— Bienvenue à l'Académie du Syndicat. J'espère que vous avez tous passé de bonnes vacances de Noël.

Il y a quelques cris dans la foule, mais Oak les ignore.

— J'ai une annonce plutôt controversée à faire, qui pourrait choquer nombre d'entre vous.

Archer me fait signe que c'est à moi, et je marche sur la scène avec Oak, repérant Natalya qui sourit au-devant de la foule en signe d'encouragement.

— Eva Carmichael est devenue Eva Byrne, ma femme, pendant les vacances de Noël. Elle vit maintenant avec moi dans mon cottage sur le terrain. Au cas où l'un d'entre vous se demande pourquoi il voit son professeur embrasser son élève ou qu'il la voit se faufiler chez lui.

Je remarque qu'il regarde ostensiblement Dimitry, lequel semble furieux de notre annonce soudaine.

Plusieurs élèves chuchotent entre eux, et tout le monde a l'air confus ou dégoûté.

— Je comprends que c'est très inhabituel, mais Eva et moi sommes tombés amoureux, et nous nous sommes mariés. C'est aussi simple que cela. Si vous avez des questions, je veux bien y répondre maintenant.

Elias sourit et lève la main.

— Oui, Elias.

— Vous l'avez baisée dans la salle de classe, professeur ?

La tempe d'Oak est bombée et il serre la mâchoire.

— Tous ceux qui ont des stupidités à dire passeront la matinée avec le professeur Nitkin. Je n'accepterai que des questions respectueuses.

Il fait un signe de tête à Gavril, qui s'avance, attrape Elias par le coude et le traîne hors de la salle.

Toute la salle se tait, et je me demande ce que Gavril Nitkin fait aux gens.

Comment fait-il pour inspirer une telle peur à des étudiants nés pour être des tueurs ?

— D'autres questions ? demandé-je.

Un jeune garçon, que je ne reconnais pas, lève la main.

— Oui, Jaden.

— Est-ce que ça veut dire que vous ne lui donnerez plus cours, vu le manque d'objectivité par rapport aux notes ?

Sa question suscite quelques ricanements, mais je suppose qu'elle est juste.

— Eva restera dans les classes auxquelles j'enseigne,

mais le professeur Nitkin notera ses travaux et examens pour éviter tout problème potentiel de favoritisme.

Oak jette un coup d'œil au reste des élèves.

— Quelqu'un d'autre.

Mon estomac se noue quand je vois Dimitry lever la main.

— Quoi, Dimitry ? s'énerve Oak, particulièrement tendu.

— C'est pour ça que vous m'avez agressé à l'*after* dans les ruines, professeur ? demande-t-il.

On s'attendait à ce qu'il ne lâche pas cette stupide plainte pour agression. Il est peut-être vrai qu'il a frappé Dimitry, mais Dimitry a essayé de me toucher.

— Tu veux dire la fois où j'ai défendu Eva quand tu as essayé de lui arracher sa culotte alors qu'elle te criait de ne pas le faire ? demande Oak, calme comme je ne l'ai jamais vu.

Les joues de Dimitry rougissent, et il ne peut pas croiser le regard d'Oak.

— Peu importe, dit-il en faisant un signe de la main.

De nombreux élèves se moquent de lui. Avec un peu de chance, cela devrait mettre fin à l'affaire, mais s'il continue, nous nous battrons.

— D'autres questions inutiles ? demande Oak.

Il est accueilli par un silence, et il hoche la tête.

— Bien, allez tous prendre votre petit déjeuner.

Tous les élèves se mettent à bavarder en se levant de leurs sièges, et se dirigent vers la cafétéria. Natalya, Adrianna et Camilla s'attardent et me font signe de venir.

Je me tourne vers Oak.

— On se voit plus tard. Je vais aller prendre le petit déjeuner avec mes amies.

Il sourit et glisse sa main derrière mon cou, me rapprochant pour un baiser rapide.

— OK, ne rentre pas tard ce soir.

Je déglutis alors que mes joues s'échauffent, et me retourne pour découvrir que plusieurs étudiants me regardent avec étonnement. Je me précipite aux côtés de Natalya.

— Je n'arrive pas à croire que tu es mariée à ce dieu vivant, dit-elle en secouant la tête.

J'incline la tête.

— Tu veux dire qu'il est trop bien pour moi ?

— Non, mon Dieu non. Tu es magnifique, mais c'est notre putain de principal.

Camilla rit.

— Peut-être que je vais essayer d'emballer Nitkin.

On la regarde toutes comme si elle était folle.

— Quoi ? Il est sexy.

— Ouais, et complètement fou, dit Adrianna en roulant des yeux. Personne n'irait volontairement avec cet homme. C'est un sadique.

Les joues de Camilla rougissent, mais elle hausse les épaules.

— Ça n'enlève rien au fait qu'il est magnifique, et maintenant je sais que c'est possible... rit-elle. Mais je plaisante.

— C'est ça, dit Natalya. C'est ton problème.

Je secoue la tête.

— On ferait mieux d'aller prendre le petit déjeuner avant qu'il n'y ait plus rien de bon.

Natalya croise son bras avec le mien.

— Je comprends maintenant pourquoi tu étais si pressée de passer les vacances de Noël ici, seule, dit-elle en soulignant le dernier mot, et je ne peux m'empêcher de sourire.

— Ouais, désolée de ne pas te l'avoir dit, mais c'était trop tôt.

Je secoue la tête.

— Je ne pensais pas qu'on se marierait.

— J'ai un compte à régler avec toi, dit Natalya en faisant la moue. Pourquoi je n'étais pas ta demoiselle d'honneur, bordel ?

Je ris, en secouant la tête.

— Parce que personne n'a été invité.

Alors qu'on entre dans la cafétéria, Jeanie Doyle se met sur notre chemin.

— Qu'est-ce que tu nous veux encore, Doyle ? demande Camilla.

Elle lève ses mains.

— Je veux simplement féliciter Eva de se taper le prof le plus sexy de l'école.

Elle m'offre un regard sincèrement impressionné.

— Je t'ai sous-estimée, Carmichael. Ou devrais-je dire, Byrne ?

— Eva fera l'affaire, réponds-je, impassible.

— Ça me va.

Elle me tend la main, et je la regarde avec méfiance. Je

la prends et la serre, sachant que si je montre de la peur, ça va gonfler son ego.

— Félicitations, Eva.

Elle me fait un clin d'œil et s'en va s'asseoir avec Anita et Kerry, les deux filles qui m'ont attaquée lors de ma première nuit ici.

Être poignardée était horrible, mais dans un sens, je pense qu'elles nous ont rapprochés Oak et moi plus rapidement. La tension entre nous a commencé cette nuit-là et n'a fait qu'augmenter à partir de là.

— C'était quoi ça ? demande Adrianna alors que nous prenons place à notre table habituelle.

— Aucune idée, dis-je.

— Tu as probablement gagné l'admiration ou l'envie de toutes les filles de l'école, dit Natalya, en jetant un coup d'œil aux regards que nous recevons. Pratiquement toutes les filles avaient le béguin pour le troublant et grincheux proviseur Byrne, et tu lui as passé la bague au doigt.

Adrianna rit.

— Je n'arrive toujours pas à y croire. Je veux dire, c'est fou, non ?

— Ouais, dis-je, un large sourire aux lèvres. Oak s'attend quand même à quelques retombées de la part des parents quand ça se saura.

Camilla fait un signe de la main.

— La plupart des parents n'en auront rien à foutre que le directeur épouse une élève. Après tout, il n'est plus sur le marché. Mon père ne broncherait même pas en entendant la nouvelle.

— Le mien non plus, approuve Adrianna. C'est pas comme si c'était une école normale.

Je me détends en les voyant rassurées, mais Oak est sûr que certains parents vont déclencher une tempête. Nous devrons y faire face quand cela arrivera. Pour l'instant, je vais profiter de mon statut de jeune mariée et ignorer les détracteurs.

J'AJUSTE MON SAC À DOS EN DESCENDANT LE CHEMIN VERS LE CHALET. L'impression que quelqu'un m'observe me fait dresser les cheveux sur la nuque.

— Eva, appelle Elias.

Mon estomac se noue et je me retourne pour lui faire face.

— Elias, qu'est-ce que tu veux ?

Il sourit d'un air suffisant et croise ses bras sur sa poitrine, s'appuyant contre un mur proche.

— Pourquoi tu ne viens pas t'asseoir ?

Il fait un signe vers le mur.

Je secoue la tête.

—Je suis très bien ici, merci.

Ses yeux se plissent.

— Ce n'est pas parce que tu es désormais le petit chouchou du directeur que tu dois te faire des idées sur Natalya et moi.

Il se dirige vers moi.

— Tu penses peut-être que ça te donne du pouvoir, mais avec Natalya, tu ne t'en mêles pas.

Je lui lance un regard noir.

— Et si tu arrêtais de faire chier Nat et que tu admettais que tu avais des sentiments pour elle ?

Sa mâchoire se serre, et il arrête d'avancer vers moi.

— Je ne sais pas de quoi tu parles.

J'incline la tête.

— Je pense que si. Sinon, pourquoi serais-tu si obsédé par elle ?

— Obsédé ? demande-t-il, les sourcils froncés. Je ne suis pas...

Il s'interrompt comme s'il réalisait seulement maintenant qu'il était obsédé par mon amie.

— Tu viens de comprendre ? demandé-je, malicieuse.

Elias me regarde fixement, les poings serrés alors qu'il s'avance.

— Reste juste hors de mon chemin, compris ?

— Je t'ai compris dès la première fois, Elias. Et est-ce que je me suis mise en travers de ton chemin depuis ?

Elias sourit d'un air satisfait et se penche en arrière.

— Non, mais je te dis de ne pas impliquer *Oakley*.

— Je n'avais pas l'intention de le faire.

Je lui lance un regard noir.

— Maintenant, si ça ne te dérange pas, je vais rentrer chez moi.

Le crissement des graviers signifiant que quelqu'un s'approche attire notre attention. Oak s'avance vers nous. Ses yeux sont sur Elias, et ses poings sont serrés.

— Elias, qu'est-ce que tu fous ici ? grogne-t-il.

Je pose ma main sur la poitrine d'Oak.

— Tout va bien. On discutait.

Le sourire d'Elias est si arrogant qu'il me donne envie de le frapper.

— Ouais, vous êtes devenu tellement jaloux qu'Eva ne peut même plus parler aux mecs ?

— Pas ceux qui l'étranglent dans les couloirs vides, grogne Oak.

Elias lève la main en signe de capitulation.

— D'accord, calmez-vous. Je m'en vais.

Il fait volte-face et prend le chemin du retour vers l'école.

— Qu'est-ce qu'il voulait ? demande Oak.

— C'était au sujet de Natalya. Je crois qu'il a un faible pour elle.

— J'en doute, Eva. Il a passé tout son temps ici à tourmenter Natalya.

Je secoue la tête.

— Pourquoi personne d'autre ne le voit ?

— Voir quoi ?

— Rien, murmuré-je, me demandant si je l'ai imaginé.

Je vois la façon dont Elias la regarde de l'autre côté de la pièce. Ça me rappelle la façon dont Oak me regarde. Affamé, possessif. C'est comme s'il voulait la posséder de toutes les manières possibles, physiquement et émotionnellement. Manifestement, il n'a pas la maturité émotionnelle pour s'y prendre comme un homme et la tourmente à la place.

— Comment s'est passée ta journée ? demande Oak alors que nous entrons dans le cottage.

Je jette mon sac et m'affale sur le canapé.

— Bizarre.

— Bizarre ? demande-t-il.

Je hoche la tête.

— Oui, pour commencer, Jeanie m'a félicitée.

Oak lève un sourcil.

— Elle était sincère et m'a dit qu'elle me félicitait de me taper le prof le plus sexy de l'école.

Il rit.

— C'est vrai ?

Je lui donne un coup de coude dans les côtes pour son arrogance.

— Et ensuite, tout le monde m'a fait des *high-five* ou m'a jeté des regards dégoûtés, mais c'était mieux que ce à quoi je m'attendais.

— Bien.

Il s'assied à côté de moi.

— Je dois admettre que ma journée a été difficile.

— Les parents ? demandé-je.

Il secoue la tête.

— Pas encore, mais j'ai dû renvoyer Alice Jameson aujourd'hui.

— Oh non, c'était ma prof préférée. Pourquoi ?

Il se frotte une main sur la nuque.

— Elle avait beaucoup de choses à dire sur nous, et elle m'a fait des avances. Je les ai refusées et l'ai congédiée.

Je serre les poings.

— Qu'est-ce qu'elle a fait ?

— Elle a essayé de m'embrasser, mais elle n'y est pas parvenue.

Oak se penche vers moi et presse ses lèvres contre les miennes.

— Aucune autre femme ne s'approchera jamais à moins d'un centimètre de ces lèvres, souffle-t-il.

— Bien, réponds-je en pressant mes lèvres contre les siennes. Parce qu'elles sont à moi.

Il sourit.

— En effet.

Il me tire sur ses genoux.

— Je suis à toi, et tu es à moi.

Il enroule ses doigts autour de ma nuque et attire mes lèvres vers les siennes.

— Tu m'as manqué aujourd'hui.

Je souris contre ses lèvres.

— C'est idiot.

— Non, ce n'est pas idiot. Tu me manques chaque fois que nous ne sommes pas ensemble.

Il m'embrasse plus profondément.

— Avant que je ne dépasse le point de non-retour, je dois nous préparer à dîner.

Je gémis alors qu'il me fait glisser de ses genoux et s'échappe vers la cuisine.

— Et ensuite je te dévorerai.

Il me fait un clin d'œil et disparaît dans la cuisine.

Bien qu'il ait insisté sur le fait qu'il ne soit pas le meilleur cuisinier, il semble qu'il soit plutôt doué en cuisine. J'aime sa nourriture. Je l'aime. Je m'affale contre le dossier du canapé et repose ma tête, en me souriant à moi-même.

Les prochains mois risquent d'être agités après le dévoilement de notre relation, mais nous pouvons tout surmonter ensemble.

ÉPILOGUE

EVA

— Le cours est fini, annonce Oak, les yeux rivés sur moi. Mme Byrne, restez ici.

Quelques étudiants ricanent, et Natalya me jette un regard complice.

— On se rejoint plus tard.

Je hoche la tête en guise de réponse et reste assise à mon bureau, d'où je fixe mon mari. Le regard dans ses yeux est celui d'un pur désir alors que le dernier étudiant quitte la salle, fermant la porte derrière lui.

— Comment puis-je vous aider, monsieur ? demandé-je en enroulant une mèche de cheveux autour de mon doigt.

Il se lève, s'approche de moi alors que je reste assise derrière mon bureau.

— Je souhaitais discuter des vacances de printemps puisqu'elles commencent demain.

Je lève un sourcil.

— Et pourquoi exactement voulez-vous discuter des vacances de printemps ? demandé-je.

Il saisit le col de mon chemisier et me tire brusquement vers le haut pour que je sois debout face à lui. Ses yeux brillent d'un mélange de désir et d'irritation.

— Nous n'avons pas eu de lune de miel. Je vais t'emmener à Naples.

Mes yeux s'écarquillent, et je secoue la tête.

— N'est-ce pas dangereux compte tenu...

— De mon passé ? achève-t-il pour moi.

Je hoche la tête en guise de réponse.

— Ça fait quinze ans que je n'ai pas vu ma famille. Aucun d'entre eux ne me reconnaîtrait maintenant, et mon passeport est à mon nouveau nom.

Je hausse les épaules.

— Je pense qu'on peut prendre le risque pour que tu puisses goûter à la meilleure pizza du monde.

J'incline la tête.

— Je ne suis pas certaine qu'une pizza vaille la peine de risquer sa vie.

Je secoue la tête.

— Pourquoi ne pas aller dans un endroit plus proche ? suggéré-je.

Un éclair étrange passe dans les yeux d'Oak.

— Je viens d'apprendre que ma grand-mère est décédée, et son enterrement est dans trois jours.

Ses yeux se posent sur la bague à mon doigt.

— La même femme qui m'a donné cette bague.

— Je suis désolée, dis-je en posant une main sur son

torse. Mais j'imagine que tu ne peux pas assister aux funérailles en toute sécurité ?

— Non, mais je peux regarder de loin. Il y a de vieilles ruines à environ sept cents mètres, et je veux être là quand ils l'enterreront.

Tout cela semble risqué, et après avoir fait quelques recherches sur sa famille, il s'avère qu'ils sont tout aussi dangereux que l'étaient mes parents.

— OK, mais on doit être très prudents, Oak. Quand tu t'es fait tirer dessus par ma mère...

Il m'interrompt.

— Ce n'était rien de plus qu'une blessure superficielle.

— Je sais, mais ça ne veut pas dire que je n'ai pas eu peur.

Je m'accroche à l'avant de sa chemise.

—Je ne peux pas te perdre.

— Tu ne me perdras pas.

Il presse ses lèvres contre les miennes, et je lui rends son baiser. Ça devient vite chaud entre nous. Je jette un coup d'œil à la porte vitrée de la salle de classe, en m'accrochant à ses épaules.

—Je devrais y aller.

Il me tire plus fort contre son corps.

— Pas moyen. J'ai une période de libre, et toi aussi.

— La porte, préviens-je.

Il grogne et va tirer le store sur la fenêtre.

— Maintenant, penche-toi pour moi, épouse.

Je fais ce qu'il dit, un frisson me parcourt au ton de sa voix.

Depuis que nous avons annoncé notre mariage aux autres élèves, nous avons été un peu imprudents, mais nous n'avons de comptes à rendre à personne. Après tout, Oak dirige cette école. Il y a eu quelques plaintes de parents, mais Oak leur a assuré que les étudiants étaient entre de bonnes mains maintenant qu'il était uni à une femme.

Oak ouvre le tiroir de son bureau et prend une bouteille de lubrifiant, ce qui me fait trembler d'impatience.

— Pas ici, murmuré-je en secouant la tête.

Il sourit d'un air satisfait et sort le bâillon qu'il tient en l'air.

— Si, je veux baiser ton cul sur mon bureau.

Je serre les cuisses l'une contre l'autre à cette idée. C'est comme s'il devait aller un peu plus loin à chaque fois. Heureusement, il ne nous reste que quelques mois avant que je ne sois diplômée, puis je m'inscrirai à l'automne dans une école de vétérinaire à proximité.

Il fait doucement glisser sa main sur mes fesses, plongeant un doigt dans mon excitation trempée.

Je crie alors qu'il contourne mon clito avec la pulpe de son pouce, ce qui me rend folle.

— Tais-toi, bébé, ou toute l'école va entendre.

Il glisse le bâillon dans ma bouche et le fixe.

— Ça devrait aider.

Il se met à genoux et enfouit sa langue au fond de moi, me goûtant comme un homme affamé de chatte.

Notre désir l'un pour l'autre ne connaît pas de limites. Il augmente au fur et à mesure qu'on passe du temps ensemble. On ne fonctionne pas comme des personnes normales. Je ne pense qu'à lui.

Oak plonge deux doigts au fond de moi, il me caresse comme un pro et touche le point qui me fait crier dans le bâillon. Je ne sais pas comment il fait pour connaître mon corps encore mieux que moi.

Je le regarde chercher le lubrifiant, puis je le sens répandre le liquide froid sur mon trou sensible. Lentement, il glisse ses doigts à l'intérieur, m'étirant, me forçant à gémir autour du bâillon dans ma bouche.

En quelques instants, il m'a suffisamment étirée et il verse à présent du lubrifiant sur sa grosse queue, s'alignant sur mon anneau musculaire serré. Ses mains rugueuses se resserrent autour de mes hanches, et je retiens mon souffle en attendant qu'il m'empale avec sa bite.

Il me ramène violemment contre lui et se jette en avant, me prenant comme un sauvage. Une fois en moi, il bouge ses hanches avec des mouvements lents et délibérés. Il sait que je le veux dur et rapide et je ne peux même pas le supplier. Au lieu de cela, tout ce que je peux faire, c'est me tortiller et faire des bruits d'étranglement derrière le bâillon.

— C'est ça, bébé, prends ma bite dans ce cul.

Il frappe ma fesse droite, puis ma gauche, et s’enfonce en moi plus fort alors que je sens sa résolution de me taquiner flancher.

— Tu es à moi, grogne-t-il en se penchant pour déposer des baisers sur mon dos encore vêtu. Tu m'appartiens.

— Plus fort, crié-je derrière le bâillon, mais ma voix

est étouffée.

Il attrape ma nuque et me pousse vers le haut, envoyant une chaleur excitante au plus profond de moi

— C'était quoi ça ?

Il effleure ma nuque de ses dents.

— J'ai craint ne pas pouvoir t'entendre, et l'école non plus.

Il gémit, se retire de mon cul, et me fait basculer sur le dos comme si je ne pesais rien. Et puis, sans me laisser une seconde pour m'habituer à la nouvelle position, il s'enfonce à nouveau dans mon cul.

Je crie contre le bâillon, le plaisir et la douleur se mêlant en une seule sensation époustouflante qui me transforme en pâte à modeler entre ses mains.

— Prends ça, bébé, grogne-t-il, en me regardant avec un tel désir que j'ai l'impression d'être la plus belle fille du monde. Je veux voir ma femme jouir sur ma queue.

Il se penche et m'étrangle un peu avec sa main, s'assurant de serrer assez fort pour laisser un bleu.

— Je veux que tu gicles partout sur ma chemise, que je doive la changer avant mon prochain cours. Tu as compris ?

Mes yeux se retournent dans leurs orbites alors que ses hanches bougent plus vite, plus fort, me conduisant si fort au bord de l'extase que j'ai l'impression qu'il pourrait me briser en deux avant que j'y arrive.

— Viens pour moi, ordonne-t-il.

Je ne peux rien lui refuser alors que mon corps tremble. Chaque muscle se contracte alors que je gicle sur sa chemise, la salissant. Des étoiles explosent derrière mes paupières et je les ferme, gémissant sans vergogne dans le bâillon.

Oak serre ma gorge plus fort.

— Regarde-moi pendant que je jouis dans ton cul, ordonne-t-il.

Je force mes yeux à s'ouvrir et je regarde mon mari qui donne deux autres coups avant de jouir lui aussi. Le regard sur son visage est tellement addictif alors qu'il me remplit de son sperme. Il libère ma gorge et me regarde dans les yeux avec adoration pendant quelques instants, m'observant, me soumettant complètement à tous ses désirs et besoins. Puis il sort sa queue de mon corps et la remplace par un gros plug anal.

— Je veux que ça reste là pour le restant de la journée. Ne l'enlève pas.

Il détache le bâillon et le jette sur son bureau.

— Tu as compris ?

— Oui, monsieur, dis-je alors qu'il capture mes lèvres et m'embrasse profondément.

— Sois une gentille fille et va à ton prochain cours.

Je saute du bureau et m'éloigne de lui, en couinant alors qu'il me fesse en même temps.

— Dépêche-toi, ou je pourrais te prendre sur mon bureau une nouvelle fois, prévient-il.

Je m'éloigne, je ne parviens pas à croire qu'un homme comme lui puisse me désirer à ce point. Il y a peut-être de la noirceur au fond de lui, mais je ne l'en aime que davantage, peut-être parce que malgré mon désir de ne pas être touchée par la noirceur du monde de mes parents, une partie de celle-ci m'a infectée.

Oak observe la cérémonie à travers une paire de jumelles, tandis que je reste assise sur une chaise longue, me tenant hors de vue comme il me l'a demandé.

Je peux voir son angoisse tandis qu'il assiste de loin à ses funérailles, et cela me fait mal de ne pas le réconforter. Alors, je me lève, ignorant son ordre, et j'enroule mes bras autour de sa taille.

— Tu vas bien ? lui demandé-je.

Il secoue la tête.

— Non, mon père, mon frère et ma sœur ne sont pas là.

Il fronce les sourcils.

— Mon oncle agit comme s'il prenait toutes les décisions.

Il sort son téléphone, et tape quelque chose en italien dans Google. Et puis, il laisse tomber son téléphone sur le sol, et s'effondre à son tour.

— Oak, qu'est-ce qu'il y a ?

Il secoue la tête et je récupère le téléphone, sur lequel je fais défiler un article de presse italien. C'est à propos de son frère, de sa sœur et de son père. Apparemment, ils sont morts l'année dernière dans un accident de voiture en Sicile.

— Ils sont tous morts, murmure-t-il.

Je passe une main dans ses cheveux et m'agenouille devant lui.

— Je suis vraiment désolée.

Sa pomme d'Adam s'agite tandis qu'il déglutit.

— Je ne sais pas comment je ne l'ai pas appris.

Il fronce les sourcils.

— La mort de ma grand-mère a fait la une des journaux, mais pas la leur. Du moins pas ici à Naples.

Une larme coule sur sa joue et il me regarde d'un air absent.

— Tu ne savais pas, dis-je en appuyant mes lèvres sur sa joue pour essuyer la larme. Ce n'est pas ta faute.

Oak hoche la tête.

— Je sais, mais...

Il secoue la tête.

— C'était une décision difficile, laisser tous ceux que j'aimais derrière moi, mais je savais que je ne pouvais pas prendre part à l'effusion de sang. Je suppose que j'ai toujours su qu'on en arriverait là. Au massacre de ma famille.

— Ça dit qu'ils ont eu un accident de voiture.

Oak rit jaune.

— Ne sois pas si naïve, Eva. Mon père avait une querelle de longue date avec le chef de la mafia sicilienne. Sa mort n'était pas un accident.

Je déglutis fortement et ignore le malaise au creux de mon estomac.

— Au moins, tu as échappé à ce monde.

Je passe une main dans mes cheveux.

— Tu serais peut-être mort sinon.

Il croise mon regard et soupire.

— Tu as raison.

Il se lève, attrape ses jumelles, et jette un coup d'œil à l'enterrement de sa grand-mère.

— Ma mère est toujours en vie et ma grand-mère est morte de vieillesse. Je peux au moins être reconnaissant pour ça.

Je passe mon bras autour de sa taille et je le serre dans mes bras, et nous restons ainsi longtemps après que l'enterrement soit terminé et que tout le monde ait disparu. Oak se lève enfin lorsque le soleil plonge sous l'horizon au loin.

— On devrait y aller si on veut arriver à temps pour notre réservation chez Sorbillo.

Je secoue la tête.

— On peut annuler si tu le souhaites.

Il fronce les sourcils.

— Pourquoi on ferait ça ? C'est la meilleure pizza de Naples.

— Parce que tu viens d'assister de loin à l'enterrement de ta grand-mère et de découvrir que ton frère, ta sœur et ton père sont morts.

Son torse se soulève.

— Je veux manger une pizza là où j'allais quand j'étais enfant. C'est une bonne façon de se souvenir d'eux, non ?

Je hoche la tête.

— Si, bien sûr.

Je ne peux pas imaginer ce qu'il ressent en ce moment.

— Allons-y.

Il me conduit à la voiture de location et nous nous engageons sur les routes venteuses qui vont à Naples depuis Ercolano. Il y a environ vingt minutes de route jusqu'à la ville, où Oak se gare près du restaurant. Nous entrons et il y a beaucoup de monde ; je remarque une larme qui luit dans les yeux d'Oak alors qu'il jette un coup d'œil à la petite pizzeria, alors je lui serre la main.

Il sourit, mais son sourire n'atteint pas tout à fait ses yeux.

Tout ce que je veux, c'est faire disparaître sa douleur, mais je sais que c'est impossible. Je peux seulement être là pour lui. Le serveur nous fait asseoir après quinze minutes d'attente à une petite table au fond.

Oak s'accroche à ma main au-dessus de la table.

— C'est comme dans mes souvenirs.

— Tu venais souvent ici quand tu étais enfant ?

Il hoche la tête.

— Surtout pour des occasions spéciales, mais comme on était une grande famille, il y en avait beaucoup.

Il rit.

— On utilisait n'importe quelle excuse pour une pizza Sorbillo.

— Ça sent bon ici.

Je me lèche les lèvres.

— J'ai hâte de les goûter.

Oak lie ses doigts aux miens et les serre.

— Je t'aime, Eva.

Son expression devient sérieuse.

— Je t'aime tellement.

Je remarque qu'il a l'air un peu hésitant, comme s'il voulait dire quelque chose, mais ne savait pas trop comment.

— Qu'est-ce qu'il y a ? demandé-je.

— On s'est mariés si vite que je ne t'ai jamais demandé si tu voulais des enfants plus tard ?

Je suis surprise par sa question, mais je hoche la tête en guise de réponse.

— Oui, une fois que j'aurai terminé mes études et que j'aurai un emploi stable, j'aimerais fonder une famille avec toi.

Il sourit et ses épaules s'affaissent en signe de soulagement.

— C'est bien. J'ai toujours voulu avoir une famille, même si je n'ai jamais cru que cela serait possible pour moi.

— Pourquoi pas ?

— Je croyais que j'étais trop brisé et sombre pour trouver l'amour.

Je serre sa main sur la table.

— C'est ridicule. J'aime chaque partie de toi, même la noirceur.

Il sourit.

— Je sais. C'est pourquoi je suis presque sûr d'avoir gagné à la loterie en te trouvant sur mon chemin.

Un serveur s'approche avec nos pizzas.

— Une margarita ? demande-t-il.

Je lève la main et il la pose devant moi.

— Et un diavolo pour vous, dit-il en la posant devant Oak.

Je sais que ça le ronge de ne pas pouvoir parler italien ici, mais nous étions tous deux d'accord pour dire que c'était plus sûr, pour ne pas soulever de questions sur ses origines.

— Merci, dis-je en lui souriant.

Il hoche la tête.

— Buon appetito.

Il s'en va, nous laissant apprécier notre repas.

J'incline la tête.

— Cette pizza est meilleure que la tienne ?

— Bien sûr, dit-il en riant. La mienne n'a rien à envier à une vraie pizza napolitaine cuite au feu de bois.

— C'est à moi d'en juger.

Je coupe une part avec mon couteau et ma fourchette et la porte à ma bouche pour la goûter.

— Oh mon Dieu, dis-je en continuant à mâcher. C'est la meilleure pizza du monde.

Il sourit d'un air satisfait.

— Je te l'avais dit.

— Tu as raison, elle est meilleure que la tienne, mais la tienne était très bonne pour une pizza faite maison.

Il secoue la tête et attaque sa propre pizza.

— Toujours aussi diplomate, ma femme. Une des nombreuses raisons pour lesquelles je t'aime tant.

— Je t'aime aussi, dis-je, me sentant un peu submergée en le regardant dans les yeux.

C'est ironique, l'endroit où je savais que je ne serais pas à ma place est celui où j'ai trouvé mon âme sœur. C'est fou de penser que le directeur d'une école qui représente tout ce que je méprise dans notre monde est devenu l'amour de ma vie.

Merci d'avoir lu le premier livre de l'Académie du Syndicat, j'espère que vous avez pris autant de plaisir à lire l'histoire d'Eva et d'Oak que j'en ai pris à l'écrire !

Si cela vous intéresse de suivre les étudiants de l'académie, alors le prochain livre de la série suit Natalya Gurin, qui est apparue dans *Maître Dépravé* car elle est la sœur de Mikhail, et Elias Morales, dans *Tyran cruel.*

Tyran cruel : Romance D'ennemis à Amants au Coeur de L'académie de la Mafia.

Il a passé des années à me tourmenter, mais maintenant il veut me posséder.

J'ai passé ma vie à l'AS à essayer d'éviter Elias Morales, le roi de l'académie du syndicat. Il m'a détesté dès le premier regard, et j'ai appris à le détester. Une haine qui n'a jamais eu de raison d'être, mais qui nous a définis tous les deux. Elias est peut-être le plus beau garçon du monde, mais il est cruel jusqu'à la moelle.

On est enfin en terminale, je vais bientôt pouvoir m'évader. Je n'aurai plus jamais à revoir mon bourreau une fois diplômée. Mais Elias n'a pas l'intention de me laisser partir si facilement. Il veut s'assurer que je ne l'oublierai jamais, malgré tous mes efforts.

Il me fait chanter quand il trouve des choses compromettantes sur ma famille. Des informations qui pourraient détruire notre monde. Je ne le laisserai pas détruire la seule chose à laquelle je tiens. Ce qui signifie que je dois lui tenir lieu d'animal de compagnie pour le reste de l'année.

Il a l'intention de me posséder et de réclamer mon innocence à ses conditions. Et me laisser brisée et détruite d'une manière que je n'aurais jamais imaginée possible. Je pensais savoir ce qu'était cette haine malade et tordue entre nous. On dit que la frontière entre l'amour et la haine est mince.

Je peux déjà sentir cette frontière s'estomper alors que mon tourmenteur me revendique. La question est de savoir si je sortirai libre de l'académie ou si Elias me brisera définitivement.

Tyran Cruel est le deuxième livre de la série L'Académie du Syndicat. Ce livre peut être lu de manière autonome et se termine par un « heureux pour toujours ». Il s'agit d'une histoire d'intimidation sombre qui contient des thèmes sombres, des scènes chaudes, de la violence, du contenu que certains lecteurs peuvent trouver dérangeant et un langage grossier.

DU MÊME AUTEUR

Le Mafia De Boston

Maître Cruel: Une romance sombre mafia mariage arrangé

Maître Sauvage : Une romance sombre mafia

Maître Féroce : Une romance sombre mafia

Maître Vicieux : Une romance sombre mafia

Maître Dépravé : Une romance sombre mafia

Le Mafia De Chicago

Le Défenseur Sans Pitié: Une Romance Interdite Sombre Mafia

Le Chef Violent: Romance D'ennemis à Amants Sombre Mafia

Le Prince Sadique: Une Romance Sombre de Mariage Arrangé

Le Maître Brutal: Une Sombre Romance Mafieuse Captive

Les Vœux Cruels : Mariage Forcé au Cœur de la Mafia

Le Secret Inavouable: Une Romance Interdite Sombre Mafia

La Couronne Obscure: Mariage Forcé au Cœur de la Mafia

La Syndicate Academy

Enseignant Corrompu: Romance Interdite au Coeur de L'académie de la Mafia

Tyran Cruel: Romance D'ennemis à Amants au Coeur de L'académie de la Mafia

À PROPOS DE L'AUTEUR

J'adore écrire des histoires sur les garçons alpha en mafia qui ont du cœur malgré tout, des héroïnes féroces et des fins heureuses avec érotisme. Mes histoires ont des rebondissements qui vous inciteront à tourner les pages et à vous enflammer pour mettre le feu à votre Kindle.

D'aussi loin que je me souvienne, j'ai toujours été partante pour une bonne histoire d'amour. J'ai toujours aimé lire. Soudain, je me suis demandé pourquoi ne pas combiner mon amour de deux choses, les livres et la romance ?

Mon amour de l'écriture a grandi au cours des quatre dernières années et je publie maintenant exclusivement sur Amazon, tissant des histoires sur les mauvais garçons de la mafia et les femmes dont ils tombent éperdument amoureux.

Si vous avez aimé ce livre, suivez-moi sur Amazon, Bookbub ou l'une des plateformes de réseaux sociaux ci-dessous pour recevoir des alertes lorsque d'autres livres sont publiés.

Printed in France by Amazon
Brétigny-sur-Orge, FR

15748456R00260